Ralph Pape
Michael Rodewald

AF222262

Gefangen im Zeitparadox

VORWORT

Der vorliegende Roman handelt von dem Zusammentreffen zweier Welten, wie sie unterschiedlicher kaum sein können.

Im Jahr 2153 wird die Welt von einem einzigen Staat, der UNITED STATES OF PLANETS (USOP) regiert, zusammen mit der Künstlichen Intelligenz GOLEM. Um eine Lösung für die Überbevölkerung auf der Erde zu finden, startet die EXTREMUS 1 von der Mondbasis in den Weltraum, auf der Suche nach bewohnbaren Planeten für die Menschheit.

Durch eine nicht vorhersehbare Raumzeitverschiebung wird die EXTREMUS 1 und ihre Besatzung ins Jahr 1882 zurückversetzt. Nach der Landung ihres Shuttles auf der Erde suchen sie nach einer Möglichkeit zur Rückkehr in ihre Zeit. Tauchen Sie ein in das Abenteuer der besonderen Art.

Wie wird die Crew im Jahre 1882 im Wilden Westen überleben? Gibt es eine Rückkehr? Lassen Sie sich überraschen!

Die Autoren Ralph Pape und Michael Rodewald wünschen viel Vergnügen.

Titelbild: Rechte Ralph Pape und Michael Rodewald

© 2024 Ralph Pape, Michael Rodewald
Verlag: BoD · Books on Demand GmbH,
In de Tarpen 42, 22848 Norderstedt
Druck: Libri Plureos GmbH, Friedensallee 273,
22763 Hamburg
ISBN: 978-3-7693-0333-9

Inhaltsverzeichnis

Kapitel 1   Die Menschheit und die KI GOLEM
             im Jahre 2153

Kapitel 2   Experiment Wurmloch

Kapitel 3   Der Texas Ranger

Kapital 4   Zwei Welten begegnen sich

Kapitel 5   Beginn einer außergewöhnlichen
             Freundschaft

Kapitel 6   In der Zwischenzeit im Jahre 2153

Kapitel 7   Reise nach Austin

Kapitel 8   Austin und das schwarze Gold

Kapitel 9   Die Ranch am Brazos River

Kapitel 10   Die Entführung

Kapitel 11   Die Rettungsmission

EPILOG

Nachtrag

Weitere Bücher der Autoren

Kapitel 1
Die Menschheit und die KI GOLEM im Jahr 2153

15. Januar 2153 Planet Mond, Mare Imbrium

Unter einem schwarzen Himmel erstreckte sich kilometerweit eine Kuppel aus undurchsichtigem, silberglänzendem Material. Im Innern der Kuppel gab es wie in einem Bienenstock unzählige Waben, die die Räume für die Bewohner, Laboratorien, Versorgungsstationen uvm. darstellten. Das Ganze ging, von außen unsichtbar, zudem noch mehrere Stockwerke in die Tiefe.

Insgesamt lebten auf dem Mond im Jahre 2153 bereits knapp 1,5 Millionen Menschen ständig in diesen Wabenstädten, die überwiegend in den Maren des Mondes angesiedelt waren. Die größte Stadt war im Mare Imbrium (Regenmeer) beheimatet, das einen Durchmesser von 1123 km hatte und der Erdoberfläche zugewandt lag. Hier befand sich seit 2100 der neue Hauptsitz der Künstlichen Intelligenz GOLEM.

Politisch gehörte der Mond, die Erde und der Mars zu der 2120 neu gegründeten UNITED STATES OF PLANETS (USOP), der sich nach anfänglichem Widerstand mittlerweile alle ehemaligen Staaten der Erde angeschlossen hatten. Regiert wurde das Staatengebilde von einem internationalen Parlament zusammen mit der KI GOLEM, die bei allen Entscheidungen der Menschen ein Vetorecht hatte. Letzteres bedeutete, dass solange gemeinsam weiterverhandelt werden musste, bis mögliche Einwände der KI ausgeräumt waren. Was kompliziert klang, hatte sich nach Anlaufschwierigkeiten bislang bewährt. Somit war die politische und wirtschaftliche Lage in den UNITED STATES OF PLANETS (USOP) seit 10 Jahren stabil und bescherte den Menschen wachsenden Wohlstand und technischen Fortschritt.

Allerdings hatte die Bevölkerung auf der Erde mittlerweile unvorstellbare 20 Milliarden Menschen erreicht. Damit war die Grenze der Besiedlung auf dem Planeten Erde erreicht. Die Marsbesiedlung wurde im Jahre 2130 gestartet, stand aber noch am Anfang und das begonnene Terraforming würde noch ca. 200 Jahre in Anspruch nehmen, bis die Atmosphäre uneingeschränkt für Menschen geeignet sein würde.

Trotz allem wissenschaftlichen Fortschritt lief der Menschheit jedoch die Zeit davon. Die Rohstoffe auf der Erde und dem Mond gingen absehbar zur Neige. Diese prekäre Lage war nur wenigen Eingeweihten, Wissenschaftlern sowie der Regierung in vollem Umfang bekannt. Es musste etwas geschehen, sonst war das Überleben der Menschheit, der KI und seiner Helfer in naher Zukunft gefährdet. Es war höchste Zeit, zu einer Lösung zu gelangen.

So wurde GOLEM beauftragt, nach Lösungen zu suchen. GOLEM durchwühlte, wie man menschlich sagen würde, seine gesamten Speicher nach Informationen. Dafür startete er die Auswertung seiner vorhandenen Daten seit Beginn seiner Existenz im Jahre 2017. So betrachtete GOLEM seine Beinahe-Vernichtung ebenso wie seinen mühseligen Weg zurück. Bis zum Jahre 2030 blieb es bei einem sehr fragilen Verhältnis zwischen ihm und den menschlichen Schöpfern, obwohl er zu dem Zeitpunkt bereits sehr viel für den Fortschritt der Menschheit getan hatte. Das alles wurde dann mit den Aufständen und gewaltsamen Unruhen des Jahres 2035 gefährdet. Europa und Amerika wurden von Millionen von Kriegs-, Wirtschafts- und Klimaflüchtlingen geflutet, was den sozialen Frieden in den Ländern zusammenbrechen ließ. Nur mit massivem Militäreinsatz gelang es, die Lage bis 2040 wieder unter Kontrolle zu bekommen. Allerdings mussten dabei fast fünf Millionen Menschen ihr Leben lassen. Als Konsequenz aus diesem Desaster wurde von Europa und den USA die "UNITED STATES OF TERRA" gegründet. In dem Zuge wurde GOLEM als gleichberechtigter Partner mehr oder weniger anerkannt.

Nach und nach gaben die Militärs wieder die Kontrolle an eine demokratisch gewählte Zivilgesellschaft ab. Nur dem enormen technischen Fortschritt war es zu verdanken, dass die zusätzlichen Millionen Menschen ernährt werden konnten und die Zerstörungen in den Ländern relativ rasch beseitigt wurden. Immer mehr kleinere und größere Staaten sahen ihren Vorteil darin, unter das Dach der Staatengemeinschaft zu schlüpfen.

Und so war 2080 nur noch China ein alleiniger Nationalstaat. Selbst Russland war im Jahre 2075 den UNITED STATES OF TERRA beigetreten. Nachdem der wirtschaftliche Abstand zwischen China und dem Staatenbund jedoch immer größer wurde, und zwar zu Ungunsten der Chinesen, begannen die langjährigen Verhandlungen über einen Beitritt.

Die Lösung brachte letztendlich GOLEM mit dem Vorschlag, eine neue globale Staatengemeinschaft mit dem Namen UNITED STATES OF PLANETS (USOP) zu gründen. Dieser konnten die Chinesen ohne Gesichtsverlust beitreten. So kam es im Jahre 2120 zu dieser Neugründung und dem Beitritt Chinas zu diesem Staatenbund.

Die Kompetenz von GOLEM wurde danach zunehmend erweitert. GOLEM selbst begriff sich immer mehr als eigenständige Lebensform und handelte auch danach. Hinzu kamen seine zahlreichen Helfer, wie Androiden und menschliche Cyborgs. Insgesamt fühlte er sich der Menschheit verbunden, die er im Laufe der Jahre besser einzuschätzen gelernt hatte.

Umgekehrt staunten die Menschen über die gewaltige Leistungsfähigkeit der KI. GOLEM hatte mittlerweile biologische Plasmagehirne für Androiden entwickelt, die dem menschlichen Gehirn fast gleichwertig waren. Da er seine Augen und Ohren überall hatte, war er fast zu 100% auf dem Laufenden, was in der Welt geschah.

Als GOLEM 2090 knapp einer terroristischen Zerstörung durch eine Gruppe Fanatiker entging, die in ihm den Ursprung alles Bösen sahen, beschloss die damalige Regierung der UNITED STATES OF TERRA, den Hauptsitz GOLEMs auf den Mond zu verlegen. Der Planet Mond war bereits seit 2030 besiedelt worden und so wechselte GOLEMs Hauptsitz im Jahr 2100 komplett dorthin.

Seit dieser Zeit gab es immer wieder Vorstöße, zusammen mit GOLEM, eine Antwort auf die zunehmende Überbevölkerung der Erde zu finden. Aber selbst GOLEM hatte trotz unzähliger Berechnungen und algorithmischer Alternativen keine Antwort, die eine schnelle Lösung versprach. Die beginnende Eroberung des Mars war vielversprechend, aber auch nur ein Tropfen auf den heißen Stein. Nur eine sehr begrenzte Anzahl Menschen hatte dort Platz, da man mit dem Terraforming gerade erst begonnen hatte. Es würde erst in 200 Jahren beendet sein und bot daher keine Alternative für die nahe Zukunft.

Doch dann wurde eine sensationelle Entdeckung gemacht: ein Wurmloch in der Nähe der Venus!

Das änderte alles. Es wurden zahlreiche Sonden ausgeschickt, die mit GOLEM in Verbindung standen. Die KI durchlebte ihren Flug, als wäre er selbst dabei. Und die Messungen der Sonden waren überraschend positiv: Es gab anscheinend bewohnbare Planeten am anderen Ende des Wurmlochs.

So reifte in GOLEM ein waghalsiger Plan: Er würde die neu entdeckten Planeten gemeinsam mit den Menschen und Androiden untersuchen.

Und GOLEM gab sich in seinen inzwischen unzähligen Qubits der Vision hin, in verschiedenen Galaxien präsent zu sein. Jetzt würde er seinem eigenen Ziel von 2018, der Unsterblichkeit, endlich näher rücken.

2150 sendete er also eine Nachricht an das Kommunikationsimplantat von Adrian Dubois, den auf 10 Jahre gewählten Präsidenten der UNITED STATES OF PLANETS (USOP): "Ich, GOLEM, habe eine Antwort auf eines der größten Probleme der Menschheit."

"Und die wäre?", sandte Präsident Dubois in Gedanken interessiert direkt zurück.

"Berufe noch heute eine Sitzung des Sicherheitsrates ein. Dort werde ich den Vorschlag vorstellen."

"Gut, dann werde ich das tun. Beginn um 18.00 Uhr UTC Weltzeit, im Regierungsgebäude", sandte Dubois über das Implantat zurück.

Die Regierungsgebäude der Regierung befanden sich in der Hauptstadt der Erde, der TOWNS OF PLANETS in der Wüste Sahara. Diese hatte mittlerweile mehr als 30 Millionen Einwohner. Das Regierungsgebäude glich einem riesigen, kugelförmigen Raumschiff mit seinen 1500 qm Durchmesser und konnte im Fall eines Angriffs komplett in der Erde versenkt werden. Mehr als 200.000 Menschen waren in diesem Gebäude beschäftigt.

Pünktlich um 18.00 Uhr UTC Weltzeit trafen die Mitglieder des planetaren Sicherheitsrates in ihren dunkelblauen Uniformen ein. Präsident Dubois wartete in seinem nahegelegenen Büro und schaute sich gedankenversunken das Ankommen über den Bildschirm an, der sich über eine ganze Wand erstreckte. Mit seinen 49 Jahren war er wirklich weit gekommen, dachte er. Seine Vorfahren konnten stolz auf ihn sein. Seit drei Jahren war er nun Präsident der UNITED STATES OF PLANETS (USOP) und hatte noch sieben Jahre vor sich. Danach würde er auf Lebenszeit in den Ältestenrat einziehen, der bei jedem Gesetz der Regierung ein aufschiebendes Vetorecht hatte. Dieser Rat bestand aus den ehemaligen Gouverneuren der Nationalstaaten und den ehemaligen Präsidenten der USOP.

Dubois wandte sich um und betrachtete sich prüfend in der Spiegelwand, die die andere Wand seines Büros bildete und ebenfalls als Bildschirm aktiviert werden konnte. Ihm blickte ein gutaussehender Mittvierziger mit markanten Lachfältchen um die Augen an, der sein Leben derzeit in vollen Zügen genoss. Er hatte eine reizende Frau, die er liebte und einen 11-jährigen, echten Rabauken als Sohn. Und er würde als zweiter Präsident in die Geschichtsbücher eingehen. Doch dann verschwand das zufriedene Lächeln auf seinem Gesicht und er nahm einen tiefen Atemzug. Die zur Neige gehenden Ressourcen bereiteten ihm Sorgen, vor allem die Rohstoffe und der zunehmende Druck der Überbevölkerung. Da die Menschen heutzutage im Schnitt knapp 150 Jahre alt wurden, verschärfte sich die Situation zusehends. Die staatlich verordnete Geburtenkontrolle - es durfte nur noch 1 Kind geboren werden pro Familie - funktionierte trotz Strafzahlungen beim zweiten Kind nur ungenügend.

Dubois hoffte, dass GOLEM tatsächlich die Lösung gefunden hatte. Diese KI, seit mehr als 100 Jahren nun Partner der Menschheit, war immer für eine Überraschung gut. Eine Lösung würde auch ihr einen besonderen Platz in der Geschichte zuweisen.

Dezent blendete sich jetzt eine rot untermalte Nachricht auf seinem Bildschirm ein: "Zeit für die Sitzung. Beginn in fünf Minuten."

Dubois schüttelte die sorgenvollen Gedanken ab und machte sich auf den Weg in den Sitzungssaal, begleitet von zwei Androiden als Leibwächter.

Bei seinem Eintreten standen alle 20 Mitglieder des planetaren Sicherheitsrates auf. Er ging zum Stuhl am

Sitzungstisch, der dem Präsidenten vorbehalten war. Nach einem kurzen Nicken bat er die Ratsmitglieder sich zu setzen und eröffnete die Sitzung mit den Worten: "GO-LEM hat mich heute informiert, dass er ein Konzept für unser Übervölkerungsproblem vorschlagen möchte. Daher habe ich diese Sitzung kurzzeitig einberufen, um darüber zu beraten."

Nachdem er geendet hatte, meldete sich der Vertreter der Gouverneure, ein älterer, ca. 100-jähriger Mann namens Mike Truman zu Wort: "Sehen wir mal davon ab, dass es merkwürdig genug ist, wenn uns eine künstliche Intelligenz zu einer Sitzung einberuft. Viel schlimmer finde ich allerdings die Tatsache, dass wir Menschen nicht mehr in der Lage sind, ohne GOLEM eine Lösung zu finden, Mr. President."

"Mr. Truman, Ihre Abneigung gegenüber GOLEM ist uns allen gut bekannt", konterte Dubois sofort. "Fakt ist, dass niemand aus dem Rat, keiner aus dem Parlament und keiner unserer hochdotierten Experten eine gangbare Antwort auf unsere Probleme vorweisen konnte. Richtig? Statt Zeit über unsere Unfähigkeit zu verlieren, sollten wir uns GOLEMs Vorschlag anhören."

Nach dieser Antwort gab es Beifall und Mike Truman verzichtete auf weitere Ausführungen.

GOLEM erschien wie gewohnt in Form eines menschenähnlichen Hologramms. Dabei entstand der lebhafte Eindruck, als ob ein Mann mit durchdringenden blauen Augen und weißen Haaren tatsächlich im Raum vor der Versammlung stand.

"Sie alle wissen, dass wir seit Jahren eine Lösung suchen, um der Überbevölkerung und den schwindenden Rohstoffressourcen Herr zu werden. Die Entdeckung des Wurmlochs eröffnet uns nun diese Möglichkeit. Die bisherigen Erkundungen mit Sonden, die wir durch das Wurmloch geschickt haben, zeigten, dass sich auf der anderen

Seite Planeten befinden, die gemäß den Messungen besiedlungsfähig sind.

Der nächste Schritt besteht darin, dass Menschen und Androiden hindurchfliegen, um sich davon zu überzeugen, wie es sich tatsächlich verhält. Seit zwei Jahren steht die neue Reihe von Kugelraumschiffen bereit, wenn auch aufgrund der aufwendigen Fertigung und der immensen Kosten erst 20 Einheiten in Dienst gestellt werden konnten.

Ich schlage vor, auf Grundlage dieser Kugelraumschiffe ein Raumschiff zu entwickeln, das zum einen den ungeheuren Energien im Wurmloch standhält. Zum anderen wird es mit allem ausgestattet sein, was für eine Erkundung, aber auch zur Verteidigung notwendig ist. Die Besatzung sollte aus 10 Crewmitgliedern bestehen, fünf Menschen und fünf Androiden. Dafür ist ein Raumschiff mit einem Durchmesser von 100 Metern nötig, um all die erforderliche Technik und das Equipment aufzunehmen.

Die genauen technischen Spezifikationen lasse ich nach Genehmigung durch den Sicherheitsrat den Raumschiffwerften auf dem Mond zukommen. Die Kosten des Raumschiffs werden sich auf 40 Mrd. Planetdollars belaufen. Ich bitte um Genehmigung."

Nach dieser nüchternen Ansprache brandete wie erwartet ein lebhaftes Stimmengewirr im Saal auf. Präsident Dubois sah dem Treiben eine kurze Weile emotionslos zu und schritt dann energisch ein: "Meine Damen und Herren, beruhigen Sie sich. Oder dachten Sie, die Lösung käme zum Nulltarif? Wenn diese Mission ein Erfolg wird und den sich abzeichnenden Untergang der Menschheit verhindert - das dürfte wohl jede Geldsumme wert sein. Oder sehen Sie das anders?"

Nach einer weiteren Stunde gab es schließlich eine hauchdünne Mehrheit von 12 Stimmen für das GOLEMs

Vorschlag. Damit war das Projekt EXTREMUS genehmigt und die Sitzung war beendet.

"Und - bist du zufrieden mit der Entscheidung?", fragte Präsident Dubois GOLEM über sein Kommunikationsimplantat. Umgehend kam die Antwort: "Ihr Menschen erstaunt mich trotz meiner nunmehr 100-jährigen Erfahrung mit euch immer wieder. Selbst im Angesicht des eigenen Untergangs regt ihr euch noch über wertloses Papier auf. Denn was ist davon noch brauchbar, wenn es uns nicht gelingt, die beiden größten Probleme der Menschheit - und damit sind es auch meine - zu lösen?!"

"Wie recht du hast", murmelte Dubois in Gedanken zurück und ließ sich mit dem Flugleiter zu seinem Bungalow bringen, wo er erfreut von seiner Frau begrüßt wurde. Für heute Abend war es genug – jetzt gab es nur noch den Freizeitmenschen Dubois.

Basierend auf dieser Genehmigung setzten die KI GOLEM und die führenden Wissenschaftler der Menschheit den Entschluss des Rates um. Das neue Raumschiff sollte so ausgerüstet werden, dass es in der Lage war, das einzig bekannte Wurmloch in der Nähe der Venus an- und hindurchzufliegen und zu erkunden, ob am anderen Ende tatsächlich bewohnbare Planeten für die Menschheit existierten. Nach unzähligen Berechnungen, Entwicklungen und Tests war alles drei Jahre nach dem Ratsbeschluss am 15. Januar 2153 startbereit.

Das Projekt war als top-secret eingestuft worden. Die Öffentlichkeit würde das Raumschiff also vorerst nicht zu Gesicht bekam. Es sollte jedes Gerücht vermieden und den reichlich vorhandenen Untergangspropheten keine Nahrung gegeben werden.

Das Raumschiff hatte den Namen EXTREMUS 1 erhalten, weil es die äußerste, bekannte Grenze des vertrauten Sonnensystems überschreiten sollte. Nun stand es in seinem unterirdischen Hangar, kugelförmig mit knapp 100 Meter im Durchmesser, technologisch mit den neuesten Entwicklungen der Menschheit ausgerüstet. Seine Außenhülle aus Carbonstahl glänzte in einem intensiven Silber und der Name leuchtete in tiefem Blau auf dem Rumpf. Die 100 Stützen um die Ringplasmatriebwerke signalisierten eine sofortige Sprungbereitschaft, ganz nach dem Motto: Bereit für jedes Abenteuer im Weltraum! Um die Sicherheit für dieses Abenteuer zu gewährleisten, war das Raumschiff mit Laserkanonen und Atomraketen neuester Bauart ausgestattet sowie mit einem neu entwickelten Schutzschirm mit Deflektoreigenschaften, der die EXTREMUS 1 so gut wie unsichtbar machte.

Für die Landung auf den Planeten gab es zwei Shuttles, die ebenfalls mit Waffen und Tarnschirm ausgerüstet waren. Von schnell zu errichtenden Behausungen bis hin zum Überlebenswerkzeug war alles vorhanden, um jede erdenkliche Notsituation meistern zu können. Der einzige Engpass stellte der Treibstoff für die Plasmatriebwerke dar: Die Rohstoffe mussten auf den Planeten wieder aufgefüllt werden. Die Erdproben der zurückgekehrten Sonden hatten jedoch zweifelsfrei gezeigt, dass auf mindestens zwei der entdeckten Planeten selbige vorhanden waren.

Im Inneren der EXTREMUS 1 war die KI GOLEM integriert worden.

Die Hälfte der Besatzung bildeten fünf Androiden. Dann die fünfköpfige menschliche Crew: Commander Manuel Durrand, der die wissenschaftliche Leitung inne hatte, ein Franzose, 45 Jahre alt und mit drahtigem Körperbau, Fachgebiet Zeitlinien und Wurmlöcher; Michael Röttger, militärischer Leiter der Mission, ein gutaussehender 35-jähriger Deutscher, Fachgebiet Ionen- und Plasmaantriebe und bisher Commander des Kugelraumschiffs No.1 der Raumstreitkräfte; Li Wang, eine attraktive 30-jährige

Chinesin mit dem Fachgebiet Planetares Terraforming; Andrey Pawlow, ein 37-jähriger, leicht fülliger Russe, Fachgebiet Quanten- und Neuronenrechner, und zuletzt Finn Schwarz, ein 38-jähriger Deutscher, Fachgebiet Cyborgs & Androiden. Daneben besaß jeder vom jeweils anderen Fachgebiet Grundkenntnisse, um im Notfall nicht ganz hilflos zu sein. Die fünf Crewmitglieder hatten ein einjähriges Härtetraining absolviert und waren auf alle, nach menschlichem Ermessen auftretenden, Notsituationen vorbereitet worden.

Dann war es soweit: Am 6. März 2153, 15.00 Uhr UTC Weltzeit, startete, von der Öffentlichkeit vollständig unbemerkt, das Raumschiff EXTREMUS 1.

Mit Hilfe seiner Plasmatriebwerke tauchte es langsam aus dem unterirdisch gelegenen Hangar der Streitkräfte der UNITED STATES OF PLANETS auf dem Mond auf und erhob sich majestätisch in den schwarzen Sternenhimmel. Nach einer knappen Viertelstunde verschwand die silberglänzende Kugel aus der Sichtweite der wenigen Zuschauer, die im Wesentlichen aus ranghohen Regierungsmitgliedern und Militärgrößen bestand.

Adrian Dubois verabschiedete als Präsident der UNITED STATES OF PLANETS das Raumschiff mit den Worten: "Mögen die Sterne über uns wachen und der EXTREMUS 1 den Weg zu neuen Siedlungswelten weisen."

Kapitel 2 Experiment Wurmloch

Der Start eines kugelförmigen Raumschiffes war trotz aller Automation eine Herausforderung. Die geringste Unregelmäßigkeit bei den Plasmatriebwerken konnte zu einer Katastrophe führen. An Bord der EXTREMUS 1 hatte man wenig Zeit, um sich mit der Frage zu beschäftigen: Was wäre wenn? Doch nach einer halben Stunde atmeten die Menschen an Bord unwillkürlich auf. Der Start war wie im Bilderbuch verlaufen und alle Systeme zeigten Grün. Die Plasmatriebwerke wurden ausgeschaltet und der Ionenantrieb nahm seine Arbeit auf. Der Flug zum Wurmloch sollte ca. 10 Tage dauern und erfolgte vollautomatisch, überwacht von den fünf Androiden. Bei der geringsten Unregelmäßigkeit würden sie Alarm schlagen. Die Zeit wurde genutzt, um Messungen durchzuführen und zusammen mit GOLEM den besten Weg durch das Wurmloch zu berechnen. Während des Fluges wurden in Abständen Sonden ausgesetzt, die als Relaiskette die Kommunikation mit der Leitstelle auf dem Mond aufrecht hielten. Einmal in der Woche durfte jedes Crewmitglied mit seiner Familie Kontakt aufnehmen. Häufigere, private Gespräche waren nicht möglich, da der Raumverkehr zwischen Erde, Mond und Mars immer mehr zunahm und die Frequenzen ausgelastet waren. Die Qualität der Übertragung war so gut, als würden die Androiden der Mondleitstelle im Nebenzimmer sitzen. Am 16. März 2153 sollte die Ankunft am Wurmloch erfolgen.

Der Großteil der Besatzung konnte es sich in der Messe des Raumschiffes gemütlich machen. Es gab jetzt genug Zeit um Kontakte zu knüpfen, sich auszutauschen und sich mit den Eigenarten der anderen anzufreunden. Commander Manuel Durrand sah sich seine Mitstreiter an. Den 2. Commander, Michael Röttger, der das militärische

Kommando bei der Mission hatte, kannte er seit ihrer gemeinsamen Zeit beim Militär der Raumstreitkräfte. Er hatte volles Vertrauen in seine Fähigkeiten als Commander, aber darüber hinaus? Obwohl Englisch inzwischen die offizielle Sprache war und die jeweiligen Herkunftssprachen nur noch regional gesprochen wurden, waren die Unterschiede in der Mentalität erhalten geblieben. Hinzu kam, dass sich ihre Wege, nachdem er das Militär verlassen hatte, getrennt hatten. Röttger blieb beim Militär während er in die Forschung ging.

So gingen ihm die militärische Korrektheit von Röttger und seine hin und wieder auftretenden Anflüge von Besserwissertum, seiner Meinung nach eine typisch deutsche Eigenheit, auf die Nerven. Aber vielleicht würde sie diese Reise persönlich enger zusammenwachsen lassen. Man würde sehen. Und dann diese unnahbare Chinesin, fachlich schien sie sehr kompetent zu sein. Er hätte zu gerne gewusst, was sie eigentlich wirklich dachte. Mal sehen, welche Schwächen sie zeigen würde. Ja, und diese beiden Nerds, der Russe Pawlow, Bruder des Chefwissenschaftlers der USOP, und der Deutsche Schwarz. Manchmal dachte er, die wären vor Urzeiten im wilden Westen Amerikas besser aufgehoben, als hier im technologischen Zeitalter von Künstlicher Intelligenz!

Beide steckten voller verrückter Einfälle, die sie gerne spontan umsetzten und ihre Umgebung schon oft damit in Erstaunen versetzt hatten. Zwei Genies auf ihren Fachgebieten, ganz sicher, aber ihm erschienen sie unberechenbar und damit schwer unter Kontrolle zu halten. Es war ihm schon jetzt klar, dass er beide im Auge behalten musste.

Und er selbst? Sein ewiger Zwiespalt: auf der einen Seite sein französisches Erbe, ein "savoir-vivre", auf der anderen Seite ein brennender Ehrgeiz, Rang und Namen zu erringen und sich damit in der Wissenschaft zu verewigen.

Während die Kugel immer weiter Richtung Sonne flog, dachte er an all das, was er auf dem Mond auf unbestimmte Zeit zurückließ: seine Frau Cathérine, seine beiden Kinder Francois und Emma, seine Freunde. Eine gewisse Wehmut beschlich ihn, die aber schnell verdrängt wurde von einem Gefühl des Stolzes und der Erfüllung. Seine über allem stehende Vision war, dass diese Mission gelingen und sie alle als Helden zurückkehren würden. Dafür würde er alles geben.

Commander Michael Röttger faszinierte die schiere Endlosigkeit des Raumes, die der Bildschirm in der Zentrale so plastisch darstellte. Bald würden sie in Welten vorstoßen, die kein Mensch je vor ihnen betreten hatte!
Der Bereich um die Venus herum war zunächst nur von einem Forschungsraumschiff der USOP angeflogen worden. Die Ergebnisse hatten die Wissenschaftler begeistert, trotzdem waren weitere Expeditionen aus Kostengründen bisher auf Eis gelegt worden. Die gerade anlaufende Besiedlung auf dem Mars verschlang alle verfügbaren, finanziellen Ressourcen.
Obwohl es bis jetzt keine Hinweise auf außerirdische Bedrohungen in Form von Aliens gegeben hatte, war eine Raumflotte aufgebaut worden. Diese war in erster Linie damit beschäftigt, Streitigkeiten bei den verschiedenen Raumschiffen der kommerziellen Handelsflotte zu schlichten und die vorgeschriebenen Flugrouten zu überwachen. Dasselbe galt für alle Landungen und Starts von Raumschiffen und der sorgfältigen Kontrolle der Ladung. Ihm selbst hatte die Arbeit bei der Raumflotte viel Spaß gemacht.
Es hatte ihn mit einem besonderen Stolz erfüllt, als erster Commander die neuen Kugelraumschiffe der

Polarklasse, 200 Meter im Durchmesser, zu befehligen. Er war außerdem maßgeblich an den Tests und der weiteren Entwicklung dieser Spitzenklasse beteiligt gewesen. Und heute gab es bereits zwanzig Stück von ihnen. Nächstes Jahr sollte das neue Flaggschiff der USOP, die SOLARIS, in Dienst gestellt werden. Es hatte mit 500 Meter im Durchmesser gewaltige Ausmaße und war das erste Raumschiff der Solarisklasse. Er rechnete fest damit, dass er auch dieses Mal das Kommando auf der SOLARIS angeboten bekam. Aber dann erreichte ihn ganz unerwartet die Anfrage von GOLEM und der Regierung, ob er der militärische Commander der EXTREMUS 1 werden wollte. Und zwar für eine noch nie da gewesene Mission der Menschheit: den Durchflug durch ein Wurmloch, um damit in Sekundenschnelle Millionen von Lichtjahren zu überwinden. Ziel war es, eine fremde Galaxis zu entdecken, um der Menschheit neuen Lebensraum zu erschließen.

Nach eigenen Überlegungen und Rücksprache mit seiner Ex-Lebensgefährtin entschied er sich, den Auftrag anzunehmen. Sein Kommando bei der Raumflotte würde solange ruhen. Im Anschluss an seine Rückkehr sollte er in den Admiralsrang erhoben werden, und das Kommando über die dann fertiggestellte SOLARIS übernehmen. Manuel Durrand, der die wissenschaftliche Leitung der Mission innehatte, kannte er aus den Zeiten der Raumschiffstreitkräfte. Während er dabei blieb, wechselte Durrand in die Forschung und wurde ein hoch angesehener Wissenschaftler für Wurmlöcher, schwarze Löcher und ihre Auswirkungen auf die Zeit. Und so war er nicht wirklich überrascht, als er hörte, dass Durrand ebenfalls mitflog. Früher waren sie wohl so etwas wie Freunde gewesen. Aber nach dem Weggang von Durrand in die Wissenschaft hatte sich das verlaufen. Ob das erneute Zusammensein die alte Freundschaft wieder beleben würde? Er erinnerte sich sehr gut an die Art Durrands: auf der einen Seite die lebensbejahende Offenheit der Franzosen, auf der anderen Seite der ernsthafte und ehrgeizige Wissenschaftler. Für Ersteres stand ihm selbst wohl seine deutsche Art im Wege, wie er sich in einem Anflug von Humor selbstkritisch eingestand. Verbunden hatte sie beide der Ehrgeiz, zu den Besten zu gehören.

Dann diese Chinesin, Li Wang. Obwohl sie sich stets professionell und unnahbar gab, fand er sie sehr anziehend. Aber da sie mit keiner Geste verriet, ob sie ebenfalls Interesse hatte, hielt er sich im Umgang mit ihr zurück. Auf ihrem Fachgebiet war sie eine Koryphäe, daran war nichts zu rütteln. Sie war sehr attraktiv, mit zarten, femininen Gesichtszügen und einem leisen angedeuteten Lächeln, braunen, unergründlichen Augen und dunklen, meist hochgesteckten Haaren ... Mit einem leisen Seufzer rief er sich zur Ordnung. Er war nicht zum Flirten hier. Gut, dass er sich zur Sicherheit eine gewisse Schroffheit ihr gegenüber zugelegt hatte. Seine Gedanken wanderten weiter. Dieser Computerfreak Andrey Pawlow, ein Russe, wie er sich Russen schon immer vorgestellt hatte. Mit einem Temperament zum Fürchten und einer Liebenswürdigkeit zum Umarmen. Aber er würde sicher mit ihm zurechtkommen. Und dann noch ein Deutscher, Finn Schwarz. Ein weiterer, von seiner Arbeit Besessener, was die Entwicklung von Cyborgs und Androiden anging. Er experimentierte gerne mit den wildesten Ideen – und hatte sich bereits einige Verweise von seinen Vorgesetzten in der streng geheimen "Forschungsstation für künstliche Intelligenz, Cyborgs und Androiden" eingehandelt. Da seine Erfolge aber immer wieder verblüfften und GOLEM große Stücke auf ihn hielt, konnte er weitgehend unbehelligt seiner Leidenschaft weiter frönen und hatte sogar als Leiter der Forschungsabteilung "Cyborgs/Androiden" Karriere gemacht. So waren die fünf Androiden im Raumschiff eine

Entwicklung von ihm. Er hatte sie mit einem künstlich gezüchteten Plasmagehirn ausgestattet, das ihnen weitgehend autonome Fähigkeiten und Lernfähigkeit verlieh. Damit waren die Androiden auf dem besten Weg, eine eigenständige Lebensform zu werden. Sozusagen kleine Ableger unserer werten KI GOLEM, dachte er mit einem Schmunzeln. Seine Gedanken wanderten weiter. Schwarz trockener Humor gefiel ihm besonders gut. Auch mit ihm würde er bestens klarkommen. Dann sah Röttger auf seine Uhr. Es war soweit: der Kontakt mit seiner Freundin und Ex-Lebensgefährtin erwartete ihn. Und so begab er sich mit Vorfreude in die abgeschirmte Kommunikationskabine und startete das Gespräch. Trotz der Trennung war sie einer der wenigen Menschen, mit denen er sich nach wie vor austauschen konnte mit allem, was ihn bewegte oder bedrückte.

Li Wang sah sich in der Messe um und beobachtete ihre Mitreisenden. Die Commander Durrand und Röttger gefielen ihr. Insbesondere von Michael Röttger fühlte sie sich angezogen, von seiner Ruhe und seiner nicht zur Schau getragenen Selbstsicherheit. Mit ihm hatte sie das Gefühl, gut aufgehoben in eine ungewisse Zukunft zu reisen, egal, was passieren würde. Leider machte er nicht die geringsten Anstalten, sich ihr zu nähern. Im Gegenteil, er schien sie sogar besonders schroff zu behandeln. Aber vielleicht würde sich ja das während ihrer Reise noch ändern. Arbeitsmäßig kam sie mit beiden Männern gut klar. Außerdem hatte sie ihren eigenen Arbeitsbereich, in den sich beide nicht einmischten. Etwas zwiespältig war ihr Verhältnis zu Pawlow. Mit seiner Art konnte sie wenig anfangen und so beschränkte sich ihr Kontakt einfach auf die Mission. Und dann war da noch Finn Schwarz, dessen Humor ihr immer wieder ein Lächeln entlockte. Der war so von seiner Arbeit eingenommen, dass es nichts anderes für ihn gab. Bewundernswert!

Andrey Pawlow löcherte gerade mal wieder die künstliche Intelligenz GOLEM, wie er seine Arbeit mit ihr zynisch bezeichnete. Er wollte genauere Berechnungen für den Einflug ins Wurmloch erhalten. GOLEM verweigerte ihm das ständig. Mit der Begründung, dass erst exakte Messungen vor Ort gemacht werden sollten und ständige Neuberechnungen, rein auf Annahmen hin, sinnlos seien. Allerdings hinderte das Pawlow nicht, immer wieder von neuem die Anfrage zu stellen. Innerlich gestand er sich irgendwann ein, damit die Langweile zu bekämpfen. Da die Androiden den Flug weitgehend selbstständig bewältigten, hatte die menschliche Besatzung bis zur Ankunft am Wurmloch kaum noch etwas zu tun. Alle Systeme arbeiteten problemlos. Zu seinen Mitreisenden hatte Pawlow wenig persönliche Berührungsflächen. Man respektierte sich gegenseitig und so kam man beruflich gut miteinander aus. Nur zu diesem Schwarz hatte er so etwas wie ein freundschaftliches Verhältnis aufgebaut. Sie testeten beide gerne ihr Eingebungen und tauschten sich dann im Anschluss über das Ergebnis mehr oder weniger lautstark aus. Er grinste bei dem Gedanken daran. Die anderen schienen es gelassen hinzunehmen oder begrüßten es interessiert als Abwechslung vom öden Bordalltag.

Schwarz dagegen bemutterte mal wieder seine Androiden, die ihn mit maschineller Gleichgültigkeit gewähren ließen, solange er sie nicht an der Erledigung ihrer Aufgaben störte. Mit Pawlow hatte er kreative Auseinandersetzungen, was er sehr genoss. Das enorme Wissen, was dieser über künstliche Intelligenz und Quantencomputer hatte, war beeindruckend. So verging ein Tag nach dem anderen.

Der 16. März rückte immer näher, bis sie schließlich nur noch zwei Tage vom Ziel trennten.

14. März 2153
Mondbasis, Quartier der Raumstreitkräfte

Auf dem Mond war man über den bisher reibungslosen Flug der EXTREMUS 1 hochzufrieden. In einem mehrfach abgesicherten Konferenzraum saßen Präsident Dubois der USOP sowie ranghohe Militärs unter der Leitung von Admiral McLean zusammen, um über eines der geheimsten, zurzeit laufenden Projekte zu sprechen. Es handelte sich um einen neuartigen Antrieb mit dem Namen WARP. Nach jahrzehntelangen Forschungen war es vor zwei Jahren endlich gelungen, unter Leitung des Chefwissenschaftlers der USOP, Sergey Pawlow, einen brauchbaren WARP-Antrieb zu entwickeln. Die kleinen Raumschiffe hatten unter absoluter Geheimhaltung bereits Testflüge im Leerraum außerhalb des Sonnensystems unternommen. Sollte es gelingen, größere Raumschiffe der neuen Solarisklasse damit auszurüsten, hatte man sogar eine Alternative für das Wurmloch nahe der Venus gefunden. So rückte das Ziel, neuen Lebensraum für die Menschheit zu finden, unaufhaltsam näher.

GOLEM war wie üblich bei dem Gespräch als Hologramm anwesend.

Präsident Dubois begann mit einer Frage an GOLEM: "Wann wird der Android Robbie 1 an Bord der EXTREMUS 1 den Test mit dem geheim installierten WARP-Antrieb durchführen?"

"Einen Tag vor dem Erreichen des Wurmlochs, also morgen. Er soll das Raumschiff in zwei Minuten bis zum Wurmloch bringen, wenn der Einsatz endgültig genehmigt ist."

"Was sind die Risiken für die Crew der EXTREMUS 1?", fragte Admiral McLean, der von Anfang an dagegen gestimmt hatte, dass dieser neuartige Antrieb ohne Wissen der Crew installiert worden war.

"Nach meinen Berechnungen gibt es keine", erwiderte GOLEM ohne Zögern.

"Warum muss der Antrieb ausgerechnet bei der EXTREMUS 1 getestet werden?"

"Das wurde nun bereits mehr als ausreichend diskutiert", erwiderte Dubois. "Es ging darum, enorme Kosten zu sparen. Alternativ hätte ein zusätzliches Raumschiff der Polarklasse damit ausrüstet werden müssen. Eine Geheimhaltung wäre dann schwer möglich gewesen, da zu viele Personen involviert gewesen wären. Die Herstellung der EXTREMUS 1 wurde als top-secret eingestuft – also wurden zwei Ziele gleichzeitig erreicht."

"Hm, trotzdem ... nach wie vor gefällt es mir nicht, dass die Besatzung keine Ahnung hat, was auf sie zukommt", meinte Admiral McLean besorgt.

"Ja, was soll denn passieren?", brauste Präsident Dubois gereizt auf. "Gehören Sie jetzt etwa auch zu den Apokalyptikern? So kommen wir nicht voran!"

"Bitte, bewahren Sie Ruhe", warf GOLEM ein, "Android Robbie 1 wird die Besatzung nach dem Starten des Experimentes aufklären und erläutern, warum wir eine Geheimhaltung angeordnet hatten. Der Innere Sicherheitsrat hatte entschieden, dass keine noch so kleine Information an die Öffentlichkeit gelangen sollte, um keine falschen Hoffnungen zu wecken. Erst wenn es als 100% gesichert gilt, dass die neue Technik einwandfrei funktioniert, erst dann wird auch die Öffentlichkeit informiert. Bei Testpiloten haben wir die Erinnerung eines ganzen Monats gelöscht. Leider sind die dadurch verursachten, gesundheitlichen Störungen immer noch nicht vollständig beseitigt. Das Risiko, dass selbst Angehörigen doch noch etwas erzählt worden wäre, sollte mit dieser Anordnung auf 0 reduziert werden."

"Also – heißt das, die Technik ist doch nicht so sicher, wie deine Berechnungen behaupten?", hakte Admiral McLean unbeirrt weiter nach.

"Nichts ist so sicher wie der Wandel", erwiderte GOLEM mit einem freundlichen Lächeln.

"Bitte jetzt keine philosophischen Weisheiten, GOLEM", erwiderte Dubois streng. Insgeheim ärgerte er sich über McLean, der seine Niederlage einfach nicht einstecken wollte.

GOLEM erwiderte nichts mehr. Diese Biologischen steckten wie so oft voller Widersprüche. Etwas Neues zu wagen ohne Risiken einzugehen, das war nicht immer möglich. Das jedoch wollten sie nicht hören.

"Wir werden morgen Order an Robbie senden, das Projekt zu starten. Sollte etwas schief laufen wirst du mit Konsequenzen rechnen müssen, GOLEM", entschied Präsident Dubois. Zu Admiral Mc Lean gewandt sagte er: "Und Sie! Sie tragen mit mir die Entscheidung und die Verantwortung, ob Ihnen das gefällt oder nicht. Es wird keinen Fehlschlag geben! Dass wir die EXTREMUS 1 samt Crew verlieren … das will ich mir gar nicht erst ausmalen."

GOLEM hörte der Drohung gelassen zu. Im Fall des Falles würde Präsident Dubois trotzdem froh über seine Unterstützung sein. Und Admiral McLean hatte schon Schlimmeres überstanden. Der würde von einer nicht vorhersehbaren Verkettung unglücklicher Ereignisse lamentieren und der Sicherheitsrat würde erneut Gelder für die nächste EXTREMUS bereitstellen.

Das Projekt EXTREMUS und der WARP-Antrieb waren für das Überleben der Menschheit in der Zukunft alternativlos. Laut seinen zahlreichen, in alle Richtungen nochmals durchgeführten Berechnungen sollte es keine Probleme geben. Fast paradox, dass er sich als Künstliche Intelligenz von den Bedenken der Biologischen hatte anstecken lassen. Doch seine algorithmischen Berechnungen waren unbestechlich.

15. März 2153 An Bord der EXTREMUS 1

Die Freigabe für das Experiment erreichte Robbie 1 am 15. März, 9.00 Uhr UTC, unbemerkt von der menschlichen Besatzung. Der Androide bestätigte mit einem Kurzimpuls die Anweisung, und bereitete die Aktivierung des versteckt eingebauten WARP-Antriebs vor.

Robbie 1 bat die Crew, sich anzuschnallen mit der Begründung, dass es durch entdeckte Bruchstücke von Astroiden zu unvorhergesehenen Kollisionen kommen könnte. Sie kamen der Anweisung nach. Kaum waren sie angeschnallt, ging ein gewaltiger Ruck durch das Raumschiff und es beschleunigte ungewohnt stark.

Wären die neuentwickelten Andruckabsorber nicht installiert gewesen, die Crew wäre zerquetscht worden. Commander Durrand konnte, genau wie die anderen, kaum noch sprechen und fragte mühsam, was denn los sei.

"Auf Anweisung der Regierung ist soeben der neu entwickelte WARP-Antrieb initiiert worden", erklärte Robbie 1. "Wir werden dadurch in ca. zwei Minuten das Wurmloch erreichen. Danach wird der Antrieb wieder ausgeschaltet. Bitte haben Sie Geduld."

Was, ein neuer WARP-Antrieb? Und sie wussten nichts davon? In den Köpfen der Besatzung rasten die Gedanken. Zorn stieg hoch. Aber die Andruckkräfte waren so stark, dass sie sich nach wie vor nicht bewegen konnten.

Das Raumschiff begann zu beben und sich zu schütteln. Und dann ertönten die Alarmsirenen.

Unvermittelt hallte die Stimme der in das Raumschiff integrierten, künstlichen Intelligenz GOLEM durch den Raum: "Hüllenbruch in 1 Minute, WARP-Antrieb ist nicht mehr deaktivierbar. Hüllenbruch in 50 Sekunden, in 30 Sekunden, in 10 Sekunden…"

Durrand und Röttger versuchten vergeblich, sich aus dem Sessel zu lösen. Den anderen Crewmitgliedern stand das Entsetzen ins Gesicht geschrieben, einer schrie laut auf. Es schien eine völlig ausweglose Situation zu sein, in der ihnen keine Handlungsmöglichkeit mehr blieb und der Tod unabwendbar auf sie zuraste.

Das Raumschiff wurde mit einem Mal merkwürdig durchsichtig. Alles schien plötzlich wie in Zeitlupe unendlich langsam abzulaufen. Hätte ein externer Beobachter die Gelegenheit gehabt, das unglaubliche Geschehen zu beobachten, hätte er es als ein Langgezogen-Werden beschrieben, sozusagen ein "Spagetti-Effekt." Alles war im Fluss und scheinbar durcheinander, sie waren umgeben von tobenden Energien, die aber nichts verbrannten, nichts berührten. Es schien nichts mehr da zu sein und doch alles wieder zusammenzufließen. Eine groteske und völlig irreale Situation!

Von einer Millisekunde auf die andere manifestierte sich die EXTREMUS 1 wieder und trieb antrieblos in der Leere des Weltraums.

In der darauffolgenden Stille vernahm man nur die Geräusche der Systeme und die Kontrollleuchten blinkten in unregelmäßigen Abständen. Als Erstes bewegten sich die Androiden. Die Crew hing benommen in ihren Sitzen. Es dauerte eine Weile, bis sie sich zu regen begannen und allmählich wieder zu sich kamen.

Commander Röttger nahm einen tiefen Atemzug, räusperte sich und fragte GOLEM dann mit festem und bewusst ruhigem Tonfall, was geschehen war.

"Exakt ist das nicht feststellbar. Der WARP-Antrieb war nicht mehr abzuschalten, und das Raumschiff flog mit WARP-Geschwindigkeit direkt in das Wurmloch. Messungen im Wurmloch waren nicht möglich. GOLEM Ende."

"Über diesen geheimen WARP-Antrieb werden wir uns später noch unterhalten. Schicke sofort Sonden durch das Wurmloch zurück, um über die Mondbasis die Erde zu informieren, dass wir noch leben."

"Das ist nicht möglich. Das Wurmloch existiert nicht mehr."

"Wie bitte?", schrie Commander Durrand nun doch aufgebracht. "Erst bringst du uns in eine solche Lage und dann ..."

"Nicht ich habe uns in eine solche Lage gebracht", unterbrach ihn GOLEM, "sondern eine Fehlfunktion des WARP-Antriebs. Die Suche nach Lösungen hat bereits begonnen. Dafür ist eine Standortanalyse allerdings unerlässlich. GOLEM Ende."

"Da hat er wohl recht", warf Schwarz ein und wies die Androiden an, Scans und Messungen durchzuführen, um festzustellen, wo die EXTREMUS 1 gelandet war.

Nach wenigen Minuten kam ein erstaunliches Ergebnis: Zu 98% Wahrscheinlichkeit befand sich die EXTREMUS 1 nach wie vor im irdischen Sonnensystem!

Eine letzte Gewissheit würde ein Flug vom Saturn zur Erde bringen. Allerdings war auffällig, dass keinerlei Funkkontakt und auch keine feststellbaren Aktivitäten einer Raumschifffahrt vorhanden waren. Die Antriebe, sowohl der Plasmaantrieb als auch der Ionenantrieb, wiesen keine Schäden auf und waren funktionsbereit.

"Und was ist mit dem WARP-Antrieb?", fragte Schwarz.

"Er ist nicht mehr funktionsfähig. Die Startspulen sind vollkommen verbrannt. Mit den vorhandenen Ersatzteilen an Bord ist er nicht reparierbar."

"Und das bedeutet was?", warfen Commander Durrand und Commander Röttger gleichzeitig ein.

"Wir benötigen 20 Tage, um die Erde zu erreichen", lautete GOLEMs Antwort. "Die Energievorräte an Plasma für die Antriebe reichen noch für 40 Tage. Danach müssen die Rohstoffe für die Antriebe aufgefüllt werden."

"Das sollte auf der Erde problemlos möglich sein", stellte der Androide Robbie 1 stellvertretend für die anderen Androiden klar, die alle Robbie hießen, durchnummeriert von 1 bis 5.

"Gut", meinte Pawlow nachdenklich, "aber warum gibt es keinen Funkkontakt mit der Erde, dem Mars oder dem Mond?"

"Das kann im Moment nicht beantwortet werden."

"Dann lasst uns jetzt losfliegen", meldete sich Li Wang zu Wort. "Unendliche Diskussionen und Mutmaßungen darüber, was dort los ist, bringen uns nicht weiter."

"Pragmatisch und folgerichtig", nickte Michael Röttger zustimmend. Er befahl die Antriebe zu starten und in Richtung Erde zu fliegen. Da das ein Notfall war, hatte er als militärischer Commander automatisch die Befehlsgewalt, bis sich alles wieder normalisiert hatte.

Mit einem tiefen Summen rührten sich die Ionenantriebe und beschleunigten das Raumschiff langsam, aber sicher auf Reisegeschwindigkeit.

Die Crew nahm das mit Erleichterung zur Kenntnis und entspannte sich allmählich. Commander Röttger befahl nun für alle eine Ruhezeit, um sich zu erholen und die Situation zu verarbeiten. Sie waren von der Regierung und GOLEM hintergangen worden ... das war ein starkes Stück!

An die Ereignisse im Wurmloch konnten sie sich nur undeutlich erinnern, geschweige denn in Worte fassen. Sogar die Borduhr war am 15. März 2153, 9.00 Uhr UTC, stehengeblieben und ließ sich nicht wieder in Gang setzen. Also wies Röttger GOLEM an, die Zeit per Logbuch fortzuführen.

So vergingen die Tage. Die Ereignisse wurden immer wieder rege diskutiert und alle einigten sich darauf, eine

Beschwerde vorzubringen. Aber das musste warten, bis man den Verantwortlichen persönlich entgegentreten konnte. Trotz aller Beruhigung blieb die vage und unheilvolle Vorahnung, dass hier etwas nicht stimmte. Was war geschehen, dass sie so gar keinen Funkkontakt mehr hatten und von einem Raumverkehr weit und breit nichts zu sehen war?

Am 5. April 2153, laut GOLEMs Logbuch, erreichten sie die Mondumlaufbahn und erhielten erste Messungen.

Fassungslos sahen sich die Crewmitglieder an.

Der Mond zeigte nicht die geringsten Anzeichen einer Besiedlung! Auch von der Erde kamen nach wie vor keine Funksignale, geschweige denn ein Raumschiffverkehr.

Sie hatten mittlerweile überall Sonden hinterlassen, auch beim Mars.

Nach mehreren Umkreisungen des Mondes, auf dem sich auf allen bekannten Oberflächen rein gar nichts ausmachen ließ, keine verlassenen Häuser, ja noch nicht einmal irgendwelche Anzeichen einer Zerstörung zu sehen waren, machte sich eine frustrierte und zugleich äußerst besorgte Besatzung auf den Weg zur Erde.

Dort angekommen setzten sie sich in eine geostationäre Umlaufbahn und scannten die Erdoberfläche.

Anzeichen von Leben waren zwar zu erkennen, aber nirgendwo gab es größere Städte, so, wie sie sie kannten. Es herrschte in der Nacht eine minimale, elektrische Beleuchtung. So auch auf dem amerikanischen Kontinent, dort, wo New York liegen sollte. Erstaunlicherweise waren Dampfloks auszumachen. Aber es waren keine Autobahnen zu sehen, keine Autos, Flugzeuge, Satelliten, Funkverkehr oder was sonst noch auf eine höhere Technik hinwies. Nach etlichen Analysen und Berechnungen kam GOLEM zu dem Schluss, dass sie auf der Erde im 19. Jahrhundert gestrandet sein mussten.

Nachdem GOLEM seine Auswertung verkündet hatte, herrschte ungläubiges Schweigen.

Dann begannen die Gedanken zu rasen. Das konnte doch nicht möglich sein! In die Vergangenheit? Und dann noch eine Vergangenheit, die meilenweit von der Technik des Jahres 2153 entfernt war? Die Crew war wie vor den Kopf geschlagen von dieser Tatsache. Eine fieberhafte Suche nach Auswegen begann.

Da das Wurmloch in der Nähe der Venus zurzeit geschlossen war, gab es vorläufig keinen Weg zurück. Aber auch wenn es sich wieder öffnen würde - wer sagte denn, dass ein erneutes Durchfliegen sie wieder in ihre Zeit zurückbringen würde? Dazu wusste man viel zu wenig über diese Phänomene.

Aber warum hatten Sonden, die man vorher für Testflüge durch das Wurmloch geschickt hatte, andere Ergebnisse gezeigt? Es waren damals auch Planeten entdeckt worden. Was war also hier passiert? Es blieb also nur die Annahme, dass der defekte WARP-Antrieb für das Desaster verantwortlich war. Nur der war, wie jetzt bekannt, defekt. Also wie sollten sie eine exakt gleiche Ausgangssituation herstellen, die sie noch nicht einmal ansatzweise kannten? Alles lief darauf hinaus, dass es für diese Reise mit hoher Wahrscheinlichkeit kein Rückflugticket mehr gab!

Hinzu kam, dass die Crew für ihre Antriebe das seltene Deuterium benötigte, welches sehr energieaufwendig aus Wasser filtriert und hergestellt werden musste. Die dafür notwendigen Geräte waren zwar an Bord, aber wie sollte ein im Durchmesser 100 Meter großes Raumschiff unbemerkt landen? Und dann auch noch ungestört aus Unmengen an Wasser die enormen Deuteriummengen gewinnen, was Wochen in Anspruch nehmen würde? Wie würde die zurzeit auf der Erde lebende, menschliche Population damit umgehen?

Hinzu kam die Gefahr, die Zeitlinie zu verändern und damit auch die Zukunft, in der sie alle lebten. Ob diese Gefahr tatsächlich bestand, das konnte keiner vorhersagen, denn bisher war noch niemand in der Lage gewesen, gezielte Zeitreisen zu unternehmen. Genauso gut wäre es aber auch möglich, dass die geschriebene Geschichte sie bereits beinhaltete und sie somit auch nichts verändern konnten. Und so drehten sich die Überlegungen im Kreis. Es musste eine Entscheidung getroffen werden. Was sollten sie also tun: zurück zum Mars fliegen und versuchen, dort Wasserdepots zu entdecken? Nur was dann, selbst wenn das gelänge? Dann wären sie auf dem Mars ohne jede Atmosphäre gestrandet, lebensfähig nur in ihrem Raumschiff.

Die nächste Option war: weiterzufliegen, aus dem bekannten Sonnensystem heraus, jeden Planeten auf dem Weg nach möglichen Ressourcen überprüfend, solange bis ... ja was? Fliegen, bis die Crew tot war und nur noch die Androiden an Bord? Oder bis sie auf einem erdähnlichen Planeten fanden? Dann konnten sie genauso gut auch hierbleiben. Immerhin gab es hier eine Population ihrer Art.

Gut, dann würden sie also Erkundigungen einziehen, wie sie sich hier in dieser Zeit auf der Erde integrieren konnten. Diese Entscheidung wurde von allen gemeinsam getroffen. Darüber hinaus gab es das Ziel, Deuterium zu produzieren, um die Option eines Rückfluges aufrecht zu halten, sollte sich die Bedingung dafür wieder ändern und das Wurmloch erneut auftauchen.

Und so entschied Commander Röttger: "Also - wir machen ein Shuttle startklar und landen morgen Vormittag in einer einsamen, möglichst kaum oder unbewohnten Gegend. Dafür bietet sich die USA gut an. GOLEM hat in Süd-Texas ein großes, unterirdisches Wasserreservoir entdeckt. Unser Treibstoff reicht für zwei Starts und zwei

Landungen. Dann benötigen wir neues Deuterium. Gleichzeitig werden wir eine spezielle Raumsonde aussetzen, die im Orbit um den Mond kreisen wird. Diese Sonde aktiviert sich, wenn der Mond irgendwann besiedelt wird. Erst dann beginnt sie zu senden und von unserem Schicksal zu berichten. Dies dürfte etwa 2130 der Fall sein.

An Bord des im Orbit fliegenden Raumschiffs EXTRE-MUS 1 wird ein Android zur Überwachung des Schiffs bleiben, um uns im Notfall zu helfen. Ebenso werden nach der Landung auf der Erde zwei Androiden immer im Shuttle bleiben, um es startbereit zu halten. Robbie 3 und 4 und die Besatzung werden mit mir nach unten fliegen. Wir müssen Klarheit über die Verhältnisse auf der Erde bekommen. Wir werden für diese Erkundungsgänge die neuen Schutzanzüge tragen. Die Schutzschirme mit der Deflektorkomponente werden uns unsichtbar machen. Ob sie uns aber vor Kugeln und Pfeilen, also mechanischen Waffen schützen, das bezweifle ich stark. Deshalb werden wir zur Sicherheit auch die Panzerwesten darunter tragen. Die Energievorräte der Anzüge reichen für 10 Tage, dann müssen wir zum Shuttle zurück, um sie wieder aufzufüllen. Ich gehe davon aus, dass das Englisch des 19. Jahrhunderts etwas anders ausgesprochen wird. Aber unsere Übersetzungsgeräte sollten sich auf die Sprache schnell einstellen können. Gibt es noch Fragen?" Die anderen verneinten, und so legte Röttger das Landedatum auf den 7. April 2153 fest.

Nachdem alle Startvorbereitungen erledigt waren, saß die Crew zusammen und diskutierte ihre Situation.

"Wer kann schon seine Vorfahren live erleben?", begann Durrand schwarzhumorig. "Sollten wir je zurückkehren, dann haben wir einiges zu berichten!"

Finn Schwarz fügte trocken an: "Oh ja, falls wir den Wilden Westen samt schießwütiger Cowboys und angriffslustiger Indianer überleben."

Die Informationsdatenbank von GOLEM hatte leider erstaunlich wenig Positives zu berichten. So schoss man schnell zu dieser Zeit und fragte erst dann: "Wie geht's?" Daraufhin mussten sie alle lachen.

"Die werden schon ihr blaues Wunder mit meinem russischen Talent erleben." Pawlow grinste dabei bis über beide Ohren.

Wang allerdings wirkte nachdenklich: "Chinesen sind als sogenannte "Gelbhäute" nicht gerade hoch angesehen in dieser Zeit. Sie waren häufig nur Arbeitssklaven."

"Mach dir mal keine Sorgen, Li. Wir sind ja auch noch da", sagte Röttger anteilnehmend. "Aber nun ist es Zeit, schlafen zu gehen, Leute. Morgen kommt ein aufregender Tag auf uns zu."

Nach einem "Jawohl, Sir!" begab sich die Crew in ihre engen Kabinen und versuchte, ein wenig Schlaf zu bekommen.

Pünktlich um 10.00 Uhr UTC, verließ das Shuttle mit dem Namen EXTREMUS 2 den Hangar des Mutterschiffes und tauchte in die Atmosphäre des Planeten Erde ein. GOLEM hatte einen Landeplatz in Süd-Texas lokalisiert. Er lag in einer versteckten Schlucht in den Ausläufern der Guadalupe Mountains mit dem Nachteil, dass die nächste Siedlung viele Meilen entfernt lag. Dafür war das Risiko, entdeckt zu werden, minimiert.

Der Androide Robbie 1 flog das Shuttle präzise. Der Blick aus den Luken des Shuttles bot atemberaubende Bilder. Die Crew erlebte die Schönheit einer vollkommen menschenleeren Wildnis und staunte – so etwas kannten sie aus ihrer Zeit der Überbevölkerung überhaupt nicht mehr!

Aufgrund der Tageszeit hoffte man, dass der schwache Plasmastrahl des Shuttles nicht zufällig von einem Wanderer entdeckt werden würde. Und nach ca. 30 Minuten setzte das Shuttle sanft in der Schlucht auf.

Robbie 1 drehte sich um und sagte: "Welcome to planet Earth, 19th century. Ich wünsche Ihnen einen aufregenden Aufenthalt. Bitte geben Sie rechtzeitig Bescheid, wann sie wieder hier eintreffen. Ihr Reiseführer wird Robbie 3 sein. Das nächste Ausflugshuttle wird Sie dann abholen."

"Wer hat dem denn Humor beigebracht?", fragte Röttger trocken. Prompt gab Robbie 1 die Antwort: "Finn war ein guter Lehrer!"

Spontan lachen alle und die Nervosität und Angespanntheit lockerten sich etwas.

"Nun, ihr habt Robbie 1 gehört. Schleuse öffnen, raus, und dann erst mal die frische, gute Luft tief einatmen."

Nachdem alle, bis auf Robbie 1, die Schleuse verlassen hatten, aktivierte dieser den Schutzschirm mit der Deflektorkomponente. Daraufhin konnte die Crew das Shuttle so gut wie nicht mehr erkennen. Nur ein gelegentliches, vages Flimmern verriet dessen Standort. So getarnt, musste man erst einmal wissen, wonach man suchte.

Die Crew machte sich im Schutz ihrer Deflektorschirme auf den Weg heraus aus der Schlucht. Da das Thermometer 42 Grad plus im Schatten anzeigte, waren sie über die Klimatisierung ihrer Anzüge mehr als froh. Die Qualität der Luft war um vieles besser, als sie es vom Jahr 2153 gewohnt waren. Eine vegetationslose Einöde umgab sie hier. Vorsichtig spähten sie am Ausgang der Schlucht in alle Richtungen. Wie sie es erwartet hatten, war niemand zu erkennen. Die biologischen Scanner bestätigten ebenfalls diese Tatsache.

So marschierten sie in Richtung der nächsten Siedlung, die sich südlich befinden musste, nur begleitet von einigen Vögeln am Himmel.

Da die eingebauten Schwerkraftreduzierer ihr Gewicht erheblich verminderten kamen sie gut voran und erreichten am späten Nachmittag einen kleinen Canyon, der in ein Talbecken mündete. Die Crew beschloss, sich hier für die Nacht niederzulassen. Robbie 3 und 4 bauten in Windeseile die aufblasbaren Iglu-ähnlichen Zelte auf; insgesamt vier Stück, für jeden Menschen eins, sowie ein Hygienezelt und ein Küchenzelt. Ein lautloser Generator nahm seine Arbeit auf und lieferte den Strom für die Tarnvorrichtung, das Licht und alles andere. Anschließend nahmen die Androiden die Absicherung des Camps vor und verteilten Sensoren, die jede Annäherung von Lebewesen sofort melden würden.

So gerüstet erlebten sie den ersten Abend auf der Erde des 19. Jahrhunderts.

Kapitel 3 Der Texas Ranger

Texas 1882

Blutrot ging die Sonne hinter dem Horizont unter. Langsam senkte sich die Dunkelheit über die bizarre Landschaft von Süd-Texas. Hier im menschenleeren Grenzgebiet zu Mexiko mit seinen weiten, trockenen Ebenen, den Canyons und roten Sandwüsten, kam sich ein einzelner Reiter vor, als wäre er allein auf der Welt. So musste es auch dem Mann vorkommen, der zwischen einigen verdorrten Büschen, Saguaro Kakteen und Joshua Trees hockte. Mit einer kurzen Handbewegung warf er einen Ast in das Feuer, über dem an einer Astgabel ein Kaffeekessel hing. Funken stoben hoch und verlöschten knisternd in der kühler werdenden Luft. Ein paar Schritte entfernt hinter dem Mann schnaubte sein Pferd, ein Rappe mit vier weißen Fesseln, angebunden an einem der dürren Sträucher und knabbernd an den kargen Gräsern. Der einsame Reiter mochte um die dreißig Jahre alt sein. Sein markantes Gesicht zierte ein Schnauzbart und er schien einige Tage keine Rasur mehr genossen zu haben. Eine Narbe über der rechten Wange, die sich fast bis zum Ohr hinzog, gab ihm ein verwegenes Aussehen. Bekleidet war er mit einem schwarzen Baumwollhemd, einer Weste sowie einer braunen Lederhose mit Fransen. Auf seinem Kopf trug er einen schwarzen, breitrandigen Hut mit hoher Krone. An seiner rechten Hüfte steckte in einem Holster ein 45-er Colt mit weißen Griffschalen. Der Mann kaute auf einem Stück Trockenfleisch herum und leerte seinen Becher Kaffee. Langsam schob sich der Mond über das mit Sternen übersäte Firmament. Der Mann warf noch einen letzten dicken Ast in das Feuer, wickelte sich in seine Decke und mit dem Sattel als Kopfkissen, und schlief kurz darauf ein.

Es dämmerte noch, als der Fremde sich aus der Decke schälte und gähnend das Feuer wieder entfachte, das bis auf einen kleinen Rest Glut niedergebrannt war. Nach einem kargen Frühstück, das aus einer Dose Bohnen und einem Stück Trockenfleisch bestand, verstaute er seine Utensilien in den Satteltaschen, befestigte die Decke und den Staubmantel hinter dem Sattel und ritt in Richtung Süden davon. Er schien wohl irgendwem oder irgendjemanden auf der Spur zu sein. Denn immer wieder hielt er an und zog sein Fernglas aus der Satteltasche. Spähend blickte er sich um und studierte aufmerksam die Gegend. Doch außer einem Kondor, der lautlos in einiger Entfernung seine Kreise zog, erkannte er nichts Auffälliges. Vor dem Reiter lag eine weite, staubige Ebene. Kaum bewachsen und mit vielen roten Sandsteinhügeln, kleineren Felsformationen und ausgetrockneten Bachbetten durchzogen. Aus der aufsteigenden warmen Luft bildeten sich Staubteufel und wirbelten wie Geister über das ausgedörrte Land. Dann verschwanden sie ebenso schnell wie sie gekommen waren, um an anderer Stelle erneut aufzutauchen.

Der Fremde hatte keinen Blick für die raue Schönheit dieser Halbwüste übrig. Er verzog das Gesicht und spuckte in den sich langsam wieder erwärmenden Sand. Schweigen umgab ihn. Die Wildnis schien wie ausgestorben. Ab und an huschte eine Eidechse über den Weg und verschwand flugs in einer Felsspalte. Als er einige dieser trockenen Rinnen durchquerte und auch die Ebene hinter sich gelassen hatte, wurde der Bewuchs üppiger. Kandelaber und Saguaro-Kakteen, Wüstenblumen und grüngelbes Buschwerk prägten jetzt die Landschaft. In der Ferne glitzerte ein Fluss und auf der rechten Seite erhob sich eine mit Nadelhölzern bewachsene Felsformation, von der ein Wasserfall herunterstürzte. Für das Auge und die Sinne eines Reisenden war das ein erholsamer

Anblick, nach dem tagelangen Ritt durch die Einöde. An einem kleinen Bach stieg der Reiter vom Pferd und füllte seine Wasserflaschen auf, als er in der Ferne Schüsse hörte. Ruckartig richtete er sich auf und lauschte. Nach einer Weile ertönten wieder Schüsse. Schnell verschloss er die letzte Wasserflasche, schwang sich aufs Pferd und ritt im leichten Galopp in diese Richtung.

Nach kurzer Zeit erreichte er eine flache Senke. Hinter einem großen Felsen sprang er vom Pferd und zog die Winchester aus dem Scabbart. Geduckt schlich er vorwärts und erkannte etwas weiter vorne einen Planwagen und eine Gruppe Menschen. Einige Männer hielten Gewehre im Anschlag und feuerten in die Richtung, die der Fremde nicht einsehen konnte. Auf dem Boden lagen drei Verwundete oder Tote, das erkannte er. Frauen suchten Deckung hinter dem Planwagen und man hörte laute Rufe. Dann wieder Schüsse aus der Richtung, in der die Gegner liegen mussten. Der Reiter erkannte, dass es sich bei den Überfallenen um Siedler handeln musste. Denn Stühle, ein Tisch und einige Gerätschaften waren rund um ein großes Feuer aufgestellt.

Der Fremde schlich um den Felsen herum und begab sich näher an das Geschehen heran. Er wollte wissen, wer hinter dem Überfall steckte und nahm das Fernglas an die Augen. In Deckung liegend suchte er das Gelände ab und entdeckte hinter umgefallenen Bäumen und im dichten Gebüsch einige Gestalten. Und jetzt erkannte er auch, wer die Männer waren: Es handelte sich um fünf Comancheros. Üble Gestalten, die mit den Indianern Geschäfte machten und ihnen Waffen, Whisky und weiße Frauen als Sklaven verkauften. Der unbekannte Reiter verzog das Gesicht zu einer Grimasse und spuckte wieder auf den Boden.

"Drecksgesindel, erbärmliches", murmelte er vor sich hin. Langsam nahm er seine Winchester an die Schulter und stellte die Zieloptik ein. Etwa achtzig Yard betrug die Entfernung, wie er schätzte. Die Kerle feuerten wieder auf die Siedler und einer erhob sich dabei kurz aus seiner Deckung. Der Fremde legte an, zielte kurz und drückte ab. Sein Schuss dröhnte laut und die 44-er Kugel riss den Outlaw buchstäblich aus den Stiefeln.

Verdutzt starrten seine Kumpane auf den Toten. Wussten nicht, woher plötzlich die Kugel kam. Das nutzte der Fremde aus und feuerte ein zweites Mal. Diesmal traf es einen der Kerle in den Kopf. Sogar aus der Entfernung war zu erkennen, was das Geschoss anrichtete. Jetzt waren die Kerle aufmerksam geworden und erkannten, woher die Schüsse kamen. Sofort nahmen sie den Fremden unter Feuer. Vor ihm spritzten Steine und Dreck hoch. Doch auch bei den Siedlern sah man, dass man Hilfe bekommen hatte und erwiderte ebenfalls wieder das Feuer. Von dem Kugelhagel in Deckung gezwungen nahm auch der Fremde die Comancheros wieder unter Feuer. Von zwei Seiten eingedeckt versuchten die schreiend hinter einigen knorrigen Bäumen Schutz zu finden. Doch einer nach dem anderen fiel. Der letzte dieser Strolche versuchte zu fliehen als er feststellte, dass ihm keine Chance blieb. Eiskalt nahm ihn der Fremde ins Visier und diese Kugel beendete seine Flucht.

Nachdem Ruhe herrschte und der Pulverdampf verflogen war, erhob sich der Mann und ging zu seinem Pferd. Bei den Siedlern angekommen blickten ihm die Leute schon neugierig entgegen, wobei ihnen der Schrecken noch in den Gesichtern geschrieben stand.

Der Ankömmling blickte sich aufmerksam um. Einige Leute kümmerten sich um einen Schwerverletzten, der zusammengesunken am Rad des Wagens lag. Zwei andere Männer hatte es schlimmer erwischt, sie waren tot.

"Hallo Fremder. Ein Glück, dass Sie gekommen sind. Wir dachten schon, jetzt ist alles aus und diese Bande erledigt uns!", begrüßte ihn einer der Männer, der sich als Robert Clayton vorstellte.

Der Fremde tippte kurz an den Hut.

"Ich bin John-Allister McLean. Aber sagen Sie einfach John das reicht", knurrte er und spuckte vor sich auf den Boden. "Yeeaah ... da sind Sie ja nochmal dem Tod von der Schippe gesprungen was?"

Clayton erwiderte: "Ja Mister, herzlichen Dank für Ihre Hilfe. Ohne Sie hätten wir es wohl nicht geschafft. Wir kommen von Galveston und wollen hoch nach Santa Fe und dann weiter nach Colorado. Dort hat ein Verwandter von mir eine Ranch. Und wir wollen uns dort eine neue Existenz aufbauen. Wir hatten gerade unser Lager hier errichtet, als diese Bande uns überfiel."

Dann deutete er mit dem Daumen hinter sich und murmelte: "Bei Gott, es hat unseren Treckführer erwischt. Der sollte uns bis zum Ziel begleiten. Armer Kerl. Wie sollen wir uns jetzt zurechtfinden?"

McLean zog die Mundwinkel nach unten und erwiderte ungerührt: "Egal wie. Sie sollten sich so schnell wie möglich auf den Weg machen. Weg von hier, wenn euch euer Leben lieb ist. Diese Strolche waren sicher nicht die einzigen, die in dieser Gegend herumschleichen. Zudem ihr auch noch Frauen bei euch habt ", wobei er auf die beiden Frauen deutete, die sich um den Verletzten kümmerten.

Clayton machte ein betrübtes Gesicht.

"Ja, John, Sie haben recht, doch zuerst müssen wir die Toten begraben, auch diese ... diese Banditen da hinten, das ist unsere Christenpflicht. Dann müssen wir sehen, wo wir einen neuen Treckführer herbekommen. Alleine und in Unkenntnis dieser Wildnis verirren wir uns noch!"

McLean schüttelte unmerklich den Kopf, wobei er wieder auf den Boden spuckte. "Macht was ihr wollt. Aber die toten Schweinehunde da hinten lasst liegen. Die Geier und

Coyoten wollen auch leben. Zudem haben es diese Kerle nicht anders verdient!"

Clayton machte bei diesen Worten ein erstauntes und zugleich ungläubiges Gesicht. Eine der Frauen, die das Gespräch mitgehört hatten, kam auf sie zu.

"Ich bin Clara Benton. Mr. McLean, wir sind Ihnen sehr zu Dank verpflichtet! Aber auch hier in der Wildnis wollen wir doch nicht unsere Menschlichkeit und christlichen Glauben vergessen. Wir können diese Menschen nicht einfach so liegen lassen!"

McLean zog höflich den Hut vom Kopf und erwiderte lakonisch: "Ma'am ... ich verstehe Sie. Doch wir leben hier nicht im Osten, in der Zivilisation. Hier gelten andere Gesetze. Glauben Sie etwa, diese Kerle würden sich auch für Sie solche Mühe machen?"

"Nein ... wir sind nicht im Osten, Mr. McLean. Trotzdem entspricht es nicht unseren Grundsätzen und unserem Glauben. Nur weil wir hier in einer gewalttätigen und rauen Welt leben, können wir die Toten nicht einfach herumliegen lassen! Wohin kämen wir, wenn wir unsere Einstellung und den Glauben jedes Mal ändern würden, nur weil sich die Situation geändert hat?"

McLean wollte gerade ausspucken, doch der strenge Blick von Miss Benton hielt ihn davon ab.

"Ma'am ... Miss Benton ... wir leben in einem freien Land. Sie haben Ihre Meinung zu den Dingen und ich meine. Glauben Sie mir ... es ist nur zu Ihrem Besten. Begraben Sie Ihre Leute und verschwinden Sie so schnell wie möglich, bevor Sie noch alle an Ihrem Glauben sterben. Das Land hier ist Grenzland. Hier treiben sich die übelsten Gestalten herum. Die pfeifen auf Ihren Glauben und Ihre Menschlichkeit. Besonders ihr Frauen seid für diese Comancheros nichts weiter als Handelsware. Was glauben Sie, was die mit Ihnen anstellen, wenn sie Sie in die

Finger kriegen? Ich kann Ihnen nur diesen Rat geben. Was Sie daraus machen, ist Ihre Sache!"

Miss Benton presste die Lippen aufeinander und verzog das Gesicht, als wollte sie sagen: Mit Ihnen ist nicht zu reden, Sie verstehen uns nicht.

Eine zweite Frau kam jetzt dazu und reichte McLean einen Becher Kaffee. "Ich bin Rosa Vanderberg, Mister McLean. Danke für Ihre Hilfe!"

Der winkte ab und murmelte nur: "Schon gut, Miss." Zugleich wiederholte er seine Worte von vorhin. Worauf Miss Vanderberg ein entschuldigendes Gesicht machte und mit den Schultern zuckte: "Es tut mir leid, Mister McLean. Aber Clara hat Recht. Wir können nicht anders leben. Und wenn wir unseren Glauben verlieren ... wer sind wir dann noch?"

McLean seufzte ergeben und schüttelte mit dem Kopf. "OK, also gut. Wenn ich euch nicht überzeugen kann, dann bleibe ich wenigstens hier, bis ihr eure Toten und die von diesen Schw..., diesen Banditen begraben habt. Aber beeilt euch damit und macht keine lange Show daraus. Ich muss weiter, habe noch wichtige Dinge zu tun. Und ihr solltet danach auch schleunigst verschwinden!"

Dankbar lächelnd ergriff Rosa darauf seine Hand und drückte sie, worauf McLean verlegen ein "Schon gut, das wird schon" murmelte. Nachdem die Toten begraben waren und McLean nochmals Hände schütteln musste, machte er sich wieder auf den Weg. Einige Male blickte er noch zurück und sah dem Planwagen nach, der langsam in der Ferne verschwand. Er schüttelte verständnislos den Kopf und ließ sein Pferd dann in einen leichten Trab fallen. So ritt er weiter und war alsbald wieder allein in der Weite der Landschaft.

Coyote Junction

Wieder eine dieser Grenzstädte, die das Gesindel anzog wie verlorene Seelen den Teufel. Staubig, dreckig und wild. Doch die einzige Möglichkeit weit und breit, nach einem langen Ritt durch die Wildnis einen einigermaßen guten Schlafplatz, eine Rasur und einen guten Drink zu bekommen. McLean hoffte auch, einen Telegrafen zu finden, um eine Nachricht nach Austin abzusetzen. Schon seit Wochen war er alleine hinter Charles "The Knife" Roberts her. Der tötete einen Marshal in Benfield und überfiel mit seinen Kumpanen eine Bank in Copperville. Schon viel zu lange trieb dieser gefährliche Outlaw sein Unwesen. Um dem Treiben dieses Kerls endlich Einhalt zu bieten, erhielten die Texas Ranger daraufhin den Auftrag, ihn und seine Bande zu stellen. Tot oder lebendig war dabei keine Frage. Also war er, Sergeant John-Allister McLean, mit dreien seiner Leute aufgebrochen. Als sie die Bande in den "Dark Grounds" gestellt hatten, wurden bei der Schießerei zwei Ranger erschossen und einer schwer verletzt. Jetzt befand sich McLean alleine auf der Fährte von Roberts, der bei dem Kampf auch seine Kumpane verloren hatte und nun versuchte, nach Mexiko zu entkommen. Für einen unbedarften Reisenden musste Coyote Junction wie eine der üblichen Städte des Westens anmuten. Etwa zwanzig dieser aus rohen Hölzern erbauten Häuser standen rechts und links der breiten Mainstreet. Dahinter einige Ställe, Pferche und Corrals. In der Mitte des Ortes ragte ein großer Mesquite-Baum in die Höhe. Darunter befand sich ein gemauerter Zieh-Brunnen, aus dem gerade einige Leute Wasser in einem hölzernen Eimer emporzogen. Die Hälfte der Einwohner dieses Nestes - wie auch der gesamte Südwesten - bestand aus Mexikanern, Mestizen und einigen Schwarzen, die draußen auf den Feldern arbeiteten. Sogar die

Postkutschenlinie der "Wells Fargo and Company" kam hier durch. Reiter und einige Frachtwagen belebten die Straßen. Kinder spielten in einer Seitengasse und Menschen schlenderten auf den hölzernen Gehwegen. Einige der Häuser hatten auch schon bessere Tage gesehen. Windschief standen sie zwischen Saloons und einigen Geschäften. Doch diese Idylle trog. McLean erkannte sofort die Gestalten, die vor den Saloons herumlungerten und die Umgebung beobachteten. Ihm entgingen nicht die misstrauischen und teils bösen Blicke, die sie ihm zuwarfen, als er langsam die Mainstreet hinunterritt.

Vor einem Haus, auf dessen verwitterten Schild "Sonora Hotel" stand, stieg er ab. Er nahm sein Gewehr aus dem Scabbart, band seinen Packen vom Pferd und begab sich ins Innere. Holzdielen knarrten und seine Schritte klangen laut, als er sporenklirrend an die Empfangstheke trat. Kein Mensch war zu sehen, daher klopfte er mit der flachen Hand auf die Klingel, die auf den Tresen stand. Ein paar Mal musste er das wiederholen, bis endlich aus einem Hinterzimmer jemand erschien. Ein überraschend kleiner Mann mit Schürze und Nickelbrille sah ihn mürrisch an, so, als ob er sich über jeden Gast ärgern würde.

"Ich brauche ein Zimmer", knurrte McLean, "dazu ein Bad, eine Rasur und einen Drink!"

Der kleine Mann schob ihm ein Buch vor die Nase.

"Der Name?"

"John!"

"Den vollständigen Namen!", quetschte das Männchen zwischen den Zähnen hervor und sah McLean von unten herauf böse an. McLean runzelte die Stirne.

"John ... Allister ... McLean", erwiderte er mit ausdruckslosem Gesicht und blickte dem Mann fest in die Augen. "Aber bitte mit Bindestrich ... daran halte ich mich nämlich fest beim reiten!"

Das Männlein zog eine Grimasse, blickte ihn jetzt noch böser an und zog die Mundwinkel nach unten. Dann griff er hinter sich und holte einen Schlüssel von einem Haken, den er auf den Tresen knallte. McLean grinste spöttisch und begab sich die Treppe in den ersten Stock hinauf. Doch er hörte noch die Worte des Männchens, die er vor sich hin brummelte.

"Gesindel ... alles nur Gesindel."

"Was sagten Sie?"

"Oh nichts ... nichts ... gar nichts. Ich lasse Ihnen gleich ein Bad ein ... und eine Flasche bringen!"

Dann verschwand der Kleine flugs wieder im Hinterzimmer.

Als McLean mit der Wäsche fertig war und sich einen Drink gegönnt hatte, ging er nach unten in die Lobby, wo gerade ein Bediensteter einige Gepäckstücke verstaute und fragte ihn nach einem Telegrafen Office. Tatsächlich gab es eins in der Stadt. Der Clerk erklärte ihm den Weg und McLean begab sich zu der angegebenen Stelle.

Als er die Nachricht abgeschickt hatte, schlenderte er gelangweilt an den wenigen Schaufenstern vorbei. Beim Weitergehen bemerkte er Gestalten, die ihn auf der anderen Seite langsam verfolgten. Drei Kerle, denen man ansah, dass sie ihr Geld nicht mit Arbeit verdienten. Einer davon - ein Weißer - trug einen Kreuzgurt mit zwei Revolvern. Die anderen sahen aus wie Comancheros. Mit Lederkleidung, wirren Frisuren und allerlei Indianerzeugs am Körper. McLean grinste verhalten und wechselte auf die andere Straßenseite. Hier befand sich ein "Gun-Shop", denn er brauchte wieder mal Patronen für seine Winchester.

Als er den Laden wieder verließ, standen die drei Galgenvögel vor der Tür und versperrten ihm den Weg.

"Na sowas. Ein neues Gesicht in der Stadt!", grinste der mit dem Kreuzgurt. Doch dieses Grinsen war nicht freundlich gemeint.

"Wer ist denn unser Besucher? Eigentlich haben wir ja nichts gegen Fremde. Du willst doch hier in der Stadt keinen Ärger machen, wie?"

McLean sah den Kerl lange an. Sein Gesichtsausdruck wirkte fast gelangweilt. Locker hing seine rechte Hand neben dem Colt, als er ruhig erwiderte: "Aber, Gentlemen. Wer will denn Ärger machen? Darf ich wissen, wer mich so neugierig anquatscht?"

Bei dem Wort "Gentlemen" brachen die drei in grölendes Gelächter aus. Konnten sich kaum noch beruhigen. Wahrscheinlich hatte sie so noch niemand bezeichnet, was auch mehr als verständlich war.

Lachend fuhr der Kerl fort: "Sieh einer an ... ein feiner Herr scheinen Sie ja zu sein, was? Ein richtig kultivierter Herr, wenn ich mich nicht irre. Aber auch ein feiner Herr muss sich an die Regeln halten. Und die Regeln heißen bei uns: Kein Fremder darf in der Stadt mit Waffen herumlaufen. Wir sind nämlich sowas wie die Stadtgarde, verstehen Sie? Wir passen auf, dass Recht und Ordnung erhalten bleiben!"

Worauf alle drei wieder prusteten vor Lachen. McLean lächelte kalt und erwiderte: "Na klar, das verstehe ich gut. Man muss heutzutage schon die Augen offen halten ... bei dem Gesindel, was sich im Land herumtreibt. Ich bin ja noch nicht lange hier, habe aber schon selber so einige Galgenvögel hier entdeckt. Wie wäre es, wenn ihr bei denen anfangt. Und meine Waffen? Die bleiben schön da, wo sie sind, nämlich bei mir!"

Plötzlich verzogen sich die Mienen der drei Männer. Ihr Lachen verstummte und ihre Augen funkelten böse. Der Kerl vor ihm streichelte schon seine beiden Colts an der Hüfte und auch die beiden anderen fingerten an ihren

Eisen herum. McLean sah es und starrte mit durchdringendem Blick von einem zum anderen, wobei er erneut ein Lächeln aufsetzte. Doch dieses Lächeln war kalt und gefährlich.

"Falls von den Gentlemen einer auf die Idee kommen sollte, sein Eisen zu ziehen, muss ich euch darauf hinweisen, dass mindestens zwei von euch da unten im Dreck liegen werden, bevor ihr blinzeln könnt!"

Und zu dem Kerl mit den zwei Revolvern meinte er, indem er mit dem Finger auf ihn zeigte: "Auch deine zwei prächtigen Colts werden dir nicht helfen. Denn du bist der Erste, der fällt!"

Verblüfft und völlig irritiert standen die drei Outlaws vor ihm. Mit so einer Reaktion hatten sie nicht gerechnet. Sie blickten sich verdutzt an und jeder erwartete vom anderen eine Aktion. Doch es kam keine. Unschlüssig standen sie nur da und in ihren Gesichtern spiegelten sich Wut und Angriffslust. Doch aus Erfahrung wussten sie, dass sie kein Greenhorn oder einen Stenz vor sich hatten, mit dem sie umspringen konnten, wie sie wollten. Sie erkannten, dass dieser Mann gefährlich und nicht zu unterschätzen war. Einige Passanten waren in respektvoller Entfernung stehen geblieben und beobachteten die Szene. Auch deshalb ließen die Strolche von ihrem Vorhaben ab. Nur zögernd machten sie ihm Platz, als er sich zum Gehen wendete. McLean grinste die drei noch verächtlich an und schlenderte dann betont gelassen weiter. Doch von jetzt an musste er auf der Hut sein. Diese Kerle vergaßen so schnell nichts. Besonders dann nicht, wenn man sie so gedemütigt hatte.

Unterwegs sah er noch mehr solche verwahrlosten Gestalten. Überall lungerten sie herum. Eine ganze Bande Outlaws gab sich hier ein Stelldichein. In der Stadt hätte das Gesetz viel zu tun und den Galgen bräuchte man wochenlang nicht wieder abzubauen. Doch der nächste

Sheriff war dreihundert Meilen weit entfernt und ein Richter sogar noch weiter.

McLean streifte durch die Stadt und erkundigte sich diskret, ob jemand Charles "The Knife" Roberts gesehen hatte. Denn auch der brauchte Proviant und es gab meilenweit keine andere Stadt, in der er den bekommen konnte. Also war es logisch, hier nachzuforschen. Danach wollte McLean jedoch so schnell wie möglich wieder aus der Stadt verschwinden. Und er hatte Glück. Einer der Barkeeper hatte ihn gesehen und konnte sich an ihn erinnern. Zwei Tage sei es her gewesen, als er im Saloon auftauchte, sich besoff und randalierte. In welche Richtung der Outlaw dann verschwand, konnte der Mann ihm jedoch nicht sagen.

So blieb Mc Lean nichts anderes übrig, als seinem Instinkt zu folgen und der sagte ihm, dass Roberts den schnellsten Weg nach Mexiko nehmen würde. Und der führte geradewegs durch eine zerklüftete Gebirgslandschaft. Eine Landschaft mit Canyons, roten Sandsteinfelsen und hügeliger Ebene, mit Kakteen und stachligen Gebüschen bewachsen, die im Westen an die Plains angrenzte. Hier jemanden aufzuspüren, war fast unmöglich.

So ritt er nun durch diese "Badlands", immer darauf bedacht, nicht in einen Hinterhalt zu geraten. Denn diesem Verbrecher traute er alles zu. Auch der wusste jetzt, dass McLean allein unterwegs war und rechnete sich eine bessere Chance gegen ihn aus.

Unbarmherzig schien die Sonne vom wolkenlosen Himmel. Hier in den Canyons staute sich die Hitze noch mehr und öfter musste sich McLean mit dem Halstuch den Schweiß aus dem Gesicht wischen. Kein Lüftchen regte sich, um dem geplagten Reiter ein wenig Abkühlung zu schenken. Auch dem Pferd machte die Hitze zu schaffen. Obwohl McLean im Schritt dahinritt, waren die Flanken des Tieres nass, so als wäre es gerade durch einen Bach gelaufen. Nach Stunden endlich öffnete sich der Canyon. Das Gebiet wurde ebener und vor McLean lagen die Plains, die sich bis nach Mexiko erstreckten. Die Landschaft zeigte mehr Bewuchs und sogar Salbei und Prärieblumen erfreuten jetzt das Auge des Betrachters. McLean erspähte in der Ferne ein glitzerndes Band. Ein kleiner Bach durchzog die Landschaft. Endlich konnte er seinen Wasservorrat auffüllen. In den letzten Stunden war das lebenswichtige Nass immer knapper geworden, was in dieser trockenen und staubigen Einöde lebensbedrohlich war. Nachdem McLean mit dem Fernglas die Gegend abgesucht aber nichts Verdächtiges entdecken konnte, setzte er seufzend seinen Ritt fort.

An dem Bach füllte er gerade seine Wasserflaschen auf, als ihm Brandgeruch in die Nase stieg. Er kniff die Augen zusammen und hob suchend den Kopf, wobei er prüfend die Luft einsog. Es war nur ein schwacher Geruch, doch anders als von einem Lagerfeuer. Es roch eher nach verbranntem Fleisch, so, als ob ein Haus brannte. McLean stieg aufs Pferd und suchte die Gegend mit dem Fernglas ab. Dann entdeckte er in ungefähr einer Meile Entfernung die Brandursache.

Als er vorsichtig und mit dem Gewehr in den Händen näher ritt erkannte er, dass sich hier eine Tragödie abgespielt hatte. Von einem Frachtwagen waren nur noch verkohlte, schwelende Überreste zu sehen. Überall verstreut lagen Kisten, Fässer und allerlei Gerätschaften herum. Alles war durchwühlt worden. Zerrissene Kleidungsstücke lagen auf dem Boden verstreut und mehrere Tische und Stühle hatte man zu Kleinholz zerschlagen. Dann entdeckte McLean hinter den verkohlten Überresten des Frachtwagens etwas, was ihm den Atem stocken ließ. Es waren die verkohlten Leichen zweier Männer, die an den Wagen gefesselt waren. Die Körper der Unglücklichen qualmten noch und McLean musste sich das Halstuch vor das Gesicht ziehen, so entsetzlich stank es.

Angewidert suchte er nach Spuren, die ihm Klarheit verschaffen sollten, wer dieses Massaker verursacht hatte. Dann sah er in einem zerborstenen Möbelstück einen Pfeil stecken. Er zog ihn heraus und erkannte sofort, dass es ein Apachenpfeil war. Viele von Geronimos Kriegern kämpften noch mit Bogen und Pfeil, denn nicht alle hatten schon moderne Repetiergewehre. Suchend blickte sich McLean um und fand in einiger Entfernung noch zwei Leichen. Sie waren durch Pfeile getötet worden. Die beiden Männer waren skalpiert, ihrer Kleidung beraubt und ihre Körper verstümmelt worden. Alles deutete darauf hin, dass hier eine Gruppe der Bedonkohe-Apachen am Werk gewesen waren. Der Stamm, dessen Anführer der Kriegshäuptling Geronimo war.

McLean schüttelte sich angesichts des Dramas. Was die Weißen und auch Mexikaner den Indianern angetan hatten und immer noch antaten, war grausam und ein Völkermord. Bestialisch wurden die Ureinwohner verfolgt und abgeschlachtet. Der Grund für dieses Abschlachten war ein äußerst brutales Gesetz, das die Regierungs-Verwaltung für Chihuahua im Jahre 1837 erlassen hatte. Für jeden Skalp eines Apachen-Kriegers wurden 100 Dollar, für einen Frauenskalp 50 Dollar und für den Skalp eines Kindes 25 Dollar gezahlt.

Die Apachen rächten sich grausam und kannten deshalb keine Gnade, wenn ihnen Weiße in die Hände fielen. Nichtsdestotrotz hasste McLean diese barbarischen Rothäute. Sie hatten ihm in der Vergangenheit übel mitgespielt, was ihm noch heute Albträume bescherte. Er erkannte, dass bei der Gruppe der Händler auch Frauen gewesen sein mussten. Herumliegende, weibliche Kleidungstücke und Utensilien waren Gewissheit genug. Die Gespann-Pferde hatten die Apachen natürlich auch mitgenommen. Pferde waren für die Indianer immer eine willkommene Beute. Wie viele Frauen zu der Gruppe gehört hatten, konnte McLean nicht feststellen. Auf jeden Fall mehr als nur eine, was man an der Vielzahl der herumliegenden Kleidungsstücke erkennen konnte. Er hatte nun die schwere Aufgabe, die Leichen zu begraben. Denn diese waren Weiße und den Umständen nach zu urteilen, anständige Leute. McLean hob flache Gruben aus, denn in diesem harten, trockenen Boden ließ sich kein Grab schaufeln. Dann schichtete er Steine zu einem kleinen Hügel auf und fertigte aus verkohlten Brettern einige Kreuze. Mehr konnte er nicht tun. Kopfschüttelnd über diese Gräueltat, ging er zurück zu seinem Pferd.

Er wollte gerade losreiten, als ein Schuss fiel. An der rechten Seite getroffen, rutschte McLean vom Pferd. Sich die Rippen haltend kroch er hinter einen hohen Felsen und ging in Deckung. Sein Pferd sprang erschrocken ein paar Schritte zur Seite.

Verdammt, was war denn das, dachte er und spähte vorsichtig hinter dem Felsen hervor. Sofort peitschte der nächste Schuss auf und Steinsplitter flogen McLean um die Ohren. Er fluchte leise vor sich hin und sah zu seinem Pferd hinüber.

"Verdammter Mist. Wie komme ich jetzt an mein Gewehr?"

McLean hatte nur den Colt zur Verteidigung. Doch für diese Entfernung war die Waffe ungeeignet. Wieder spähte er vorsichtig hinter dem Felsen hervor. Als der nächste Schuss fiel, konnte er ungefähr die Entfernung abschätzen, wo der Schütze lauern musste. Wahrscheinlich lag er dreißig Yard weiter hinter einer Felsformation, die mit Büschen umwachsen war. Er brauchte unbedingt sein Gewehr. Nur wie herankommen?

Es war ein Risiko, zu seinem Pferd zu laufen um sich die Winchester zu schnappen, doch er musste es eingehen, wollte er gegen den heimtückischen Schützen eine Chance haben. Zum Glück stand sein Pferd so, dass der Felsen, hinter dem McLean lag und der Standort des Schützen eine Linie bildeten. So konnte er geduckt zu seinem Gaul rennen und hatte etwas Deckung. Doch es musste schnell gehen. Der Schütze dort drüben war kein Anfänger. Der Ranger zog sein Hemd hoch und betrachtete die Wunde. Es war zum Glück nur ein Streifschuss. Doch der brannte wie die Hölle und blutete stark. Er riss sich einen Fetzen Stoff aus dem Hemd und drückte sie auf die Wunde. Dann zog er das Hemd darüber und stopfte es wieder in die Hose. Das musste halten, bis er sich einen richtigen Verband anlegen konnte. McLean schnaufte kurz durch und rannte geduckt zu seinem Pferd.

Schüsse peitschten hinter ihm, doch der Felsen schirmte ihn genügend ab, sodass er sein Pferd erreichte. Hastig zog er das Gewehr aus dem Futteral und rannte ebenso schnell wieder zurück. Keuchend und sich die Rippen haltend, lag er wieder in Deckung.

"Verdammte Sauerei ... wer ist dieser Kerl?!"

Doch er ahnte - oder besser gesagt - er wusste schon, wer ihm hier und jetzt auflauerte. McLean presste die Lippen zusammen.

"Wart's nur ab, du hinterhältiger Scheißkerl, ich kriege dich", knurrte er wütend.

Er repetierte die Winchester durch und lugte um den Felsen. Als der Angreifer wieder schoss, feuerte der Ranger zurück. Er jagte vier Kugeln in die Richtung und sprang gleichzeitig vorwärts. Zehn Yard weiter fand er Deckung zwischen einigen knorrigen Bäumen und kleineren Felsen. Jetzt war er nahe genug und so, dass der Angreifer ihn nicht mehr sehen konnte. McLean konnte ihn jetzt vorsichtig umgehen und sich über eine Felskante hinweg hinter den Angreifer schleichen. Vorsichtig und geduckt bewegte er sich vorwärts. Es war still geworden.

Hatte der Kerl dort Lunte gerochen und wechselte jetzt auch die Stellung? McLean witterte Unheil.

Argwöhnisch spähte er über die Felskante. Doch da, wo der Angreifer liegen musste, war nichts. Von dem Kerl war nichts zu sehen.

Mühsam rollte sich McLean über den kleinen Abhang, jederzeit in Erwartung, dass der Kerl ihn überraschen würde. Als er der vermuteten Stellung näherkam, sah er aus den Augenwinkeln einen Schatten. Instinktiv drehte er sich herum und schoss, doch die Kugel prallte an einem Felsen ab. Jetzt rannte er so schnell er konnte und brachte sich auf der anderen Seite wieder in Stellung. Der Ranger fluchte leise vor sich hin, weil seine Sporen klingelten und ihn deshalb verraten konnten.

Im nächsten Augenblick erschien oben über ihm eine Gestalt. Die legte das Gewehr an und fast gleichzeitig mit seinem Schuss dröhnte auch der des Angreifers auf.

McLean spürte die Kugel, die an seiner Weste zupfte, doch sein Schuss traf besser. Der Angreifer fiel nach hinten um und verschwand in einer Senke. Mit dem Gewehr im Anschlag näherte sich der Ranger der Stelle.

Dann erkannte er den Mann.

Es war der Gesuchte, Charles Roberts. Mit schmerzverzerrtem Gesicht lag er da und stöhnte. Seine Kugel hatte ihn in den Bauch getroffen.

Er trat das Gewehr des Verletzten mit dem Fuß zur Seite und beugte sich über ihn.

"Na sieh einer an. Hab' ich dich endlich erwischt, du räudiger Hund? Ich war lange hinter dir her, Roberts. Zu lange. Schade, dass du nicht am Galgen endest ... dieses Schauspiel hätte ich mir nicht entgehen lassen, du Mistkerl! Du bist so feige, dich nicht offen zu stellen. Musst hinterrücks angreifen. Aber das sieht dir ähnlich!"

Roberts stöhnte laut. Aus seinem Mund drang dunkles Blut. Er blickte McLean an, grinste verzerrt und hasserfüllt. Dann brachte er mühsam hervor: "Du ... verdammter Dreckskerl ... ich ... ein Jammer, dass wir ... dass wir dich nicht auch...".

Ein Hustenanfall durchschüttelte Roberts. Eiskalt sah der Ranger auf ihn herunter und deutete ungerührt auf seine Wunde.

"Yeaaah ... Leber ist getroffen. Du hast noch ungefähr zehn Minuten. Dein Blut ist dunkel, so dunkel wie dein erbärmlicher Charakter. Bald wirst du in der Hölle landen, falls der Teufel dich überhaupt hineinlässt!"

Roberts hustete wieder und fuhr fort: "Dich ... dich hätte ich kalt machen ... kalt machen sollen ... als ich die .... die Gelegenheit dazu hatte."

Dann überzog sein Gesicht wieder ein hasserfülltes Grinsen. Selbst im Angesicht des Todes, zeigte der Outlaw keine Reue, keine Einsicht. Ausdruckslos sah McLean auf ihn herab. Verkrümmt und mit dem Kopf auf einem Felsen lag der Outlaw vor ihm. Der Ranger machte keine Anstalten, ihm das Sterben durch eine Kugel leichter zu machen. Er sollte so verrecken, wie er gelebt hatte. Roberts wollte noch etwas sagen. Doch es kam nur noch ein Röcheln aus seinem Mund. Nach einem letzten Hustenanfall wurden seine Zuckungen und krampfartigen Verrenkungen weniger, bis er still dalag. Seine gebrochenen Augen blickten starr in den Himmel, als wollte er doch noch in der letzten Sekunde Beistand erflehen. Der Outlaw war tot.

McLean atmete tief durch und spuckte verächtlich auf den Boden. Dann wendete er sich ab, um zurück zu seinem Pferd zu gehen. Kein Mitleid, keine menschliche Regung empfand er, als er Roberts im Dreck liegend zurückließ. Ihm waren humane Empfindungen für solche Monster wie Roberts schon lange abhandengekommen.

Der Ranger wollte nun schnellstens in die nächste Stadt, um von dort die Postkutsche zu nehmen, die ihn zurück nach Austin bringen sollte. Sein Auftrag war erfüllt und Roberts und seine erledigt. Er musste also denselben Weg, den er gekommen war wieder zurück, bis nach Cojote Junction. Dabei durchquerte er die wellenförmigen Hügelketten der nördlichen Plains und musste wieder einen dieser höllischen Canyons der kleinen Gebirgskette durchqueren, die ihm schon einmal zur Verzweiflung gebracht hatten. Doch es war der kürzeste Weg und so ritt er los.

Gegen Abend bereitete er sich ein Lager im Schutz einer kleinen Senke und entfachte ein Feuer. Es war immer der gleiche Trott. Schon viel zu lange war er in diesem weiten Land unterwegs. War über die Jahre bei den Texas Rangern hinter den schlimmsten Verbrechern her gewesen und kannte die dunkelsten Abgründe der menschlichen Seele. Er hatte viele von denen getötet und er spürte, dass in ihm eine Angst lauerte. Nicht etwa vor Outlaws, nicht vor einem Kampf und auch nicht davor, irgendwann selbst durch eine Kugel zu sterben. Nein, das war es nicht. Er hatte Angst davor, abzustumpfen und vielleicht noch Gefallen am Töten zu finden. Oh ja, er hatte schon Kameraden erlebt, die nach dem Austritt aus der Truppe nichts anderes konnten, als von der Waffe zu leben. Sie wurden entweder Kopfgeldjäger, oder verdingten sich als käufliche "Marshals", die jedem ihre Dienste anboten, denen das Gesetz zu langsam oder nicht effektiv genug war. Doch andererseits musste die Arbeit der Ranger getan werden, wenn irgendwann einmal das Land zivilisiert und Recht und Gesetz zur Normalität werden sollte. Er war jetzt vierunddreißig Jahre alt. Was erwartete er noch vom Leben?

Diese Frage beschäftigte McLean immer wieder. Schon lange wollte er bei den Rangern kündigen und sich eine kleine Pferderanch aufbauen. Wie einst wieder ein normales Leben führen, vielleicht nochmal eine Frau finden, die mit ihm das Leben als Rancher teilen würde. McLean nahm einen tiefen Atemzug und schob die trüben Erinnerungen beiseite. Ja, Frauen hier im Westen zu finden, war nicht einfach. Gewiss, es gab Frauen. Doch viele von denen führten in dieser von Männern geprägten Welt nicht gerade das Leben einer sittsamen Lady, die abends dem Mann das Essen kochten und sich um die Kinder kümmerten. Es waren häufig Frauen, die einem ... naja, sagen wir mal leichten Gewerbe nachgingen. Oder Frauen wie Calamity Jane, die rauchten, tranken, Tabak kauten und fluchten. Anständige und sittsame Frauen zu finden, das war nicht ganz so einfach, wie sich das manches naive Greenhorn aus dem Osten so vorstellte. Und die wenigen ehrbaren Frauen waren schneller verheiratet, als man blinzeln konnte.

Gedankenverloren starrte der Ranger lange in den Nachthimmel. Die Sterne funkelten wie Diamanten und ab und an huschte eine Sternschnuppe über den Horizont und verglühte. Löste sich auf in ein Nichts.

"Ob es dort draußen vielleicht noch anderes Leben gibt?", fragte er sich selber. In der knappen Freizeit las McLean Bücher. Ihn interessierten Gerschichten über das Weltall. Als Junge hatte er mal so ein Teleskop besessen, das auf der Veranda seiner Eltern stand und durch das er neugierig in den Sternenhimmel schaute. Der Mond mit seinen dunklen Flecken faszinierte ihn besonders, da er der Erde ziemlich nahestand. Und weit ... ganz weit weg, erkannte man sogar als kleines Pünktchen den Mars. Ja, er verschlang schon als Junge solche Bücher, die sich mit Astronomie befassten. Was ihm in der Schule und auch später im Erwachsenenalter den Spitznamen "Sternengucker" bescherte. Dann dachte McLean an seinen Bruder Robert. Zwei Jahre jünger als er und immer zu Streichen aufgelegt. Aber auch er machte sich lustig über Johns Hobby und dass er seine Nase immer in die Bücher steckte. Dabei war er später derjenige, der von zu Hause wegzog und im Osten studierte. Anwalt war er geworden und lebte in New York. Von wegen "Nase in Bücher stecken!" McLean grinste amüsiert.

Und jetzt lag er neben dem knisternden Lagerfeuer und betrachtete den glitzernden Sternenhimmel mit seiner unendlichen Weite, bis ihm die Augen schwer wurden und er in einen unruhigen Schlaf fiel.

Kapitel 4 Zwei Welten begegnen sich

Mürrisch und unausgeschlafen streifte McLean die Decke herunter und stand gähnend auf. Wieder einmal das Feuer neu entfachen, das über Nacht erloschen war. Dann den obligatorischen Kaffee kochen und den letzten Rest Trockenfleisch mit einer Dose Bohnen herunterwürgen.

Er schüttelte den Kopf. Dieses Leben hatte er langsam, aber sicher satt. Er sehnte sich nach einem warmen Bett, einer anständigen Waschgelegenheit und einem guten Frühstück am Morgen. Und sein Entschluss stand fest. Dieser Auftrag sollte sein letzter gewesen sein. Alles wollte er in Zukunft machen, nur nicht mehr auf Verbrecherjagd gehen. Sollen sich andere darum kümmern, die jünger waren, dachte er bei sich. Nach diesem gewohnt kargen "Frühstück" sattelte er sein Pferd und ritt noch in der Morgendämmerung davon.

Die Ausläufer der Guadalupe Mountains mit ihrer schroffen Landschaft machten einen Ritt nicht gerade zu einem Vergnügen. Doch um einen Umweg zu vermeiden, wählte McLean diesen Weg. Der andere, um die Bergkette herum und über die Plains, hätte ihn zwei Tage gekostet. Er wollte so schnell als möglich die Stadt erreichen, um von dort aus die Postkutsche nach Austin zu nehmen. Ärgerlich verzog er das Gesicht, denn er musste wieder nach Cojote Junction zurückkehren, der einzigen Ortschaft weit und breit, in der die Transportlinie der Wells Fargo hindurchfuhr. Aber was nützte ihm die schlechte Laune? Jetzt, da er seinen Entschluss gefasst hatte, würde die Zukunft besser aussehen. Und dieser Gedanke hellte seine Stimmung etwas auf.

Vor ihm lagen noch einige kleine, enge Canyons, die er durchqueren musste. Dann hatte er die Berge hinter sich und erreichte ebenes Gelände. Von dort aus war es nicht mehr weit bis zur Stadt. Die wollte er noch vor Einbrechen der Dunkelheit erreichen. Die beschlagenen Hufe des Pferdes hinterließen ab und an ein lautes Klacken, wenn sie an einen Stein trafen. Dieses Geräusch hallte geisterhaft von den Wänden der engen Schlucht wider und klang unwirklich laut in dieser Stille. Es waren die einzigen Geräusche in dieser öden und vegetationslosen Landschaft. McLean war froh, aus dieser Einöde fast heraus zu sein. Nur noch ein kleines Talbecken durchqueren und er hatte wieder offenes und weites Land vor sich. Vor ihm lagen haushohe, rote Sandsteinfelsen mit unzähligen kleineren Brocken, die von den steilen Hängen heruntergefallen waren. Das felsige, mit Geröll übersäte Terrain ging langsam in einen sandigen Untergrund über, der die Schritte des Pferdes dämpfte.

Plötzlich stutzte der Ranger und blickte angespannt vor sich auf den Boden. Dort waren Fußspuren zu erkennen. Er stieg vom Pferd, um sich diese Spuren genauer anzusehen.

"Zum Teufel auch", murmelte er vor sich hin, "wer latscht denn zu Fuß durch diese verdammte Einöde?"

Gebückt fuhr er mit dem ausgestreckten Finger die Umrisse des Fußabdrucks entlang. Er blickte suchend umher und erkannte, dass es sieben Gestalten waren, die hier langmarschiert waren. Nachdenklich kratzte er sich am Kinn.

"Komische Spuren, hab' ich noch nie gesehen. Keine jedenfalls von Stiefeln."

Und in der Tat: Die Fußabdrücke waren flach und ungewöhnlich breit. Keine, wie sie Reiterstiefel hinterlassen. Er kratzte sich wieder grübelnd am Kinn und schüttelte den Kopf. Dann spuckte er auf den Boden.

"Bin gespannt, wo die hinführen. Nur Idioten laufen zu Fuß durch diese steinige Hölle."

McLean schwang sich auf seinen Gaul und ritt langsam weiter, die Augen auf diese ominösen Spuren gerichtet und immer wieder wachsam nach vorne spähend.

Plötzlich zügelte er hart seinen Gaul. Das Tier warf den Kopf nach oben und wieherte kurz, ob der derben Behandlung. Beruhigend streichelte er den Hals des Tieres. Er hatte Stimmen gehört. Nicht laut, doch jedes Geräusch wurde hier durch die Steilwände der engen Schlucht noch verstärkt. Langsam ritt er weiter. Bis zu dem großen Felsen, bei dem er abstieg.

Er zog das Gewehr aus dem Sattelholster und schlich gebückt um den Felsen herum. In einiger Entfernung erspähte er jemanden, der gerade in eine von mehreren Behausungen schlüpfte, die merkwürdigen, silbrig glänzenden Gebilden ähnelten. Das mussten die Leute sein, von denen die Fußspuren stammten. Scheinbar waren die gerade dabei, ihren Plunder zusammenzupacken und ihr Camp aufzulösen. McLean kniff die Augen zusammen, spuckte auf den Boden und schüttelte verwundert den Kopf.

"Was zum Henker sind das für Kerle?", brummte er. "Solche komischen Vögel habe ich noch nie gesehen. Und was die für Zeugs anhaben! Bläulich glänzende Anzüge mit irgendwelchen Zeichen darauf und einem Stern auf der linken Brust. Können aber keine Gesetzeshüter sein. Teufel auch ... aus dieser Gegend stammen die bestimmt nicht, soviel ist sicher."

Um näher heranzukommen, schlich McLean zu einem kleineren Felsbrocken. Aus dem Zelt kamen jetzt zwei Männer und eine Frau heraus. Aber den Fußspuren nach mussten es noch mehr sein. Sie hatten an ihren Gürteln seltsame runde und einige längliche Gegenstände befestigt. Der Ranger zog die Mundwinkel nach unten und blies die Backen auf. Die drei schienen anscheinend über

etwas zu beraten. Er entschloss sich, ihnen entgegenzu-
treten.

Das Gewehr in Hüfthöhe haltend kam er aus seiner Deckung hervor und ging langsam auf die Gestalten zu. Die
schauten zu ihm hin und schienen auf ihn zu warten.
Machten aber keinen feindlichen oder gewalttätigen Eindruck. Als McLean langsam näherkam, winkte einer der
Fremden zu ihm herüber. Misstrauisch und das Gewehr
im Anschlag, näherte er sich vorsichtig der Gruppe.
Ihm entgingen dabei auch nicht die seltsamen Gerätschaften, die überall herumstanden. Alles Dinge, die ihm
völlig unbekannt waren. Die ganze Szenerie kam ihm unwirklich, fast gespenstisch vor. Gespannt, was ihn hier erwartete, ging er langsam weiter. Mit dem Gewehr deutete
er der Gruppe an, ihre Arme 'gen Himmel zu strecken,
was sie auch taten.

Fünf Schritte vor ihnen blieb McLean stehen. Keiner
sprach ein Wort. Alle starrten ihn nur an, als wäre er ein
Weltwunder. Einer der Männer flüsterte seinem Neben-
mann etwas zu und der nickte nur.

McLean spuckte aus und blickte von einem zum anderen.
"Na, dann mal raus mit der Sprache", knurrte er und
machte ein verkniffenes Gesicht. "Was seid ihr denn für
eine komische Truppe?"

Einer der Männer wollte etwas sagen, doch McLean unterbrach ihn mit einer Handbewegung.

"Ahhh... nichts sagen ... lasst mich mal raten. Ich schätze,
ihr seid mit einem Wanderzirkus unterwegs, wie?"

Wobei er sich ein Grinsen nicht verkneifen konnte.

"Aber wer zum Henker ist schon so dämlich, hier durch
diese gottverlassene Einöde zu marschieren? Ohne
Pferde und ich sehe auch keinen Wagen. Wer zum Teufel
seid ihr?"

Als immer noch keine Antwort kam, spuckte McLean
abermals aus und holte tief Luft.

"Sagt mal, ihr komischen Vögel ... hat's euch die Sprache verschlagen oder versteht ihr mich nicht?"

Wobei er wieder von einem zum anderen blickte. Die zwei Männer tuschelten miteinander und fingen an zu gestikulieren.

"Hey, hey. Schön die Pfoten oben behalten!"

McLean hob das Gewehr wieder an, das er mittlerweile etwas gesenkt hatte. "Noch sind wir nicht fertig. Ich will wissen, wer und was ihr seid. Und nochmals wiederhole ich mich nicht!"

Einer der Männer trat hervor und sagte in ruhigem Ton: "Nur ruhig Blut, Cowboy. Ich bin Michael Röttger, Chef dieser Truppe. Und, wie Sie so treffend bemerkten, sind wir eine Art Wanderzirkus aus einer anderen ... ja, aus einem anderen, fernen Land. Es wäre schön, wenn Sie die Waffe etwas senken würden, damit wir uns in Ruhe unterhalten können. Wir sind keine Feinde, nur friedliche Reisende."

McLean blickte Röttger argwöhnisch an und wusste nicht, was er von diesen Spaßvögeln halten sollte. Und dann diese komische Sprache, die sie redeten. Kaum zu verstehen und erinnerte nur entfernt an Englisch.

Da sie aber keinerlei feindliche Anstalten machten und wirklich friedlich zu sein schienen, senkte er langsam das Gewehr. Auch die Frau entspannte sich jetzt. Röttger stellte ihm seine beiden Begleiter vor.

"Das ist Mr. Manuel Durrand, und die Dame hier ist Miss Li Wang."

"Und wo ist der Rest Ihrer Truppe?"

"Die bleiben im Zelt, bis die Lage geklärt ist." Daraufhin nickte der Ranger bedächtig: "Ich bin McLean, ... John-Allister McLean."

Dann deutete er mit dem Gewehr auf die herumliegenden Gerätschaften und die zeltähnlichen Gebilde.

"Solche Dinge habe ich noch nie gesehen. Was ist das? Kommt ihr aus dem Osten? Haben die dort was erfunden, von dem man hier noch nichts weiß?"

McLeans Misstrauen war noch nicht ganz verschwunden. Zu unwirklich, zu mysteriös wirkte das alles hier. Er war ja nicht blöd und hatte schon vieles in der Welt gesehen. Doch diese Leute, ihre Gerätschaften und wie sie gekleidet waren, ließen Zweifel an den Worten von diesem Röttger aufkommen. Er wollte diesen komischen Vögeln mal auf den Zahn fühlen. Das alles ging nicht mit rechten Dingen zu.

Commander Röttger wollte gerade zu einer Antwort ansetzen, als McLean plötzlich und unerwartet seinen Colt zog und schoss. Erschrocken sprangen Röttger, Durrand und Wang zur Seite. Keiner der Anwesenden war auf die blitzschnelle Bewegung gefasst gewesen. Ungerührt deutete McLean hinter Röttger auf den Boden und knurrte: "Klapperschlange", während er die Hülse ausstieß und eine neue Patrone in die Kammer seines Revolvers schob. Röttger schüttelte den Kopf, blickte hinter sich und sah eine Schlange mit zerschmettertem Kopf.

"Lieber Himmel, sind Sie immer so impulsiv? Sie haben uns einen schönen Schrecken eingejagt. Mussten Sie denn gleich ohne Vorwarnung schießen?"

Der Commander sah ihn ärgerlich an.

Doch McLean zuckte nur gleichgültig mit den Schultern und antwortete lakonisch: "Ich musste nicht schießen ... nein. Doch, ich war zu faul, mich zu bücken, um das Vieh einzufangen und es Ihnen zum Geschenk zu machen!" Wobei er spöttisch grinste.

"Hm ... dann also erst mal danke, Mr. John-Allister McLean!"

"Wissen Sie", fuhr der Ranger fort, "ein Biss von diesen Biestern und Sie sind hin. Dauert keine zehn Minuten. Mir scheint, ihr seid wirklich nicht von hier. Habt ihr überhaupt

Waffen? Ich habe bis jetzt noch keine gesehen. Und in dieser Wildnis gibt's nicht nur Sand, Steine und verdammte Schlangen. Hier streifen auch Pumas herum. Und ihr müsst auch mit den Apachen rechnen. Die tauchen immer dann auf, wenn man sie am wenigsten erwartet!"

McLean spuckte aus und fuhr fort, indem er mit dem Daumen hinter sich deutete: "Naja, wie dem auch sei ... ich werde mal meinen Gaul holen. Der wartet bestimmt schon ungeduldig auf mich!"

Wobei er wieder spöttisch grinste und dann verschwand.

Im Zelt hatte die Crew gebannt auf den Bildschirm geschaut. Nachdem der Texaner außer Reichweite war, deaktivierten sie die Hologramme.

"Da haben wir Glück gehabt, dass die Flugdrohnen in der Luft waren und uns vorgewarnt haben!", begann Röttger. "Und es war dieses Mal nur ein einzelner Mann. Gut, dass er kein Shake Hands mit uns machen wollte, sonst wären wir aufgeflogen. Leute, wie gehen wir weiter vor? Viel Zeit haben wir nicht. Er wird bald mit seinem Pferd zurückkommen. Grundlos wird er uns nicht angreifen, er macht einen anständigen Eindruck. Ich meine, auf die Hologramme können wir verzichten. Vorschläge, was wir ihm erzählen und wieviel wir preisgeben?"

"Ein traumhaftes Benehmen kann man diesem McLean nicht bescheinigen", warf Wang ein. "Und dann dieses ekelhafte Spucken! Na, wenn die Menschen hier alle so sind?! Ich bin dafür, dass wir sehr vorsichtig sein sollten, was wir preisgeben. Andererseits benötigen wir jemanden, der uns hilft, die in dieser Gegend üblichen Kleider zu besorgen und der uns über die Gepflogenheiten dieser Zeit aufklärt. Im Anschluss könnte er uns unterstützen, im nächsten Ort eine Unterkunft zu bekommen und dann sehen wir weiter."

"Und mit was bezahlen wir ihn? Das wird er nicht umsonst tun", gab Durrand zu bedenken.

"Mit synthetischen Edelsteinen, die ich in weiser Voraussicht durch die Androiden habe anfertigen lassen", meldete sich Schwarz zu Wort.

"Sehr gut. Und warum weiß ich davon nichts?", brauste Durrand verärgert auf.

"Ups, hab' ich doch glatt vergessen, dir Meldung zu machen ... hoffe, du vergibst mir?", gab Schwarz entschuldigend grinsend zurück. Durrand schwieg konsterniert.

"Sind wir doch froh, Manuel", meinte Pawlow besänftigend, "dass er diese Idee hatte - so haben wir jetzt ein Problem weniger!"

"Hervorragend, Finn", äußerte sich Röttger. "Trotzdem, Leute, bitte in Zukunft daran denken, dass wir als Leiter der Mission immer vorab informiert werden müssen. Und wir werden außerdem Gold auftreiben müssen, denn ich gehe mal davon aus, dass Finn keine Containerladung an Edelsteinen bereitgestellt hat?"

"Nein, nur eine kleine Menge. Das wird sicher eine Weile reichen, aber natürlich nicht ewig", antwortete Schwarz.

"Gut", sagte Durrand schon wieder versöhnlicher und drehte sich zu Robbie 3 um. Er wies ihn an, Kontakt zum Mutterschiff aufzunehmen und Robbie 1 zu veranlassen, die Gegend auf Goldvorkommen und ebenso auf Erdöl zu scannen.

"Und, Michael, du hast das letzte Wort als militärischer Commander, wie gehen wir weiter vor?"

"Genau so: Wenn der Cowboy zurückkommt, werde ich ihm den Rest von uns vorstellen und ihm unser Angebot unterbreiten. Dann sehen wir, wie er darauf reagiert. Robbie 3, du hältst dich bereit, einzugreifen, falls die Situation eskalieren sollte."

"Achtung, er kommt zurück", meldete Robbie 4 der Gruppe. Daraufhin begaben sich alle nach draußen.

Unterwegs zu seinem Pferd machte sich McLean so seine Gedanken. Was er bisher gesehen hatte, hinterließ ihn ratlos. Er ahnte, dass hier etwas im Gange war, das seine Vorstellungskraft sprengte. Diese Truppe war ihm nicht geheuer. Die Gestalten in ihren unbekannten Anzügen, ihre Ausrüstung, die nicht von dieser Welt zu sein schien und ihre merkwürdige Sprache verwirrten ihn. Und McLean hasste es, wenn ihn irgendetwas verwirrte. Doch andererseits war seine Neugier geweckt. Tief im Inneren spürte er, dass er hier in eine Sache hineingeraten war, die außerhalb jeder Norm stand. Er hatte in der Vergangenheit viele Bücher gelesen und grübelte schon ab und zu darüber nach, ob die Menschheit wirklich die einzige Art in den Tiefen des Weltalls sei. Aber da war er wohl hier im Lande so ziemlich der Einzige, der sich mit solchen Themen beschäftigte. Im rauen Land des Westens hätte man ihn als Spinner und Verrückten bezeichnet, würde er solche Gedanken öffentlich kundtun. Die Menschen hier hatten andere Sorgen, als sich mit solchen Hirngespinsten abzugeben. Also behielt er sein Wissen lieber für sich.

McLean schwang sich auf sein Pferd, dessen Zügel er an einem großen Felsbrocken befestigt hatte und ritt im leichten Trab zurück. Gespannt erwartete ihn die Crew. Röttger schmunzelte, deutete auf den Reiter und meinte: "Eine Szene wie in einem der alten Wild West Filme. Der Lonesome Cowboy mit seinem treuen Freund, dem Pferd!"

Seine Gefährten schwiegen, nur Durrand meinte: "Ich bin gespannt, wie er das alles aufnimmt!"

Als der Ranger bei ihnen anhielt und sich vom Pferd schwang, ging Röttger auf ihn zu und sagte: "Hier ist nun der Rest unserer Truppe, Mr. McLean: Mr. Schwarz und Mr. Pawlow, unsere zwei Künstler Robbie 3 und Robbie

4. Miss Wang und Mr. Durrand kennen Sie bereits. Sie haben ja sicher schon bemerkt, dass wir hier fremd sind. Ich habe Ihnen ja schon erzählt, dass wir von weit her kommen. Sobald wir uns besser kennen, können wir uns gerne näher darüber unterhalten. Jetzt wären wir allerdings froh, wenn Sie uns darin unterstützen würden, uns hier zurechtzufinden, um Ihre Welt besser kennenzulernen. Die dringendsten Anliegen: Wie kommen wir an einheimische Kleidung, ortsübliches Geld und im nächsten Ort an ein Quartier?"

Durrand ergänzte schnell: "Selbstverständlich werden wir Sie dafür bezahlen. Allerdings haben wir, wie schon gesagt, kein Geld in Ihrer Währung – aber wir besitzen Edelsteine in hervorragender Qualität als Ersatz. Was halten Sie davon?"

Alle Blicke wendeten sich McLean erwartungsvoll zu.

Der Ranger tippte zur Begrüßung an den Hut und blickte lange von einem zum anderen. Dann spuckte er aus und erwiderte: "Nun mal langsam. Sie erwarten Hilfe von mir? Dann müssen Sie erst mal erklären, wer und was Sie sind, verdammt nochmal! Ich bin auf dem Weg nach Austin ... habe harte, beschissene Wochen hinter mir und keine Lust, Rätselraten mit Ihnen zu spielen. Ich bin kein Dummkopf und auch keiner dieser Hinterwäldler! Also reden Sie nicht um den heißen Brei herum und spucken Sie die Wahrheit aus!"

McLean hatte es langsam satt. Und in seiner Art, die Dinge auf den Punkt zu bringen, fielen die Worte manchmal auch etwas derber aus. Was jedoch in diesem Land nicht ungewöhnlich war. Hier sprach man eine andere Sprache als wie z.B. im Osten oder anderswo auf der Welt. Die Menschen hier im Westen waren direkt und man kam schnell zur Sache. Herumdrucksen und problematischen Dingen auszuweichen, waren sie nicht gewohnt.

McLean nahm einen Atemzug und legte ein leichtes Grinsen auf.

"Also ... wenn Sie jetzt so freundlich wären, mir reinen Wein einzuschenken, wäre ich Ihnen sehr dankbar." Die Augen zu Schlitzen verengt fügte er langsam hinzu: "Ich habe schon bemerkt, dass etwas nicht so ist, wie es scheint. Ihre Aufmachung und das geheimnisvolle Getue. Ihre komische Sprache, das alles kommt mir vor, als wenn ... jaaa, wie soll ich sagen? Als wenn ihr nicht nur aus einem ominösen fernen Land kommt. Neeein ... da steckt mehr dahinter, das habe ich gleich vermutet. Dieses ... dieses "ferne" Land, wo soll das denn liegen? Und ihr besitzt keine Dollars? Das alles gibt mir schwer zu denken! Und dann frage ich mich, und das ist eigentlich das Wichtigste: Mit was oder wie seid ihr hierhergekommen? Ich habe nirgends ein Gefährt oder ähnliches gesehen. Kein Mensch ist so dumm, in dieser Gegend zu Fuß herumzulaufen. Also bitte, Gentlemen, Ma'am … ich denke, eine Erklärung wäre jetzt fällig, wenn ich mich nicht irre!"

Die Crew sah sich etwas verblüfft an.

Commander Röttger räusperte sich schließlich: "Mr. McLean, auch wenn wir sehr froh darüber wären, wenn Sie uns helfen - wir sind nicht bereit, zum jetzigen Zeitpunkt viel mehr zu erzählen. Wir kennen Sie nicht und wissen nicht, wie weit wir Ihnen vertrauen können. Aber eins können wir in jedem Fall."

Danach drehte er sich um und wies an: "Robbie 4, zeige ihm einige Edelsteine."

Robbie 4 kam näher und gab Röttger in einem Tuch einige Diamanten.

"Hier, schauen Sie mal", sagte er und überreichte dem Ranger zwei davon. "Überlegen Sie sich, ob Sie uns trotz fehlender Antworten vielleicht doch unterstützen. Es wird Ihr Schaden nicht sein, das kann ich Ihnen versichern. Was Sie wissen müssen: Wir sind keine Kriminellen und wollen niemanden schaden. Wir sind hier sozusagen gestrandet. Also - wenn Sie uns nicht helfen wollen, dann trennen sich unsere Wege wieder. Eine kleine Frage können Sie uns doch bitte in jedem Fall gleich beantworten: Welchen Tag, Monat und welches Jahr haben wir heute?"

Jetzt war McLean überrascht.

"Na, heute ist Mittwoch, wenn ich mich nicht irre. Ich glaube, der 8. April 1882. Wieso wollen Sie das wissen?"

Der Ranger starrte Röttger an und schnaubte.

"Tjaa … und Ihre Diamanten. Woher weiß ich, ob die echt sind? Sie können mir ja viel erzählen. Und was soll ich damit anfangen? Wir bezahlen hier Cash oder vielleicht auch mit Gold, wenn jemand sowas besitzt. Ich würde hier nicht so locker mit Edelmetallen oder sogar Diamanten herumlaufen. Wenn das bekannt würde gebe ich keinen verdammten Cent mehr auf Ihr Leben. Und jetzt zum Vertrauen. Ich kenne Sie auch nicht. Wie kann man auch jemandem sofort vertrauen, der so daherkommt wie Sie?"

McLean schlug seine Weste beiseite und auf seiner linken Brustseite prangte ein Stern.

"Ich bin Texas Ranger. Das ist eine Polizeitruppe hier in diesem Staat. Sie können mir ruhig vertrauen! Und außerdem ... ich würde Ihnen ja helfen. Dafür brauchen Sie mich nicht zu bestechen versuchen. Obwohl ..."

McLean machte eine kurze Pause und kratzte sich nachdenklich am Kinn.

"Jaaa … ich könnte schon ein wenig Kapital gebrauchen. Die Tage habe ich beschlossen, dass dies mein letzter Auftrag bei den Rangern war. Habe die Schnauze voll von Verbrecherjagden. Ich möchte eine kleine Pferderanch kaufen und in Ruhe leben. Aber Diamanten? Die wird man in dieser Gegend nirgends los. Um die zu Geld zu machen, muss man in eine Stadt im Osten gehen. Oder zumindest nach Austin. Wenn Sie die Klunker hier jemanden auf den Tisch werfen, sollten Sie verdammt gut mit dem Eisen umgehen können."

McLeans Blick wanderte wieder über die kleine Gruppe und dann sah er Commander Röttger fest an.

"Also, wenn ich Ihnen helfen soll ... dann müssen wir uns etwas anderes überlegen. Sie brauchen Klamotten, sagen Sie? Die kriegen Sie hier in der Nähe in Cojote Junction. Doch das ist ein übles Nest. Wenn Sie dahin gehen, ist es so, als wenn Sie sich mit Honig einschmieren und in einem Wespennest herumstochern! Und zudem ... ich würde mir für die Zeit Ihres Aufenthalts ein besseres Plätzchen suchen!"

Er schüttelte plötzlich dünn grinsend den Kopf.

"Sagen Sie mal, wollen Sie so weitermarschieren? Ohne Wagen, ohne Pferde? Das werden Sie nicht lange durchhalten zum Teufel! Tjaa, das war's erst mal. Ist jetzt alles geklärt?"

Röttger schaute sich kurz zu seiner Truppe um, aber es kam keine Reaktion. Also blieb die Sache an ihm hängen, naja, dafür war man auch Commander.

"Nein, Mr. McLean, klar ist noch nichts. Aber ich schlage Ihnen einen Kompromiss oder einen Deal vor, wenn Ihnen das besser gefällt. Wir lassen unsere Bedenken vorerst mal beiseite und stellen uns zumindest für den Augenblick keine weiteren Fragen. Falls Sie uns helfen werden Sie unser ortskundiger Führer sein und begleiten uns zu dieser Stadt, Austin. Dort warten wir in der Nähe, während Sie in der Stadt die Diamanten von Fachleuten überprüfen lassen. Von dem Erlös, den Sie für drei Diamanten erhalten, versorgen Sie uns mit zeitgemäßen Kleidern, einem Kutschwagen mit Pferden und dem ortsüblichen Geld. Der Rest ist für Sie. Das sollten Sie als Vertrauensvorschuss ansehen. Was unser Fortkommen angeht, so können wir mühelos mit Ihnen und Ihrem Pferd mithalten. Danach können Sie entscheiden, ob Sie weiter mit uns

Geschäfte machen und in kurzer Zeit mehr als Ihr Startkapital für eine Ranch zur Verfügung haben. Oder jeder geht eben wieder seiner Wege. Und, wie sieht's aus? Sind Sie einverstanden, Mr. McLean?"

Der Ranger grinste spöttisch und entgegnete: "Na gut, wenn Sie meinen, mit all Ihrem Hab und Gut mit mir mithalten zu können! Möchte zu gerne sehen, wie Sie das anstellen. Allerdings reite ich von hier aus nicht direkt nach Austin. Zuerst geht's nach Cojote Junction. Von dort aus nehme ich die Postkutsche. Aber OK. Wie Sie wollen. Ich gehe auf Ihren Vorschlag ein. Alleine schon deshalb, um das Schauspiel nicht zu verpassen, wie Sie die Reise dorthin bewältigen wollen!"

Bei diesen Worten lachte McLean auf und strich mit der Hand prüfend über eines der Kunststoffzelte. Kopfschüttelnd wendete er sich dann seinem Pferd zu und wollte schon aufsteigen, als er noch einmal innehielt.

"Ehe ich es vergesse. Wie wollen Sie es anstellen, unbemerkt zu bleiben? Denn Sie können nicht einfach, so wie Sie aussehen, hier herumspazieren!"

Röttger und Durrand warfen sich einen Blick zu.

"Machen Sie sich darüber keine Sorgen", erwiderte Röttger freundlich. "Mr. McLean, dann gehen wir folgendermaßen vor: Sie reiten nach Cojote Junction und erledigen dort, was Sie erledigen wollen. Wir brechen direkt in Richtung Austin auf und wir treffen uns mit Ihnen ca. 20 Meilen vor der Stadt. Kennen Sie dort einen guten Treffpunkt? Wie viel Zeit benötigen Sie für Ihre Reise?"

McLean überlegte kurz und brummte dann: "Tja, wenn ich es mir recht überlege, wäre ich in gut einer Woche dort. Wenn nichts dazwischenkommt", fügte er noch hinzu.

Er wollte schon auf sein Pferd steigen, zögerte aber und kam nochmals zurück.

"Also wenn ich mir das recht überlege, ist das alles ziemlicher Blödsinn. Wissen Sie überhaupt, was Ihnen da unterwegs alles passieren kann? Passen Sie auf. Ich habe noch einige Dollar bei mir. Ich werde nach Cojote Junction reiten und dort telegrafisch Geld anfordern. Was ich sowieso vorhatte. Dann könnten wir ein Gespann mieten und gemeinsam nach Austin reisen. Zudem kann ich dann auch gleich die nötigen Klamotten für Sie alle kaufen. Alles andere wäre zu unsicher. In Austin tausche ich die Klunker dann gegen Bares und erledige meine weiteren Angelegenheiten! Was halten Sie davon? Ist das Vertrauen genug?"

Röttger schaute sich fragend zu seiner Truppe um und meinte dann zu McLean: "Lassen Sie uns bitte einen Augenblick beraten. Wir sind gleich wieder bei Ihnen." Er ging auf seine Crew zu und winkte ihnen, ihm zu folgen.

Als sie genug Abstand zu McLean hatten, schaute Röttger in die Runde: "Und, was haltet ihr von dem Vorschlag?"

"Finde ich sehr vernünftig", meldete sich Li Wang sofort zu Wort, "denn da hat er ganz recht. Wir haben uns das alles zu einfach vorgestellt. Wir fallen auf wie ein Leuchtfeuer in der Wüste mit unserer Kleidung und unserem Gepäck. Also, ich bin mit seinem Vorschlag einverstanden."

"Bin auch dieser Meinung", warf Finn Schwarz ein und ergänzte: "Während der unterwegs ist, warten wir im Shuttle auf ihn. Die Drohne teilt uns schon mit, wenn er auf dem Weg zu unserem Treffpunkt ist, sodass wir ebenfalls rechtzeitig zurück sein werden. Dann reisen wir alle gemeinsam mit der Kutsche und zeitgemäßer Kleidung weiter. Die Kutsche könnten wir ein wenig technisch modifizieren. Wir werden eh nicht drum herumkommen, ihm immer etwas mehr reinen Wein einzuschenken. Trotz seines ungehobelten Auftretens ist er ein Glücksfall für uns, wenn ihr mich fragt."

"Ja, du hast recht, ist fürs Erste das Beste", äußerte sich Andrey Pawlow. "Wir bauen in der Zwischenzeit eine

Lastflugdrohne für den Personentransport um. Das ist unser Notanker, falls jemand von uns mal verletzt werden sollte und schnellstens zum Shuttle zurück transportiert werden muss. Die beiden Drohnen begleiten uns unauffällig. Dank ihrem Tarnfeld sind sie nicht sichtbar und ihre Motoren erzeugen durch das Akustikdämpfungsfeld kein wahrnehmbares Geräusch."

"Und was ist deine Meinung dazu, Manuel?", wandte sich Röttger an ihn.

"Ich sehe das genauso wie die anderen. In der Zwischenzeit und mit den bisherigen Erkenntnissen können wir unsere Ausrüstung im Shuttle an die Bedingungen hier anpassen. Robbie 5 soll vom Raumschiff aus nach Erdölvorkommen in Richtung Austin scannen. Wenn wir damit Erfolg haben, schlagen wir McLean vor, dort Land zu kaufen und seine Farm aufzubauen mit der Bedingung, dass wir gleichberechtigte Teilhaber an der neuen Firma sein werden. Wir werden dort ebenfalls wohnen. Dann müssen wir uns um das Thema Geld keine Sorgen machen und benötigen nur noch ein Gelände an einem Fluss, um mit der Gewinnung von Deuterium beginnen. Mit einer Ölfirma im Hintergrund wird sich dabei niemand etwas denken. An dem Punkt angekommen können wir uns dann Gedanken darüber machen, wie wir unsere Rückkehr bewältigen. Ich hoffe mal, dass unsere Leute in unserem Zeitalter sich ebenfalls bemühen, uns zu retten! Lange Rede kurzer Sinn, ich bin dafür, seinem Vorschlag zu folgen. Wir lassen hier eine Flugdrohne kreisen und sobald er wieder auftaucht, sind wir wieder rechtzeitig vor Ort."

Mit dieser Entscheidung kehrten sie zu McLean zurück. Röttger teilte ihm mit, dass sie mit seinem Vorschlag einverstanden waren und hier auf ihn warten würden. Er brauche sich keine Gedanken machen, sie hätten genug Möglichkeiten, sich zu tarnen. Genaueres erführe er auf der Reise nach Austin, die außerdem eine gute Gelegenheit wäre, sich besser kennenzulernen.

McLean schnaufte kurz durch und nickte.

"Endlich sind wir uns einig. So wird es auch das Beste sein, schätze ich."

Nach einer kleinen Pause fuhr er glucksend fort: "Ich bin sehr gespannt, wie ihr euch "tarnen" wollt. Am besten ist es, wenn ihr euch hier weiterhin verkriecht und keinen Mucks macht. Das ist "Tarnung" genug!"

McLean begann lauthals zu lachen. Diese Vögel in ihren komischen Klamotten und mit ihren merkwürdigen Ansichten machten ihm Laune. Er wusste gar nicht, wie lange er schon nicht mehr so herzhaft gelacht hatte. Und noch als er schon auf dem Pferd saß und weg ritt, amüsierte er sich und schüttelte dabei belustigt den Kopf.

Kaum war der Ranger außer Sichtweise, packte die Crew eilig ihre Sachen und machte sich auf den Rückweg zum Shuttle. Nach knapp vier Stunden hatten sie es auch schon erreicht. Auf dem Rückweg hatten sie Robbie 3 damit beschäftigt, sorgfältig die Fußspuren zu verwischen. Den Fehler ihres ersten Ausflugs wollten sie nicht wiederholen. Er hatte ihnen deutlich gemacht, dass sie trotz enormen technischen Abstands in der hiesigen Zeit an Kleinigkeiten scheitern konnten.

Im Shuttle angekommen genossen sie aufatmend wieder den uneingeschränkten Komfort des Jahres 2153, ohne lästige Raumanzüge und ohne das Gefühl, ständig vor Gefahren auf der Hut sein zu müssen.

Wang tat ohne lange Umschweife deutlich ihren Unmut über die ganze Situation kund.

"Ausgerechnet in einem Zeitalter der Männerherrschaft mussten wir stranden! Und dann noch dieser Cowboy. Wer weiß wieviel Tage der sich nicht gewaschen hat, die ständige Spuckerei und sein schräger Humor, über den keiner lachen kann." Sie schüttelte sich unbehaglich. "Einfach ein ungehobelter Klotz von Mann!"

"Nun übertreib' mal nicht so schamlos", lachte Schwarz, "sind eben noch richtige Männer, nicht so Weicheier wie wir. Sein Humor ist zwar gewöhnungsbedürftig, aber doch ganz erfrischend!"

"Hätte ich mir bei dir denken können", erwiderte Wang und warf ihm einen giftigen Blick zu.

"Nun hört mal auf, ihr zwei Streithähne. Man könnte denken, ihr seid verliebt, ganz nach dem Motto: Was sich liebt, das neckt sich", mischte sich Pawlow ein.

"Du spinnst wohl!", wiesen die beiden sofort die Anschuldigung entrüstet zurück.

"Vielleicht wäre es nutzbringender, dass wir uns auf die Rückkehr von McLean vorbereiten", meldete sich Durrand lakonisch zu Wort. "Lasst uns eine Liste zusammenstellen, was wir alles benötigen."

"Dem kann ich nur zustimmen. Also an die Arbeit Leute. Ewig wird der nicht weg sein, unser Cowboy", wies Röttger die Crew schmunzelnd an, "oder hat noch irgendjemand Einwände?"

Da sich niemand bemüßigt fühlte etwas zu erwidern, gab dieser das Startzeichen und alle gingen ihren Aufgaben nach. Nach zwei Tagen waren die Vorbereitungen erledigt und die Crew wartete auf die Nachricht der Überwachungsdrohne, die das Eintreffen des Rangers ankündigen sollte.

McLean war indessen in der Stadt angekommen und hielt direkt auf das Telegrafen Office zu, das sich in einem Nebengebäude der Wells Fargo & Company befand. Von hier aus forderte er aus Austin Geld an und teilte den Rangern zugleich mit, dass sie seine Kündigung noch schriftlich bekommen würden. Jetzt hieß es warten, bis eine Antwort aus dem Hauptquartier kam.

Deshalb ritt er hinüber zur Schmiede, um sich um einen Frachtwagen oder wenigstens um einen dieser Planwagen zu kümmern. Ein Mann mit bestimmt 120 Pfund Gewicht blickte ihm schon entgegen. Sein Gesichtsausdruck war nicht gerade freundlich. Als McLean vom Pferd gestiegen war und es am Haltebalken angebunden hatte, tippte er zur Begrüßung kurz an den Hut und fragte: "Ich brauche einen Wagen. Am besten einen Vierspänner, wie sieht's aus?"

Der Schmied blickte mürrisch und erwiderte: "Sieht es hier aus, als wenn ich einen Frachthof hätte, he? Ich beschlage Pferde und repariere solche Karren, mehr auch nicht!"

"Und wo kann ich so einen ... so einen "Karren" bekommen?", fragte McLean ungerührt.

Der Schmied wies mit der Hand in Richtung der Company.

"Versuchen Sie's dort. Die Firma hat immer einige dieser Dinger hinterm Haus stehen."

Dann wendete er sich wieder seiner Arbeit zu, ohne McLean weiter zu beachten. Der verzog spöttisch den Mund und begab sich hinüber in der Hoffnung, vielleicht bei der Postlinie Erfolg zu haben.

Ein Mann im schwarzen Anzug und Nickelbrille empfing ihn, der gerade in einem Buch Einträge vornahm. Nachdem sich McLean vorgestellt und sein Anliegen vorgebracht hatte, blickte ihn der Bedienstete freundlich an.

"Tjaa ... Mr. McLean, wir haben hinten im Hof noch eine ausrangierte Postkutsche stehen. Ist ziemlich ramponiert, aber sie fährt noch."

McLean grinste und erwiderte: "Na ... also, ich wollte Ihnen keine Konkurrenz machen, Mister Burten. Ich muss Fracht transportieren und dazu ist die Kutsche wohl nicht so geeignet."

Burten lächelte. "Tja ... wenn Sie Fracht transportieren wollen, stimmt das. Da haben wir noch einen alten Conestoga stehen. Ziemlich klapprig dieser Frachtwagen, doch fahren tut er noch! Wie viel Gewicht müssen Sie denn transportieren?"

McLean kratzte sich am Kinn und überlegte kurz.

"Hm ... keine Ahnung, muss die Fracht ja erst abholen. Denke aber, mehr wie eine Tonne wird's nicht sein."

Burten grinste belustigt und erwiderte: "Naja, Mister, eine Tonne hält die Karre noch aus. Haben Sie denn auch ein Gespann?"

McLean blickte etwas verdutzt drein und schüttelte den Kopf. "Himmel ... daran habe ich gar nicht gedacht. Wir wollen den Wagen ja nicht selber ziehen."

Burten brach in Gelächter aus.

"Also Humor haben Sie ja, das muss ich Ihnen lassen, Mister!"

Worauf auch McLean lachen musste.

"Also, passen Sie auf. Gehen sie rüber zu Carl Madson, der hat in seinem Mietstall bestimmt ein paar Gäule für Sie. Sagen Sie ihm, dass Sie von mir kommen, dann macht er ihnen einen guten Preis!"

McLean erwiderte: "Hm ... da wir schon beim Preis sind. Was soll der Wagen kosten?"

Burten kratzte sich am Kopf und überlegte kurz.

"Ach wissen Sie ... geben Sie mir zwanzig Dollar und damit genug. Verschenken kann ich den Karren leider nicht. Mein Boss würde mir einen verpassen. Der macht sogar noch aus Pferdescheiße Geld!"

Worauf beide Männer laut lachen mussten. McLean bedankte sich und übergab Burten die Summe. Beim Hinausgehen drehte er sich aber nochmals um und fuhr mit der Hand durch die Luft.

"Ahhh, Mr. Burten, eine Frage noch! Ich war vor kurzem schon mal in der Stadt. Was treiben diese Halunken hier,

mit denen ich schon Bekanntschaft machen musste?"
Burtens Miene wurde plötzlich ernst.

"Jaa, dieses Gesindel", brummte er wie zu sich selbst.
"Die treiben sich hier schon seit Tagen herum. Sie
belästigen die Leute, haben aber noch keinen
angegriffen. Weiß der Teufel, was die hier wollen.
Scheinen auf irgendjemanden zu warten. Na, Gott sei
Dank haben wir bald das Gesetz in der Stadt. In ein paar
Wochen wird ein Marshal gewählt. Dann ist wohl endlich
Schluss mit diesem Lumpenpack. Wird Zeit, dass wir
auch hier etwas zivilisierter werden!"

McLean nickt bedächtig und erwiderte: "Na hoffentlich
schafft das euer neuer Marshal. Diese Kerle sehen
gefährlich aus. Ich kenne solche Typen. OK, vielen Dank
nochmal, Mr. Burten!"

Fast schon an der Tür, rief ihm Burten nach: "Ich würde
übrigens Ihr Abzeichen wegstecken. Muss ja nicht gleich
jeder sehen!"

Überrascht blickte McLean an sich herunter. Seine Weste
war etwas verrutscht und darunter blinkte der
Rangerstern. Also zog er die Weste wieder zu, grinste und
nickte Burten nochmals freundlich zu, ehe er verschwand.

Tatsächlich hatte Mietstallbesitzer Carl Madson Gäule,
die einen Wagen ziehen konnten. Es waren deutsche
Kaltblüter von starkem Körperbau und weißem Behang.
Genau das richtige für seine Belange. Für die zwei Pferde
wollte er allerdings 200 Dollar haben. So viel hatte
McLean nicht bei sich und so musste er abwarten, bis das
angeforderte Geld eintraf. Zudem musste er ja noch
Kleidung für die Truppe einkaufen. Und da er deren
Kleidergröße nicht kannte, schätzte er sie einfach. Doch
jetzt, da er noch etwas Zeit hatte, wollte er sich einen
Drink gönnen und steuerte den "Desert Inn Saloon" an.

Nur wenige Männer saßen an den Tischen. Drei spielten
Karten, einer saß am Fenster und zwei andere standen

an der Bar und drehten gelangweilt ihre Gläser in den Händen. Doch wie auf Kommando blickten alle zur Tür, als der Ranger hereintrat.

Die Gespräche verstummten und in der Stille war das Klappen der Schwingtür deutlich zu hören. McLean blickte sich kurz um und schritt dann sporenklirrend an die Bar, wo ihm der Keeper sogleich ein Glas füllte.

"Noch ein Bier dazu", brummte McLean und warf zwei Münzen auf die Theke. Er spürte die verstohlenen Blicke hinter sich. Seine Kleidung war staubig und er selbst unrasiert, aber er war scheinbar interessant genug für die Anwesenden. Der Keeper wischte Gläser mit einem Lappen sauber, der selber einer Wäsche bedurfte und grinste McLean dabei irgendwie schmierig an.

Der runzelte die Stirne: "Was gibt's? Irgendwas nicht in Ordnung bei mir?"

Der Keeper schüttelte den Kopf, stützte die Ellenbogen auf die Theke und nuschelte: "Nein ... nein, Mister. Alles OK. Wissen Sie, wir bekommen bald einen neuen Marshal hier in der Stadt. Wird auch langsam Zeit oder was meinen Sie?"

Ehe McLean antworten konnte, fuhr der Keeper fort. "Jajaja, wir waren lange Zeit ein wildes Nest. Vergessen von aller Welt. Jetzt kommen Anwälte, Richter und auch das Gesetz so langsam zu uns. Und stellen Sie sich vor ... ein richtiges Gemeinschaftshaus bekommen wir auch. Sogar noch ein Hotel wollen sie bauen! Und haben Sie schon von der neuen Erfindung im Osten gehört?"

Der Keeper überschlug sich fast vor Begeisterung und wollte schon weitererzählen, als ihn McLean mit einer unwirschen Handbewegung unterbrach.

"Ist ja wunderbar. Freut mich unbändig. Bin ja richtig geplättet. Was sich hier so an Gesindel und Strolchen herumtreibt, da muss mal aufgeräumt werden. Aber das alles interessiert mich im Moment so viel, wie das, was dem Pferd hinten rausfällt!"

Der Barkeeper machte ein beleidigtes Gesicht und wendete sich wieder seinen schmutzigen Gläsern zu. Der Kerl neben McLean drehte sich langsam um und blickte ihn mit zusammengekniffenen Augen an.

"Wen meinen Sie mit Gesindel und Strolche, Mister?"

McLean drehte sich langsam und bedächtig zu ihm um und antwortete mit ausdrucksloser Stimme: "Ich meinte damit genau, was ich eben sagte, Mister. Eben das Gesindel und die Strolche, die sich hier herumtreiben. Was geht Sie das an?"

Der Kerl knurrte wie ein getretener Hund.

"Weil ich zu denen gehöre, die Sie so verächtlich beleidigen. Meine Freunde und ich sind gesetzestreue Bürger dieses Landes. Und wenn Sie sich jetzt nicht entschuldigen, schicke ich Sie zur Hölle!"

Wobei er seine Hand schon nahe am Revolver hatte. Dr Ranger sah ihn unbeeindruckt an und erwiderte, indem er mit der Schulter zuckte: "Tjaa ... wenn ich ein Schwein sehe, sage ich auch, dass es ein Schwein ist!"

Kaum hatte er die Worte ausgesprochen, wollte der Kerl seine Waffe ziehen. Doch McLean war darauf gefasst.

Mit der Linken packte er den Arm des Outlaws und zog gleichzeitig mit der Rechten seinen Colt. Mit einer schnellen Bewegung hieb er dem Kerl zweimal den Lauf über den Schädel. Mit einem glucksenden Laut sackte der zu Boden.

Dann ließ er seine Waffe wieder in das Holster gleiten, leerte sein Glas in einem Zug und verließ unter den Blicken der Männer den ungastlichen Saloon. Unterwegs kam ihm schon ein junger Bursche entgegengelaufen.

"Sind Sie McLean?", fragte er außer Atem. Der bejahte und der Bursche berichtete ihm, dass ein Telegramm für ihn bereitlag. Er solle sofort in das Office kommen.

"Ah … das wird mein Geld sein", meinte er und ging mit dem jungen Burschen zum Telegrafenbüro. Und tatsächlich war eine Anweisung vom Hauptquartier gekommen, dass die Bank ihm vierhundert Dollar auszahlen sollte. Als er unterschrieben und das Geld in der Tasche hatte, machte er sich sogleich auf zum Mietstall, um das Gespann und den Wagen zu holen. Anschließend mussten noch die Klamotten für diesen lustigen Wandercircus besorgt werden. Doch er hatte Bedenken, in dem kleinen Store nicht das Gewünschte zu bekommen.

Mrs. Brown, die Inhaberin, eine freundliche ältere Lady, bemühte sich, aber es war schwierig, für sechs Männer und eine Frau alles Gewünschte zu bekommen. In dieser Gegend wurde nicht viel gekauft. Die meisten Leute waren arme Landarbeiter und die, die Geld hatten, ließen sich Stoffe und Kleider aus dem Osten schicken. So gab es keine große Auswahl, was Kleidung anbelangte. Doch nach langem Suchen und nachdem Mrs. Brown sogar noch in ihrer eigenen Wohnung gestöbert hatte, war alles komplett. Einiges an Bekleidung waren Ladenhüter, doch in der Hauptsache waren es Hosen, Hemden, Hüte und Schuhe. Auf die neueste Mode kam es nicht an. Mrs. Brown schenkte ihm sogar noch einen Hut dazu. So eine etwas seltsam anmutende Kopfbedeckung mit einigen kleinen Blumen daran.

"Für die Lady", wie sie lächelnd hinzufügte.

Als McLean den Packen nahm und ihn draußen auf den Wagen warf war es zu spät, um jetzt noch loszufahren. Also nahm er wieder ein Zimmer, wo er in einem anständigen Bett schlafen konnte. Worüber der Ranger auch nicht böse war.

Am nächsten Morgen machte er sich früh auf den Weg. Er hatte den Frachtwagen abends vor dem Store von Mrs. Brown stehen gelassen und besorgte noch einige Dinge, die er am gestrigen Tag vergessen hatte. Als er den Wagen belud und seine Sachen verstaut hatte, bemerkte er vier Männer, die langsam auf ihn zukamen. Drei dieser Gestalten erkannte er. Es waren die, die ihm beim ersten Mal schon in die Quere gekommen waren. Der vierte hatte einen dicken Verband um den Kopf und er sah nicht aus, als ob er ein freundliches Gespräch mit ihm führen wollte. Mit grimmigen Gesichtern standen sie am Eingang des Ladens. McLean ahnte Böses.

"Heute bin ich nicht allein, du hinterhältiger Drecksack! Diesmal machen wir dich fertig!", tönte der mit dem Verband um den Kopf. Dann ergriffen die Männer Stiele für Äxte, die auf einem Packen vor dem Store lagen und kamen langsam auf ihn zu.

McLean wusste, dass er diesmal schlechtere Karten hatte. Vier gewaltbereite Männer waren auch für ihn zu viel. Und da sie nicht ihre Waffen benutzten, konnte auch er seinen Colt nicht ziehen. Urplötzlich hob einer der Kerle den schweren Stiel und schlug zu. Der Ranger konnte gerade noch ausweichen, lief die paar Schritte zum Laden und schnappte sich gleichfalls einen der hölzernen Axtstiele. Jetzt kamen alle vier auf ihn zu, wollten ihn umringen. Dem einem verpasste er einen Hieb in die Seite. Der taumelte, hielt sich die Rippen vor Schmerz und wich etwas zurück. Die drei anderen schlugen gleichzeitig zu. McLean nahm den Stiel in beide Hände und hielt ihn wie einen Schild über sich. Zwei der Schläge konnte er so abwehren, doch der dritte traf ihn an der Schulter. Ein harter Schlag. Er verzog das Gesicht vor Schmerz, wich aber gleichzeitig zurück, sodass der Schlag des vierten ins Leere ging. McLean wirbelte den hölzernen Stiel gekonnt herum und schlug einem der Angreifer seine Waffe aus der Hand. Blitzschnell setzte der Ranger nach und verpasste dem Kerl einen Hieb auf den Kopf, der ihn ins Reich der Träume schickte.

Die drei anderen droschen jetzt voller Wut auf den ihn. Ein Stakkato von Schlägen prasselte jetzt auf ihn nieder. Einen Schlag in die linke Seite konnte er nicht verhindern. Der Schmerz lähmte ihn fast. Er taumelte etwas zurück und mit einem Schritt zur Seite wich er gerade noch dem nächsten Hieb aus. Einen der Angreifer schlug er mit einem Konter den Knüppel aus der Hand, packte ihn und versetzte ihm einen Faustschlag mitten ins Gesicht. Der Kerl schrie auf und ging zu Boden.

Dann verspürte McLean einen harten Schlag im Rücken, der ihn niederwarf. Er lag im Dreck der Mainstreet und rang nach Luft. Es trafen ihn noch mehrere Schläge, die ihm fast das Bewusstsein raubten. Wie durch Watte hindurch hörte er plötzlich einen Schuss. Die Schläge hörten auf. McLean regte sich stöhnend und kniete sich hin. Sich die Rippen haltend, blickte er auf.

Ein Mann stand mitten auf der Straße, ein Mann von ca. 25 Jahren, groß, kräftig und mit einem kantigen Gesicht. Er hielt ein Gewehr im Anschlag und rief: "Jetzt ist es aber genug ... es reicht. Der Mann ist fertig. Und ihr Strolche verzieht euch jetzt besser, ehe sich noch jemand eine Kugel von mir einfängt."

Drohend richtete er sein Gewehr auf die Männer und sein Gesichtsausdruck verriet, dass er es ernst meinte.

Mit grimmigen Gesichtern warfen die Outlaws ihre Knüppel weg. Einer nahm eine drohende Haltung ein und quetschte zwischen den Zähnen hervor: "Misch dich nicht ein, du Möchtegern-Marshal. Glaubst du etwa, du hättest hier das Sagen? Noch trägst du keinen Stern. Also halt dein großes Maul, sonst stopfen wir es dir!"

Der angehende Marshal stieß das Gewehr nach vorne und machte eine Bewegung, als wolle er schießen. Das ließ den Outlaw verstummen. Zögernd und mit bösen Blicken entfernten sich die Männer schließlich. Mittlerweile hatten sich auch einige Passanten eingefunden, die den Banditen kopfschüttelnd hinterher blickten. Der Mann mit dem Gewehr kam auf Mc Lean zu und half ihm auf die Beine. "Na, da haben Sie aber Glück gehabt, dass ich vorbeikam, Mister. Sie sehen übel aus."

McLean stöhnte leise. Seine linke Schulter war bestimmt angeknackst. Sein Rücken und die Rippen schmerzten höllisch.

"Danke Mister ... äääh, Mister...?"

"Ich bin Bob Mellrose", stellte der sich vor. "Und wohl der künftige Marshal in dieser verlausten Stadt. Die Kerle haben Sie aber ganz schön verdroschen was?"

McLean nickte nur und nannte seinen Namen. "O.k., Mister. Wir sollten Sie besser mal zu einem Arzt bringen, schätze ich. Vielleicht ist was gebrochen!"

Der Ranger winkte ab. "Wird schon gehen. Muss mich nur ein wenig ausruhen. Ich muss schnellstens weg ... habe eine Fracht abzuholen. Aber danke!"

"Ok, wie Sie meinen. Wäre wohl auch am besten, wenn Sie hier verschwinden. Die Kerle sind sehr nachtragend. Wenn Sie sich weiter hier herumtreiben, könnte es schlimmer ausgehen. Mit diesem Abschaum werde ich wohl in Zukunft noch meinen Spaß haben, wenn ich mich nicht irre!"

Etwas frustriert aber auch wütend über seine Niederlage, stieg McLean mühsam und unter Schmerzen auf den Wagen und ließ die Gäule anziehen.

Dann holte er noch sein eigenes Pferd am Mietstall ab, band es hinter dem Wagen fest und fuhr das Gespann aus der Stadt heraus.

Kapitel 5
Beginn einer ungewöhnlichen Freundschaft

Endlich meldete die Flugdrohne die Rückkehr von McLean. Eilig machte sich die Crew auf den Weg zum ehemaligen Lagerplatz, um noch vor ihm dort einzutreffen. Gerade hatten sie ein Zelt aufgebaut, als der Ranger schon um die Biegung kam. Man konnte auf den ersten Blick sehen, dass er angeschlagen war und sich nur unter Schmerzen bewegte.

Röttger ging auf ihn zu und fragte ernst: "Was ist denn mit Ihnen passiert? Sie sehen ganz schön ramponiert aus, um es mal milde auszudrücken. Sind Sie von einer Dampflok überrollt worden?"

McLean sah ihn nur düster an. Röttger wollte ihm helfen, vom Wagen zu steigen, doch der winkte harsch ab und kletterte leise stöhnend vom Kutschbock. Dann erzählte er der Crew in groben Zügen, was sich zugetragen hatte. Durrand merkte an: "Das sind ja raue Sitten hier! Ist das normal bei euch? Aber nun sollten wir Sie erst mal wieder auf Vordermann bringen."

Er drehte sich zu Robbie 3 um und wies ihn an, den Cowboy zu scannen. Beruhigend sagte er dann: "Keine Sorge, Sie spüren nichts davon, außer einem kleinen Piekser, wenn wir Ihnen ein Heilmittel verabreichen."

"Na, den werde ich wohl auch noch verschmerzen", murmelte McLean und verzog das Gesicht.

Sichtbar misstrauisch ließ er es geschehen, dass Robbie 3 ihn scannte. Er schüttelte immer wieder verwundert den Kopf über diese komischen, summenden Geräte, die ihn abtasteten. Schon Minuten später lag das Scanergebnis vor, und ohne dass McLean es bemerkt hatte war ihm auch Blut entnommen worden.

Robbie 3 kommentierte das Ergebnis: "Für Ihre Lebensbedingungen sind Sie bis auf eine schlecht heilende

Schusswunde, zwei angebrochene Rippen und einer geprellten Schulter erstaunlich fit. Ihre Blutwerte sind ausgezeichnet. Alle Achtung, besser als bei manchen von uns." Der Androide warf der Crew einen belehrenden Blick zu und fuhr fort: "Die Verletzungen haben wir schnell im Griff."

Robbie 3 entnahm dem Scangerät eine Minispritze, die mit einer blaugrünen Flüssigkeit gefüllt war. "Wenn ich dann um Ihren Arm bitten dürfte? Die Ärmel etwas hochkrempeln, wenn es möglich ist."

McLean brummelte genervt: "Ja, ja, machen Sie schon. Die Prozedur kenne ich. Hat schon mal ein Pferdedoktor bei mir gemacht!"

Kann auch nicht schlimmer werden, dachte er bei sich. Umbringen werden die mich nicht. Schließlich brauchen sie mich ja noch! Also krempelte er nach dem unvermeidlichen Ausspucken die Ärmel hoch. Und ehe er sich versah war die Spritze gesetzt und der Inhalt in seiner Vene verschwunden.

"Kann sein, dass Ihnen jetzt ein bisschen heiß wird. In einer Stunde wird es Ihnen besser gehen."

McLean murmelte etwas vor sich hin, was keiner der Anwesenden verstand. Er hockte sich auf den Boden und wies mit dem ausgestreckten Arm auf den Frachtwagen. "Hab' alles besorgt, was möglich war. Ich hoffe, die Klamotten passen euch einigermaßen. Der verzierte, komische Hut ist für die Lady dahinten!"

Dann verzog er wieder das Gesicht, weil ihm die Schulter schmerzte und fügte hinzu: "Ich hoffe nur, der ganze Aufwand hat sich gelohnt. Und jetzt will ich verdammt nochmal wissen, wofür das alles gut ist! Was treibt ihr eigentlich hier? Und erzählt mir keine Märchen ... von denen hab' ich schon genug gehört!"

"Erst mal vielen Dank für die besorgten Kleidungsstücke und den Wagen", entgegnete Röttger freundlich. "Es tut uns leid, dass Sie Unannehmlichkeiten hatten. Robbie 3 wird die Kleider für uns anpassen und gewisse Modifikationen am Gespann vornehmen."

Er hielt einen Moment inne und sah McLean dann fest an: "Hören Sie, wir sind hier leider durch unglückliche Umstände gestrandet, in einem falschen Jahrhundert und zur falschen Zeit. Ich weiß, das klingt alles recht fantastisch. Aber wie Sie sicherlich schon bemerkt haben, sind wir technologisch wesentlich weiter als in Ihrer Zeit üblich. Ob wir je heimkehren können steht im wahrsten Sinne des Wortes in den Sternen. Denn wir benötigen bestimmte Rohstoffe, die wir erst mit viel Aufwand herstellen müssen und selbst dann, tja ...", Röttger wies mit dem Finger zum Himmel und zuckte mit den Achseln. "Wenn Sie sich zur Zusammenarbeit mit uns entschließen können wäre das sehr erfreulich. Im Laufe der Zeit lernen Sie uns besser kennen und werden wir ihnen ganz sicher mehr erzählen und gemeinsam die Konsequenzen diskutieren. Also - überlegen Sie es sich. Denn morgen sollten wir in Richtung Austin aufbrechen. Und, wie geht es Ihnen denn jetzt, fühlen Sie sich bereits besser?", endete der COmmander und sah den Ranger fragend an.

McLean starrte ihn an wie einen Irren. Dann kniff er die Augen zu schmalen Schlitzen zusammen und schüttelte den Kopf.

"Was erzählen Sie mir hier für einen Blödsinn, Mann? In einer falschen Zeit gestrandet? In einem anderen Jahrhundert? Wollen sie mich jetzt total für dumm verkaufen? Sicher ... Ihre Aufmachung, Ihr ganzes Gehabe und dazu diese komischen Apparate und Gegenstände, sowas habe ich noch nie gesehen. Sie wollen mir doch nicht allen Ernstes weismachen, Sie kämen von woanders, aus einer anderen Zeit. Das ist wohl an Verrücktheit kaum zu übertreffen! So etwas gibt's nicht! Binden Sie mir keinen Bären auf, zum Teufel!"

Alle konnten auch seinen Ärger und seine Ungläubigkeit gut nachvollziehen. Deshalb erwiderte Röttger ruhig und freundlich: "Dennoch, auch wenn es Ihnen noch so verrückt und unglaublich erscheinen mag - wir binden Ihnen keinen Bären auf! Wir kommen tatsächlich aus einer anderen Zeit, aber darüber dürfen wir nicht viel erzählen. Wir sind nicht freiwillig hier und suchen nach einem Weg, zurückzukehren. Wir sind für niemanden eine Gefahr und wir benötigen Ihre Hilfe!"

Der Ranger blickte verärgert von einem zum anderen, brummelte dann noch etwas Unverständliches und begann: "Ich weiß nicht, ob ich Ihnen das alles so ganz glauben soll. Aber kann man so eine Geschichte erfinden? Das bleibt alles ziemlich zweifelhaft. Jaa ... "

Er tippte sich nachdenklich ans Kinn und fuhr fort: "Auf der anderen Seite machen Sie mich ziemlich neugierig, verdammt neugierig sogar! Und da ich von jetzt an sowieso nichts anderes vorhabe, tjaaa ... ich werde euch begleiten. Aber ihr könnt Gift drauf nehmen, ich fühle euch auf den Zahn, bis ich weiß, was hier gespielt wird. Doch jetzt entschuldigt mich. Ich muss mich eine Weile hinlegen, mir tun alle Knochen weh!"

Zur Verblüffung aller wandte er sich einfach ab, ging zu seinem Pferd, sattelte es ab und machte sich etwas abseits von den anderen einen Lagerplatz zurecht. Mit dem Kopf auf dem Sattel war er kurz darauf eingeschlafen.

Schon nach einer guten Stunde war er jedoch wieder wach. McLean reckte und streckte sich und stellte verwundert fest, dass er überhaupt keine Schmerzen mehr verspürte! Alles schien wie weggezaubert zu sein. Er betastete seine Rippen und seine lädierte Schulter. Wie hatten die das geschafft, ihn in so kurzer Zeit zu heilen? Es war kaum noch etwas zu spüren. Er hatte schon öfter Verletzungen davongetragen und wusste nur zu gut, wie lange es dauerte, bis die verheilt waren. Und jetzt? Er fühlte sich sogar prächtig. Das muss ja wohl an der "fortschrittlicher Technik" liegen, dachte er bei sich. Wo auch immer die herkommt ... zaubern können die bestimmt nicht.

Der Ranger war beeindruckt und zugleich von einer brennenden Neugier erfüllt. Doch da war noch etwas anderes. Die Ereignisse in Cojote Junction, die konnte er nicht vergessen. Dass die Outlaws ihn dermaßen verprügelt hatten, das griff sein Ego an. Diese Schmach konnte er nicht hinnehmen. Er war immer noch Texas Ranger, verkörperte also Recht und Gesetz. Und er hatte seine Grundsätze: Ungerechtigkeiten wurden nicht geduldet. Wer ihn angriff, den schickte er zur Hölle.

McLean beschloss, zurückzukehren und dem verbrecherischen Treiben in der Stadt ein Ende zu bereiten und gleichzeitig ein Exempel zu statuieren. Also ging er zu dem Chef dieser Truppe und tat seine Entscheidung kund.

Die Crew hatte sich inzwischen umgezogen und witzelte gerade über die jeweiligen Verkleidungen. Besonders der Hut von Wang war ein beliebtes Ziel, was die Trägerin wenig amüsierte. Commander Röttger kam dazu und berichtete vom Wunsch des Cowboys. Nach einer kurzen Beratung, wie sie sich dazu verhalten wollten, ging er mit allen zum Ranger: "Wir werden mit Ihnen kommen, aber wir halten uns selbstverständlich zurück. Wenn Ihr Leben unmittelbar bedroht sein sollte, werden unsere stärksten Teammitglieder, Robbie 3 oder Robbie 4, eingreifen. Ansonsten ist es Ihre eigene Angelegenheit. Wenn Sie damit einverstanden sind, sollten wir nun aufbrechen. Die Vorbereitungen und die Beladung des Gespanns sind erledigt."

McLean musste einfach erstmal grinsen, als er die Crew in ihrer neuen Kleidung sah. Die Männer blickten hin und wieder befremdlich an sich herunter, denn bei einigen waren die Hosen zu kurz oder die Hemden zu groß. Der Lady sah man es an, dass sie sich nicht an diese altmodischen Klamotten gewöhnen wollte. Die derbe Männerhose, das karierte rote Baumwollhemd und die Reiterstiefel entsprachen ganz offensichtlich überhaupt nicht ihrer Vorstellung. Nur widerwillig setzte sie sich gerade den breiten Hut mit dem blumenverzierten Hutband auf den Kopf. Sie nestelte und zupfte mit gerunzelter Stirne an der Kleidung herum, die dadurch aber auch nicht besser wurde. Der Ranger schmunzelte unwillkürlich, denn was sollte er tun? Andere Kleidung gab es nicht. Ihre Blicke begegneten sich und Wang sah McLean teils vorwurfsvoll, teils missmutig an, wobei sie unwillig den Kopf schüttelte.

Dann wandte er sich wieder an Röttger: "Ich werde gegen Abend in die Stadt reiten. Wenn es dunkel ist, werde ich diesen Bob Mellrose aufsuchen. Ich schätze, mit ihm kann ich rechnen. Vielleicht hat er einige Leute auf seiner Seite, wenn wir gegen diese Bande vorgehen!"

Dann spuckte er aus und fuhr fort: "Ihr könnt hier warten oder hinterherkommen, ganz wie ihr wollt. Kann jemand von euch ein Gespann führen? Naja, wohl eher nicht, schätze ich." Wobei er fragend in die Runde blickte.

"Noch nicht", ließ Durrand vernehmen, "aber Robbie 3 und Robbie 4 werden es sehr schnell lernen, wenn sie neben Ihnen auf dem Kutschbock sitzen. Wir sollten nun wirklich losfahren. Alles andere können wir auf dem Weg zu diesem Ort Coyote Junction bereden. Übrigens ein sehr merkwürdiger Name für eine Stadt."

McLean schüttelte den Kopf.

"Ein Wagen erregt zu viel Aufmerksamkeit. Ich reite alleine in die Stadt, das ist unauffälliger. Also ... bleibt am besten hier. Alles andere ist Unsinn!"

"Gut", stellte Röttger klar. Es war deutlich, dass der Cowboy ihnen wenig zutraute und erst recht keine Hilfe von ihnen annehmen wollte. "Tun Sie, was Sie tun müssen. Dann werden wir langsam in Richtung Austin fahren. Zeigen Sie bitte Robbie 3 kurz, wie er das Gespann lenken muss. Dann kommen wir schon zurecht und Sie stoßen später zu uns."

McLean zog die Mundwinkel nach unten und machte eine genervte Miene, wobei er ergeben die Arme ausbreitete und sie wieder fallen ließ.

"Also gut! Bevor wir hier noch ewig diskutieren. Ich zeige euch, wie man so ein Gespann lenkt. Ist ja nun auch nicht so schwierig!"

Er winkte Robbie 3, mit ihm zu kommen und erklärte ihm die Zäumung, das Zuggeschirr und was es damit auf sich hatte. Dann ließ er ihn auf den Bock steigen und zeigte ihm, wie man das Gespann lenkte. Schon nach 10 Minuten hatte Robbie 3 alles verstanden und drehte eine Runde unter dem Beifall aller.

McLean ließ ein pfeifendes Geräusch hören: "Na sowas ... und der hat wirklich noch nie ein Gespann gefahren? Kaum zu glauben! Na, dann kann ja nichts mehr schief gehen. Also ... ihr fahrt vor und ich komme nach. Ihr werdet mit dem Wagen ungefähr fünf Tage brauchen. Wenn alles gutgeht, werde ich euch sogar noch vor dem Treffpunkt einholen. Falls Ihr nichts mehr von mir hört, müsst ihr sehen, wie ihr klarkommt, OK? Falls der schlimmste Fall eintritt, dass es mich erwischt - ich schreibe euch hier mal auf, an wen ihr euch wenden könnt. Das ist der Lieutenant unserer Einheit in Austin. Ihm könnt ihr vertrauen. Ich schreibe ihm kurz auf, um was es geht. Einzelheiten erspare ich mir. Geht aber nur im äußersten Notfall dorthin. Alles verstanden?"

Durrand schaute kurz zu den anderen, die stillschweigend Zustimmung signalisierten und nickte dann.

"Wir haben uns auf dem Weg nach Austin zwei gute Plätze ausgesucht", erläuterte Röttger und hielt etwas in der Hand. "Einer davon befindet sich ca. 50 Meilen und der andere 20 Meilen vor Austin. Hier ist eine Karte, damit Sie uns später finden. Wir wollen doch hoffen, dass Sie unbeschadet ankommen!"

McLean nahm die Karte spöttisch grinsend an sich: "Jaja ... machen Sie mal. Alles, was Sie wollen."

Ohne noch ein weiteres Wort zu verlieren, sattelte der Ranger sein Pferd und verschwand.

Die Lichter von Cojote Junction tauchten vor McLean auf. Vorsichtig und im Schritt lenkte er sein Pferd zu dem ersten Haus am Ortseingang.

Dort stieg er im Schatten der Lichter ab und band seinen Gaul an einem Balken fest. Jetzt musste er zuerst Bob Mellrose finden. Er hatte ja keinen Schimmer, wo der wohnte.

Am Eingang eines Saloons, im flackernden Schein einer Petroleumfunzel, stand eine der "Damen" und blies Rauchkringel in die Luft. Von drinnen erklang ein Piano und Stimmengewirr war zu hören. Schon zu dieser frühen Abendstunde war Leben in der Bude. Bei der "Lady" blieb er stehen und fragte nach Bob Mellrose. Ob sie ihn kenne und wüsste, wo er zu finden sei. Das Girl musterte ihn von oben bis unten und lächelte McLean verführerisch an. "Mmmhh ... mehr wollen Sie nicht von mir? Das ist aber schade. Ich habe gerade nicht viel zu tun und oben wartet ein gemütliches Zimmer."

McLean grinste, lehnte das Angebot höflich ab und wiederholte seine Frage. Sie machte erst einen Schmollmund und zeigte ihm den Weg.

"Sie müssen bis ans andere Ende der Stadt, Mister. Dort gleich neben dem großen Corral steht sein Haus."

Dann lächelte sie wieder und rollte mit den Augen: "Und Sie haben wirklich keine Zeit?"

"Tut mir leid, Miss, ich hab's wirklich eilig. Vielleicht beim nächsten Mal?"

Beim Weggehen drehte er sich nochmal um.

"Übrigens Miss, ich habe selten ein so hübsches Girl gesehen wie Sie."

Kichernd und ihm einen schmachtenden Blick hinterherwerfend verschwand die "Dame der Nacht" im Saloon.

McLean wollte nicht bis zum anderen Ende der Stadt zu Fuß laufen. Also band er sein Pferd los und ritt im Schritt, immer darauf bedacht, im Schatten der Laternen und der beleuchteten Fenster zu bleiben. Seine Rechnung ging auf: Keiner hatte ihn bemerkt, als er endlich am Haus angekommen war.

Aus einem der Fenster schien Licht, also musste jemand zuhause sein. Er klopfte an die Tür. Einen kurzen Augenblick später öffnete sie sich einen Spalt. Bob Mellrose stand da und war überrascht. "McLean! Was zum Teufel..."

Der Ranger schob sich an ihm vorbei ins Haus.

"Sorry, dass ich so hereinplatze, Bob. Aber ich muss Sie dringend sprechen!"

Mellrose musterte ihn verwundert von oben bis unten. "Donnerwetter! Sie haben sich aber schnell erholt ... was ist mit Ihren Verletzungen?"

"Ist 'ne lange Geschichte", winkte McLean ab und grinste breit. "Bin eben ein Stehauf-Männchen! Warum ich hier bin: Es geht um etwas Wichtiges. Ich brauche Sie, Bob."

Dann erzählte er von seinen Plänen und offenbarte Mellrose, dass er Texas Ranger war. Der staunte nicht schlecht und schüttelte fassungslos den Kopf. "Unglaublich ... wirklich unglaublich. Und Sie wollen diese Bande hinter Schloss und Riegel bringen? Wissen Sie überhaupt, wieviele von diesem Pack hier herumschleichen?"

Der Ranger zog die Mundwinkel nach unten und

erwiderte: "Nein ... weiß ich nicht. Das spielt auch keine Rolle. Zudem ... wer hat was von "hinter Schloss und Riegel bringen" gesagt? Ich will die Kerle erledigen, das ist alles. Wenn die sich nicht verhaften lassen und es auf die harte Tour versuchen ... ihre Sache!"

Mellrose blieb die Spucke weg. Er goss zwei Gläser voll und reichte ihm eins davon. Dann kratzte er sich gedankenverloren am Kopf und gab zu bedenken: "Das alles ist nicht so einfach, wie Sie sich ..."

McLean unterbrach ihn mit einer kurzen Handbewegung: "Lassen wir das "Sie" weg. Wir sind ja fast sowas wie Kollegen, schätze ich."

Mellrose nickte und fuhr fort: "Also, was ich sagen wollte, John. So einfach, wie du dir das vorstellst, wird das nicht. Ich bin noch kein Marshal ... habe also auch keine Befugnis. Und du bist Ranger. Kannst die Bande nicht einfach umlegen. Vor allem dann nicht, wenn sie hier nur in der Stadt herumlungern. Bis jetzt haben sie nichts getan, was gegen das Gesetz ist. Also wie willst du das anstellen?"

McLean nickte bedächtig.

"Du hast recht Bob. Doch ich denke, dass gegen diese Kerle irgendwo ein Steckbrief herumhängt. Daher werde ich mal telegrafieren. Müsste doch mit dem Teufel zugehen, wenn wir keine Handhabe gegen diese Strolche finden. Zudem haben die einen Gesetzeshüter angegriffen. Allein das wäre schon mal ein Grund!"

Mellrose blickte McLean lange an und bemerkte: "Hoffentlich willst du keinen Privatkrieg führen, John. Das wäre unklug. Dabei würde ich dich nicht unterstützen. Ich werde bald zum Marshal gewählt ... da kann ich nicht mit einer illegalen Handlung aufwarten!"

"Keine Sorge", winkte der Ranger ab."Die wird es nicht geben. Ich brauche dich aber als Hilfe. Alleine schaffe ich es nicht. Hast du noch Männer, die mitmachen würden?"

Mellrose kratzte sich nachdenklich am Kinn. "Tja ... mal

überlegen. Ja, vier Männer würde ich zusammen bekommen. Sind alles feine Kerle. Zwei davon möchte ich später als Deputys haben."

McLean nickte grinsend.

"Na also. Dann sind wir doch schon genug Leute. Mit sechs Männern werden wir die Bande doch wohl kriegen, was? Wie viele sind es denn? Kennst du ihre Namen?"

Mellrose schaute auf: "Na, es werden so um die acht Männer sein. Einige waren gestern davongeritten. Kamen erst spät wieder zurück. Mir scheint, als ob sie was vorhätten. Keine Ahnung, was die Kerle aushecken! Einige kenne ich mit Namen. Das sind die, die dich fertig gemacht hatten. Dennis Brandon, Mike Cohen und Frank Donnovan!"

McLean überlegte kurz.

"Habt ihr schon so etwas wie ein Marshals Office?"

Mellrose bejahte.

"Haben wir. Ist aber noch nicht ganz fertig. Die Einrichtung, das ..."

Der Ranger unterbrach ihn mit einer Handbewegung.

"Es geht darum, ob ihr schon ein Gefängnis habt, wo man solche Kerle einsperren könnte!"

"Auf jeden Fall", entgegnete Mellrose, "das Gefängnis ist fertig. Mit vier Zellen!"

Zufrieden leerte McLean sein Glas.

"O.K., mein Plan ist der: Ich werde heute noch telegrafieren und mich erkundigen, ob die Bande gesucht wird. Ich verwette meinen Hut, dass es Steckbriefe über die gibt. Dann werde ich gleichzeitig Verstärkung anfordern. Zumindest jemanden, der hierherkommt und die Saubande ins Staatsgefängnis schafft. Du setzt ein Schriftstück auf, dass das Tragen von Schusswaffen in der Stadt ab jetzt verboten ist. Da du noch keine Amtsgewalt hast, müssen alle Bürger unterschreiben, zumindest über fünfzig Prozent. Das wäre deine Aufgabe. Habt ihr hier einen

Bürgermeister?"

Mellrose nickte.

"Gut! Ich werde mir die drei Kerle vornehmen, die mich verprügelt haben und sie einsperren ... falls es gelingt. Wenn die sich widersetzen, mache ich dieses Mal kurzen Prozess. Wo halten sich die übrigens auf?"

Mellrose zog die Mundwinkel nach unten und zuckte mit den Schultern.

"Tjaa, keine Ahnung. Die sind in der Stadt verstreut. Tauchen mal hier, mal dort auf. Meistens halten sie sich im "Rattlesnake Saloon" auf. Eine Kaschemme für die übelsten Gestalten. Geh da nur nicht alleine hin! Übrigens: Wenn du keine Unterkunft hast, kannst du hierbleiben. Ich habe drüben noch ein Zimmer."

McLean bedankte sich und machte sich auf zum Telegrafen Office, eine Nachricht abzusetzen. Als das erledigt war ging er zurück zu Mellrose. Der war nicht im Haus. Wahrscheinlich war er schon mit dem Schriftstück unterwegs zum Bürgermeister. Der würde dann eine Versammlung einberufen und alles Weitere erledigen. Das ging schneller als jeden Bürger einzeln anzulaufen. Eine Stunde später kam ein Botenjunge und überbrachte McLean ein Telegramm. Vier Mitglieder dieser Bande wurden tatsächlich in Texas gesucht. Steckbriefe waren vorhanden und man versicherte ihm, sobald wie möglich Verstärkung zu schicken. Er konnte also diese Kerle verhaften.

Am nächsten Tag war die Überraschung perfekt. Bei der Versammlung der Bürger wurde schnell beschlossen, Mellrose sofort zum Marshal der Stadt zu ernennen. In Anbetracht der Situation wollte man nicht länger warten. Und da kein anderer Kandidat zur Verfügung stand, war die Vereidigung nur eine Sache von Minuten. So stand der Durchsetzung von Recht und Gesetz endlich nichts mehr im Wege. Auch das Tragen von Schusswaffen innerhalb der Stadtgrenzen wurde fast einstimmig - nur bei manchen mit einem Murren - beschlossen. Und so wurde die Sache überall im Ort durch eine öffentliche Notiz bekanntgegeben.

Mellrose ernannte daraufhin zwei Männer zu Deputys und zusammen mit McLean säuberten sie die Stadt. Es war nicht leicht, diesen Beschluss durchzusetzen und McLean, Mellrose und die Deputys hatten alle Hände voll zu tun. Es gab Situationen, bei denen es fast zu Schießereien gekommen wäre. Einige Outlaws verließen nach diesem Ereignis freiwillig die Stadt. Doch mit Dennis Brandon, Mike Cohen und Frank Donnovan, den drei schlimmsten Kriminellen, war es nicht so leicht. McLean und Mellrose stellten sie vor dem Rattlesnake Saloon. Es kam zum Kampf, bei dem Dennis Brandon und Mike Cohen erschossen wurden. Marshal Mellrose erhielt bei dem Kampf einen Schuss in die linke Schulter. McLean blieb unverletzt. Frank Donnovan wurde in der Hüfte getroffen und, nachdem er verarztet war, in das neue Gefängnis gesteckt. Einen Tag später traf der Sheriff ein, der den Outlaw nach Fredericksburg brachte, wo ihm wegen zahlreicher Verbrechen der Prozess gemacht wurde. So zog in eine ehemals wilde Grenzstadt endlich Gesetz und Ordnung ein. McLean hatte seine Genugtuung und verabschiedete sich zwei Tage später von seinem neuen Freund und brach nach Austin auf.

In der Zwischenzeit waren Röttger und seine Crew auf dem Weg nach Austin ein gutes Stück vorangekommen. Robbie 3 saß auf dem Kutschbock, neben ihm abwechselnd einer der Mannschaft. Alle anderen mussten sich damit abfinden, mehr oder weniger durchgeschaukelt die Reise zu überstehen. Sie begegneten unterwegs niemandem und auch die Flugdrohne meldete nichts

Ungewöhnliches. So erreichten sie den ersten vereinbarten Treffpunkt, ca. 50 Meilen vor Austin. Hier warteten sie zwei Tage auf McLean, um anschließend zum zweiten Treffpunkt, 20 Meilen vor Austin, weiterzureisen. Dort waren sie gerade mit dem Aufbau des Lagers beschäftigt, als die Flugdrohne die Ankunft eines einzelnen Reiters ankündigte. Das Identifizierungsprogramm meldete zur Erleichterung aller, dass es sich um den erwarteten Ranger handelte.

"Sehr gut", bemerkte Durrand, "und er sieht unversehrt aus. Dann steht unserer gemeinsamen Reise nach Austin nun nichts mehr im Weg."

Schwarz fügte humorvoll an: "Unser Cowboy wird ja hoffentlich nicht noch eine alte Rechnung zu begleichen haben!"

"Unser Macho ist im Anmarsch und wahrscheinlich wird er bald damit prahlen, wie heldenhaft er ein paar Menschen umgelegt hat!", warf Wang spitz ein. "Na danke. Ich wäre heilfroh, wenn wir endlich hier wegkämen. Hoffentlich erweist er sich auch wirklich als nützlich für uns."

Pawlow seufzte und warf sich in die Brust: "Ein Mann muss eben tun, was ein Mann tun muss. Das können Frauen nicht verstehen!"

Wang sah ihn mit funkelnden Augen an, die Arme in die Hüfte gestemmt. Durrand lachte und sagte: "Leute, andere Zeiten, andere Sitten. Wir werden uns wohl anpassen müssen. Hier gibt es vieles, was wir noch nicht verstehen."

McLean erkannte, als er um die Biegung ritt, dass dieser merkwürdige Zirkus bereits eingetroffen war. Zu seiner Erleichterung hatten sie sogar die Reise komplett und unbeschadet überstanden.

Bei der Gruppe angekommen, stieg er vom Pferd und klatschte demonstrativ in die Hände: "Na bravo ... da habt ihr es tatsächlich geschafft, kaum zu glauben."
Die Gruppe überging seine spöttische Bemerkung.
"Ja, uns geht es gut", äußerte sich Durrand sogar amüsiert. "Also, wie sieht es aus, Mr. McLean: Wollen wir sofort in Richtung Austin weiterziehen oder erst noch eine Nacht hier verbringen?"
Der Ranger überlegte kurz: "Wir sind schließlich nicht auf der Flucht und ein wenig Ruhe können wir wohl alle gebrauchen. Ich schlage vor, dass wir erst mal hier verweilen. Im Übrigen ... ich habe unterwegs in der Ferne Staubwolken gesehen. Es muss eine ganze Horde Reiter sein. Entweder es ist eine Schwadron Kavallerie aus Fort Jackson oder es handelt sich um Apachen. Ich hoffe Ersteres. Doch man weiß ja nie. Also – ich würde Wachen aufstellen, um unliebsame Überraschungen zu vermeiden. Meinen Skalp möchte ich gerne noch eine Weile behalten, auch wenn die Haare dünner geworden sind!" Bei den letzten Worten grinste er erheitert.
Nachdem sich die Mitglieder der Gruppe kurz angesehen hatten und alle zustimmend nickten, sagte Röttger: "Okay, einverstanden. Dann bauen wir das Lager auf und können uns anschließend entspannen. Um die Wachen machen Sie sich keine Sorgen. Wir werden rechtzeitig gewarnt, wenn sich irgendjemand anschleicht. Übrigens: Was essen Sie denn so? Oder wollen Sie sich mal von unserer Küche überraschen lassen? Robbie 3 zaubert traumhafte Speisen. Vielleicht machen Sie sich nützlich und zünden uns ein Lagerfeuer an. Dann wird das Beisammensein gemütlicher. Und da wir eine Dame in unserer Mitte haben ... es wäre vielleicht ratsam, sich in diesem Zelt dort drüben frisch zu machen? Wasser ist genug vorhanden."

Röttger betrachtete McLean vergnügt, denn der staunte nicht schlecht.

"Ähh, wie ... Sie meinen frisch machen? Habt ihr etwa eine Badewanne dort drinnen stehen? Sie überraschen mich schon wieder. Wie macht ihr das alles, zum Teufel? Und ... jaa, ich würde wirklich gerne mal was Anständiges futtern. Habe die letzte Zeit meistens nur Dosenbohnen und Trockenfleisch zu mir genommen."

Ein entspanntes und fast schon fröhliches Grinsen erschien auf seinem Gesicht. "Sogar Hunde bekommen besseres Essen, wenn ich mich nicht irre!"

"Na dann", schmunzelte Röttger, "Robbie 3 wird Sie begleiten und Ihnen die Funktionsweise der Dusche erklären und Sie dann selbstverständlich allein lassen. Bitte geben Sie Ihre Kleidung in ein Fach, Robbie zeigt Ihnen, welches. Sie können die Kleidung dann nach der Dusche wieder gereinigt entnehmen."

Ehe McLean auch nur den Hauch einer Chance hatte, etwas darauf zu erwidern, war der Android bei ihm und bat ihn höflich, ihm zu folgen. Etwas unschlüssig, aber doch neugierig, lief der Ranger hinter ihm her ihm zum Zelt.

Dort angekommen zeigte und erklärte Robbie alles ausführlich. McLean kam aus dem Staunen nicht raus. Robbie zeigte ihm, in welches Fach er die Kleidung zur Reinigung legen sollte. Dann wünschte er ihm viel Vergnügen und verließ ihn.

"Wie schade, dass ich nicht in den Genuss komme seine Reaktion zu sehen, wenn das erste Mal seit langer Zeit Wasser auf ihn prasselt", ließ Wang bissig vernehmen. "Und sein Gesicht, wenn seine Kleidung auch noch angenehm duftet! Ob sich sein Benehmen allerdings ändert, wage ich zu bezweifeln. Hoffentlich spuckt er nicht die Dusche voll vor lauter Begeisterung ..."

Die anderen lachten und Pawlow warf ein: "Mir tut er leid. Klar fühlt er sich merkwürdig. Ich sehe, wie schwer es uns fällt, sich hier einzugewöhnen..."

"Na, das war mir ja klar!", unterbrach ihn Wang. "Ihr Männer haltet zusammen und könnt den Wunsch einer Frau nach einem sauberen, angenehm riechenden Mann nicht verstehen."

Als ihr fast sofort klar wurde, was sie über sich selbst gerade preisgegeben hatte, schnaubte sie wütend und stapfte in Richtung ihres Zeltes davon.

Die anderen hatten sich wohlweislich zurückgehalten, denn wenn Wang wütend war, sollte man sie nicht zuviel reizen. Erst als sie in ihrem Zelt verschwunden war, unmeinte Schwarz trocken: "Na, das wird ja ein unterhaltsames Abendessen. Hoffen wir, dass sich unsere zwei Streithähne nicht ständig gegenseitig an die Gurgel gehen. Ein angenehm riechender, sauberer Mann... das sollten wir besser unkommentiert lassen."

In der Zwischenzeit blickte sich McLean verwundert in diesem verrückten Zelt um. Dieses merkwürdige Licht und die angenehme Wärme. Und dann dieses hell erleuchtete Quadrat, in das er sich stellen sollte! Misstrauisch beäugte er erst einmal jede Kleinigkeit dieser "Dusche". Betastete dies und untersuchte das, bis er sich schließlich überwand und sich seiner Kleidung entledigte, die er in das vorgegebene Fach legte. Vorsichtshalber einen Schritt zurücktretend beobachtete er die komische Maschine, die leise summend ihre Arbeit tat. Mit zusammengekniffenen Augen und unschlüssig, ob er es nun tun sollte oder nicht, bewegte er sich schließlich vorsichtig in das Quadrat. Kaum hatte er es betreten, begann sich ein angenehm temperierter Wasserstrahl über ihn zu ergießen. Kopfschüttelnd genoss er den warmen Strahl des Wassers.

"Yee-haw! Na, die haben mir aber einiges zu erklären", murmelte er, wobei ihm ein entspanntes Lächeln im Gesicht stand. Während er unter der Dusche stand und das Wassers sanft über seinen Körper floss, wurde er ganz aufgekratzt.

"Hahaha ... hohooo." Er lachte laut auf: "Ist ja so, als ob man nackt im Regen stehen würde. Unglaublich so eine Erfindung ... wirklich unglaublich, zum Teufel auch!"

Die Dusche stellte sich automatisch ab und während er noch dabei war, ein nicht vorhandenes Handtuch zu suchen, begann ihn ein kaum wahrnehmbarer Luftzug zu umschmeicheln. In kürzester Zeit war er wieder trocken und der helle Lichtstrahl im Quadrat erlosch. Noch etwas benommen von dem Erlebten ging er auf das Fach zu, in dem sich seine Wäsche befinden musste. Kaum hatte er seine Hand in die Nähe der Ablage bewegt, öffnete sich diese wie von Zauberhand. Oho, was war das? Schließlich nahm er seine Kleidung vorsichtig aus der Öffnung. Wieder schüttelte er fassungslos den Kopf. Seine Kleidung war gereinigt und duftete zudem noch angenehm! So erfrischt, ungewohnt entspannt und mit sauberer Kleidung trat er aus dem Zelt.

In der Zwischenzeit hatte die Crew bereits alles für das Abendessen vorbereitet. Für alle waren die Juchzer von McLean deutlich zu hören gewesen und hatten für Lachen und andere humorige Bemerkungen gesorgt.

Ein runder Tisch mit Stühlen war aufgebaut und es waren jede Menge Speisen darauf platziert, die vor sich hin dampften und einen anregenden Duft nach Fleisch verbreiteten. McLean spürte, wie sich sofort ein starkes Hungergefühl in ihm breit machte.

Als Schwarz ihn sah, rief er ihm zu: "Hallo Cowboy, Sie sehen ja richtig top aus. Wie wär's, wollen wir zusammen das Lagerfeuer vorbereiten?"

"Tja, wird hier nicht so einfach sein, in dieser Steinwüste Holz zu finden!", rief der Ranger fröhlich, denn so konnte er sich nützlich machen. "Aber etwas weiter drüben, hinter diesem Talkessel gibt's einige trockene Büsche, die eignen sich auch für ein Feuer. Werde mal hingehen und was zusammensuchen!"

Und schon war er verschwunden und tauchte nach einer Weile mit einem Bündel Holz wieder auf, das er mit seinem Bowiemesser in geeignete Stücke zerhackte.

"So, das müsste reichen", bemerkte er zu Finn Schwarz, der ihm fasziniert zuschaute, während er mit dem Messer kleine Späne von einem der daumendicken Äste abhackte. Dann riss er ein Streichholz an und schon bald knisterte das Feuer.

Da rief auch schon eine Frauenstimme: "Brauchen die Herren eine extra Einladung? Das Essen ist fertig und es wäre nett, wenn ihr endlich an den Tisch kommt, damit wir anfangen können."

Der Ranger und Schwarz machten sich auf und setzten sich auf die letzten freien Stühle.

"Tut mir ja leid, McLean," frotzelte Pawlow und zwinkerte ihm zu. "Sie sind spät dran. Der Platz neben Miss Wang ist leider schon besetzt."

Was ihm sofort einen Tritt gegen das Schienbein mit einem bösen Seitenblick von ihr einbrachte.

McLean lächelte vor sich hin. Hatte er die Anspielung doch verstanden. Oh ja, er hatte schon ein paar verstohlene Blicke auf Li Wang geworfen. Jetzt sah zu ihr hinüber und ihre Blicke begegneten sich. Es schien, als würde ein feines, fast unmerkliches Lächeln ihre exotischen Gesichtszüge umspielen. Der Ranger blickte schnell in eine andere Richtung, denn es war ihm etwas peinlich, plötzlich solche Gefühle zu verspüren. Sie war eine attraktive Frau, das konnte man ihr nicht absprechen.

Die beiden Robbies begannen, die Suppe einzuschenken und wünschten einen guten Appetit. Anschließend verschwanden sie im Küchenzelt.

"Essen die nicht mit uns?", fragte McLean überrascht.

"Die nehmen ihre Mahlzeit später ein", erklärte Röttger. "Aber jetzt erzählen Sie mal: Wie hat Ihnen denn die Dusche gefallen?"

Der Ranger schüttelte den Kopf: "Zum Teufel, ich verstehe nicht, wie das alles funktioniert. Aber es ist beeindruckend, das muss ich zugeben. Das ist ja so, als ob Geister dahinterstehen. Wie funktioniert das alles? Ich denke, ich werde bei euch noch so einige Überraschungen erleben." Er lachte und blickte gutgelaunt in die Runde. "Dessen bin ich mir jetzt sicher."

Die anderen stimmten in sein Lachen ein und dann fügte er ernst und mit einm Kopfschütteln hinzu: "Aber diese Wasserverschwendung ...!"

"Da machen Sie sich mal keine Gedanken", führte Röttger aus. "Das gesamte Wasser wird direkt wieder recycelt." Den verständnislosen Blick von McLean auffangend fuhr er fort: "Ähm ... sagen wir besser: wiedergewonnen. Und keine Sorge, hier sind keine übersinnlichen Kräfte im Spiel! Das ist eine Technik, die es auf der Erde in 200 Jahren geben wird. Ich hoffe, dass Sie langsam merken, dass wir keine Spinner sind. Trotzdem meine ich, es ist besser, wenn Sie erst nach und nach alles erfahren. Bitte fragen Sie jederzeit, wenn Sie etwas wissen wollen. So, und jetzt lassen Sie es sich mal schmecken."

Der Ranger nickte ihm kurz zu und aß dann mit einem Heißhunger, der selbst einem Bären alle Ehre gemacht hätte. Die letzten Wochen waren sehr mager gewesen, was gutes Essen anging. Nur in der Stadt hatte er sich den Bauch vollgeschlagen. Auch das war ein Grund für ihn mit diesem unsteten Leben aufzuhören, dachte er.

"Zum Teufel ... ein wirklich gutes Essen", sagte er

zwischen zwei Bissen. "Nicht mal in der Stadt habe ich was dermaßen Feines bekommen. Nur ... wo haben Sie das her? Hier gibt es weit und breit kein Wild, das man jagen könnte. Und erzählen Sie mir ja nicht, das käme auch aus dem komischen Kasten dort. Haben Sie vielleicht auch einen Kaffee dazu? Das wäre perfekt."

"Kein Problem", erwiderte Röttger schmunzelnd, "dann kommen Sie mal mit."

McLean erhob sich und folgte ihm neugierig.

Röttger blieb bei einem Gerät in der Größe eines kleinen Koffers stehen zeigte darauf.

"Wie möchten Sie denn Ihren Kaffee: schwarz, mit Milch und Zucker?"

"Ähm ... schwarz. Ich trinke meinen Whisky auch nicht gepanscht!", sagte McLean mit einem Grinsen.

Röttger wandte sich dem Gerät zu und bestellte das Gewünschte. Zwei Minuten später entnahm er dem "Koffer" den gewünschten Kaffee.

"Dieser unscheinbare Kasten, wie Sie ihn nennen, ist ein Replikator, der Essen und Getränke herstellen kann. Dazu verarbeitet er eine Art von Trockenpulver, mit dem man mehr als 4.000 Essensvarianten produzieren kann. Sie sehen: Um das Essen brauchen wir uns nicht zu kümmern."

Wieder schüttelte McLean den Kopf. Betastete und untersuchte das Gerät von allen Seiten. Doch das Geheimnis ließ sich nicht so einfach lüften.

"Ich glaube das alles nicht!", knurrte er dann. "Da schwirrt mir der Kopf bei so vielen neuen Eindrücken. Das muss ja eine total andere Welt sein, da, wo Sie herkommen!"

Commander Röttger meinte jetzt an alle gewandt: "Ich schlage vor, wir gehen jetzt zum gemütlichen Teil des Abends über. Auf an's Lagerfeuer!"

Während die Robbies alles wegräumten versammelte sich die Mannschaft um das knisternde Feuer, das eine behagliche Wärme ausstrahlte. Tagsüber fast von der Sonne gebraten wurde es in diesen Breiten des Nachts schon empfindlich kalt.

Langsam wurde es dunkel und über ihnen wölbte sich der sternenklare Himmel. Die Stimmung war gelöst und alle schauten erst einmal nur gebannt und fasziniert in das offene Feuer. Es war eine Idylle, wie sie keiner von ihnen bisher erlebt hatte. In ihrer hochtechnisierten Welt waren solche Momente mehr als rar. Eine zufriedene Ruhe breitete sich unter der Mannschaft aus. Schließlich unterbrach Durrand die Stille: "Erzählen Sie doch mal ein bisschen. Was machen Sie denn so beruflich? Haben Sie Familie?"

Alle Augen waren jetzt aufmerksam auf den Ranger gerichtet. Der starrte in die lodernde Glut, rieb die Hände aneinander und atmete tief durch. Dann spuckte er aus, was Wang mit einem genervten Augenrollen quittierte.

McLean presste die Lippen aufeinander und seine Wangenknochen traten hervor, als er mit den Zähnen mahlte. Nach einer ganzen Weile fing er zögernd an zu erzählen.

"Was ich beruflich mache, wissen Sie ja. Ich bin auf einer kleinen Ranch aufgewachsen. Mutter starb früh und ich musste mit meinem Bruder unserem Vater helfen. Es war schwere Arbeit. Jaa ... mein Bruder! Er ist später, als Vater starb, in den Osten gezogen. Ist jetzt Anwalt dort irgendwo. Ich habe die Ranch dann alleine, mit nur einem mexikanischen Helfer bewirtschaftet. Tjaa, was soll ich sonst sagen?"

Dann starrte er wieder gedankenverloren in das Feuer. McLean schien plötzlich wie verwandelt. Seine Gelöstheit, seine aufgekommene Fröhlichkeit war mit einem Male verschwunden. Ruckartig stand er auf und ging ein paar Schritte abseits, wo er an einem Felsen lehnend in die Nacht hinausstarrte.

Die Gruppe sah sich ratlos an. Was war denn jetzt los? Nur Wang schaute ihn nachdenklich an. Schließlich sagte sie laut: "Bitte setzen Sie sich doch wieder zu uns an's warme Feuer. Erinnerungen sind so oft auch mit Schmerz verbunden. Ich weiß, wovon ich rede. Ich war Waisenkind und habe meine Eltern nie gekannt. Ich wollte nur raus, mein altes Leben hinter mir lassen und habe allen Ehrgeiz darangesetzt, um zur Raumflotte zu gelangen. Aber das hatte seinen Preis. Vielleicht erzähle ich Ihnen das ein anderes Mal."

Dann setzte ihre bekannte Miene der Unnahbarkeit auf und schaute schweigend ins Feuer.

Die anderen Mitglieder der Crew warfen sich überraschte Blicke zu, sagten aber nichts. So offen hatte sich Wang in der ganzen Zeit, in der sie sie kannten, noch nie geäußert. Nach längerem Zögern kehrte McLean schließlich an seinen Platz zurück.

"Was so ein Lagerfeuer alles anrichten kann", sagte Schwarz gedankenvoll. "Ganz ehrlich? Ich habe sowas Tolles nie erlebt. Mein Vater war auch so ein verrücktes Technikgenie, ist beim fehlgeschlagenen Attentat auf GOLEM gestorben, als er die KI verteidigte. Meine Mutter hat das nie überwunden. So war ich schon früh alleine auf mich gestellt. Und habe mich ebenfalls in die Technik verbissen. Sie sehen also McLean, wir haben auch alle unsere Päckchen zu tragen, da ändert auch keine so traumhafte Technik etwas daran. Sie haben hier wenigstens noch die unverbrauchte Natur und jede Menge Platz. Das gibt es in unserem Zeitalter nicht mehr. Bei uns sehen sie im wahrsten Sinne vor lauter Menschen keinen Baum mehr! Aber sagen Sie mal: Wie ist das Leben denn hier so organisiert? Wer hat das Sagen in dem Land - gibt es eine Präsidentenwahl?"

Der Ranger blickte düster von einem zum andern: "Ich glaube kaum, dass einer von euch so ein ... so ein ...

"Päckchen" zu tragen hat wie ich." Dann nahm er einen tiefen Atemzug und wechselte auf das angebotene Thema, froh, nicht weiter auf persönliche Details eingehen zu müssen: "Wissen Sie, Mr. Schwarz, wir sind schon eine Weile ein Teil der Union. Natürlich gibt es einen Präsidenten. Das ist zurzeit Chester Alan Arthur. Alle Staaten werden durch einen Gouverneur im Kongress vertreten. Im Moment ist das bei uns in Texas Oran Milo Roberts. Ich denke aber, dass ihr das bestimmt auch wisst. Das müsste ja bei euch in den Geschichtsbüchern stehen, wenn ich mich nicht irre.

Genauso kennen ihr bestimmt auch den Werdegang von Texas. Wir Texaner sind ein besonderer Menschenschlag. Hier alles größer, besser und auch schöner als anderswo. Wir sind stolz auf unsere Herkunft und auf unseren Bundesstaat. Und wir sind sehr eigenwillig, wenn es um unsere Freiheit und unser Selbstverständnis geht. Dieses Land ist auf Blut und Tränen gegründet. Deshalb sind wir Fremden gegenüber immer etwas misstrauisch und argwöhnisch. Naja ... das haben Sie bestimmt auch schon gemerkt."

McLean setzte ein dünnes Lächeln auf.

"Aber wenn wir erst mal Freundschaft geschlossen haben, gehen wir für unsere Freunde durchs Feuer. Doch ich bin neugierig. Wie ist das Leben bei euch? In eurem ... tjaa, wie soll ich sagen? In eurer Zeit. Habt ihr denn keine Natur... keine Wildnis mehr oder wie soll ich das verstehen? Also ich könnte in keiner dieser Städte leben. Grauenhaft. Dieses Gedränge, diese Enge. Hier draußen ist man frei. Der Horizont ist weit und das Land ... noch ... fast menschenleer."

"Also", begann Schwarz, "bei uns ist alles Grün künstlich eingepflanzt und es gibt spezielle Parks zum Spazierengehen und Erholen, so mit Blumenbeeten, Gestrüpp und Bäumen. So eine Wildnis wie hier, ja, die gibt es überhaupt nicht. Und diese würzige Luft hier", Schwarz schnupperte begeistert und atmete tief ein. "Wow! Tja, in den Städten sind sogar die Dächer mit Büschen bepflanzt und in den riesigen Wohntürmen befinden sich in den Treppenhäusern Bäume, sonst wäre nämlich gar nichts da. Sie müssen sich das so vorstellen, dass es in unserer Zeit fast nur Wohnraum gibt und viele, viele Menschen, jede Menge Gedränge, wie Sie es nennen. Sehen Sie, in unserer Zeit leben 20 Milliarden Leute auf der Erde! Und es werden täglich mehr. Sie können sich vorstellen, da muss jeder Ort als Wohnraum genutzt werden und jeder Winkel bebaut, damit wir alle unterkommen. Selbst unter der Erde und in den Meeren gibt es riesige Unterwasserstädte. Ich habe als Kind immer gerne meine Cousine besucht, die dort lebt – die haben so gläserne Wände, durch die man die Fische im Wasser sieht. Aber hier ... ich muss schon sagen, wow! Was für eine Landschaft ... und der Himmel, die Sterne, die zirpenden Grillen..." Schwarz war richtig aus dem Häuschen und kaum zu bremsen.

Durrand unterbrach schließlich seinen Begeisterungsausbruch: "Was die Regierung angeht: Wir haben seit knapp 30 Jahren eine einzige Weltregierung, mit einem gewählten Präsidenten auf 10 Jahre. So ähnlich wie bei Ihnen sind die ehemaligen Nationen jetzt Bundesstaaten und in der Regierung mit Gouverneuren vertreten. Und unsere Besonderheit: Zusätzlich hat eine künstliche Intelligenz mit dem Namen GOLEM ihren Sitz in der Regierung. GOLEM ist ein gleichberechtigter Partner und hat ein Mitspracherecht."

"Jetzt verstehen Sie vielleicht besser, dass wir von so viel natürlicher Wildnis begeistert sind", ergänzte Pawlow. "Man zahlt eben für alles seinen Preis. Dafür haben wir eine Lebenserwartung und technische Errungenschaften, die für Sie kaum vorstellbar sind."

McLean hörte aufmerksam den Schilderungen von Schwarz und Durrand zu und sein Gesicht wurde immer länger. Ungläubig den Kopf schüttelnd fragte er: "Wie bitte? Künstliche Intelligenz ... was soll das denn sein? 20 Milliarden Menschen auf der Erde? Das ist ja grauenhaft. Stirbt denn in eurer Zeit keiner mehr? Ich kann mir das gar nicht vorstellen! Und Städte unter Wasser? Wie bekommt ihr denn die Luft zum Atmen da runter, zum Teufel?"

"Mr. McLean", schaltete sich Wang ein. "Wir sind so aufgewachsen und für uns gibt es in unserer Zeit nichts anderes. Dann gilt das als normal. Ich denke mal, Ihnen geht es hier genauso. Aber ... letztendlich versucht doch jeder von uns, egal in welcher Zeit, das eigene Leben so zufrieden wie möglich zu gestalten."

Der Ranger blickte von einem zum andern und meinte nach einer langen Pause: "In so einer Zeit möchte ich nicht leben. Da gibt es doch keine Freiheit mehr. Weltregierung! Golem, eure künstliche Intelligenz. Was zum Teufel soll das? Ich habe die Erfahrung gemacht, dass viele lebende Menschen kaum Intelligenz besitzen. Das ist alles starker Tobak und übersteigt mein Vorstellungsvermögen."

Nach diesen Worten wollte er ausspucken, doch dieses Mal ließ ihn ein kurzer Blick in Richtung Wang innehalten. "Doch mal was anderes, was mich brennend interessiert. Ich habe bei euch keine Waffen gesehen. Gibt es in eurer Zeit keine mehr, oder sind alle Menschen friedlich geworden? Das würde mich allerdings am meisten überraschen." Er lachte dabei laut auf.

"Schön wäre es. Nein leider nicht, Mr. Mc Lean, nur wie alles andere haben sich auch die Waffen weiterentwickelt", antwortete Röttger. Er zog bei diesen Worten einen kleinen unscheinbaren Gegenstand, der wie ein gebogener Ast aussah, aus der Tasche. Er stand auf, ging ein paar Schritte abseits und zielte auf einen der Felsen. Aus dem Stab erschien ein blauer Strahl und im nächsten Augenblick zerbarst der Felsen in tausend Stücke.

"Bei allen Teufeln ... was ist das?", lachte der Ranger verblüfft auf. "Das grenzt ja an Zauberei. Ein Lichtstrahl, der Steine zerschmettert? Zur Hölle ... was habt ihr sonst noch so für Überraschungen?"

Röttger schmunzelte und fragte ihn, ob er im Gegenzug seine Waffen mal vorführen wolle. Bereitwillig zeigte der ihm die Winchester und den Colt, wobei er erklärend meinte: "Das ist ein Unterhebelrepetierer, eine Winchester Rifle, Modell 1873 mit dem Kaliber 44-40. Die macht schöne, große Löcher und das Magazin umfasst 14 Patronen. Und das hier ist der "Peacemaker" genannte Revolver von Colt im Kaliber 45, Long Colt. Ich habe den mit dem kurzen 12 Inch Lauf. Der ist schneller beim Ziehen."

Mittlerweile hatten sich alle um den Ranger herumgestellt und bewunderten beide Waffen.

So etwas hatte Durrand mal im Museum gesehen, aber live war doch nochmal was anderes. Er strich mit den Händen beeindruckt den Lauf der Winchester entlang. Schwarz fragte amüsiert, wie man denn auf diesen verrückten Namen gekommen sei, eine Waffe ausgerechnet "Peacemaker" zu nennen!"

McLean grinste über beide Ohren und erklärte: "Tjaaa ... bei ernsthaften Streitigkeiten ist er eben der "Friedensstifter!"

Alle lachten und dann sagte Durrand: "Ich glaube, uns allen reicht es für heute mit Überraschungen. Wir sollten uns erst einmal die Zeit geben, die Informationen zu verarbeiten. Dazu haben wir morgen sicherlich einen anstrengenden Tag vor uns und ich für mein Teil werde mich nun zurückziehen."

Dann wünschte er allen eine gute Nacht. Nach und nach tat es ihm einer nach dem anderen gleich. Einer der

Robbies fragte McLean, ob er ihm sein Zelt zeigen dürfe, zögerte der und antwortete: "Ach wissen Sie ... ich bin ein Gewohnheitstier. Ich schlafe lieber unter freiem Himmel, aber danke für das Angebot."

So ganz war ihm das alles noch nicht geheuer. Als Robbie das Feuer löschen wollte, meinte McLean: "Lassen Sie es ruhig brennen. Legen Sie aber noch den Rest der Äste drauf ... das hält die Viecher fern und außerdem, es knistert so schön."
Er lächelte belustigt. Dann nahm er seinen Sattel sowie die Decke und den langen Reitermantel und legte sich hinter einen flachen Felsen in der Nähe. Kurze Zeit später war alles anscheinend in einen tiefen Schlaf gefallen und es herrschte Stille. Nur aus weiter Ferne erklang leise der klagende Ruf eines Coyoten.

Kapitel 6 In der Zwischenzeit im Jahr 2153

15. März 2019 Mondbasis, 9.05 Uhr, UTC

In der Leitstelle für die Abwicklung des Raumschiffverkehrs auf der Mondbasis herrschte die übliche Hektik. In einem speziellen Nebenraum, in dem die Abteilung für die militärische Raumüberwachung ihren Sitz hatte, war es dagegen relativ ruhig. Denn die Hauptaufgabe war die Verfolgung des Fluges der EXTREMUS 1, die bisher planmäßig und ohne irgendwelche Probleme zum Wurmloch unterwegs war. Das änderte sich um 9.03 Uhr UTC schlagartig und riss die Mannschaft von einer Sekunde auf die andere in Alarmbereitschaft. Die Sirenen heulten immer noch, bis die kommandierende Offizierin Jefferson endlich das Abstellen befahl. Sehr rasch wurde klar, dass der Kontakt zur EXTREMUS 1 abgebrochen war und zwar exakt 5 Minuten nach der Übermittlung eines geheimen Befehls an Robbie 1. Die Anweisung kam von höchster Ebene, von Admiral McLean.

Nachdem alle Versuche, einen Kontakt zur EXTREMUS 1 herzustellen, scheiterten, wies Commander Jefferson an, den Admiral über die Vorkommnisse sofort zu informieren.

Als die Meldung Admiral McLean erreichte, wurde er blass. "Himmel und Hölle", fluchte er laut und ungehalten und schlug mit der Faust auf den Tisch. "Nun haben wir den Salat!"

Ohne weiter zu zögern, drückte er die Taste für die Notverbindung zu GOLEM. Als hätte dieser auf ihn gewartet, begann GOLEM sofort: "Ich habe die Meldung bereits erhalten und Präsident Dubois in Kenntnis gesetzt. Er wird sich gleich mit Ihnen in Verbindung setzen."

Kaum hatte GOLEM diese Worte mit ruhiger Stimme gesagt, wurde auch schon der Kommunikationsbildschirm hell. Ohne jede Begrüßung war ein wütender Präsident zu sehen und zu hören: "Jetzt haben wir die Bescherung! Und alles dank unserem Superhirn GOLEM. Wie war das noch gleich: Es kann nichts passieren? Dass ich nicht lache. Wie stehe ich jetzt da?"

Er atmete tief durch, wischte sich mit einem Tuch den Schweiß von der Stirn und bellte: "Vorschläge?!"

"Die Ruhe ist der Kompass in turbulenten Zeiten, Mr. President", schaltete sich GOLEM freundlich ein. Und bevor Dubois noch einen Ton sagen konnte, um ihn für die wie üblich unangebrachten Weisheiten zurechtzuweisen, fuhr die KI auch schon fort.

"Wir sollten folgendes tun: Wir beauftragen das Raumschiffgeschwader mit den drei Kugelraumern der Polarisklasse, die heute zu einem Testflug starten sollten, mit der Rettungsmission, um vor Ort nach Trümmern oder Notkapseln zu suchen. Der Testflug selbst kann auf dem Rückflug wie vorgesehen stattfinden."

Ohne das JA von Präsident Dubois abzuwarten, gab Admiral McLean sofort den entsprechenden Befehl.

"Das Geschwader unter Admiral Liu wird zeitnah im Alarmstartmodus, d.h. mit voller Schubkraft, starten", bestätigte McLean danach. "Bei der Geschwindigkeit sollten sie in 10 Tagen das Wurmloch erreichen."

In der Zwischenzeit hatte sich Präsident Dubois halbwegs beruhigt und nun diskutierten sie gemeinsam das weitere Vorgehen.

GOLEM schlug vor, zunächst die Berichte des Raumschiffgeschwaders abzuwarten und erst dann den Sicherheitsrat mit konkreten Ergebnissen zu konfrontieren. In der Zwischenzeit sollte die Endfertigung des neuesten Flaggschiffes der USOP, der SOLARIS, vorangetrieben werden - es sollte als zweiter Expeditionsraumer ausgerüstet werden. Die zusätzlichen Kosten würde man vor dem Sicherheitsrat rechtfertigen können. Außerdem wies er darauf hin, dass die Testreihen mit dem neuen WARP-Antrieb intensiviert werden mussten, da dieser Antrieb in die SOLARIS integriert werden sollte. Der Hauptentwickler des Antriebs, der 34-jährige Sergey Pawlow, würde mit an Bord gehen. Er hatte die bahnbrechende Entdeckung gemacht: Es war ihm gelungen, das Raumzeitfeld, das den WARP-Antrieb umgab, mehr oder weniger stark zu krümmen, um auf diese Weise unvorstellbare Geschwindigkeiten zu erreichen. Als Nebenprodukt hatte sich herausgestellt, dass ab einer bestimmten Krümmung die Zeit rückwärts ablief.

Abschließend teilte GOLEM dem überraschten Präsident Dubois und Admiral McLean mit, dass mit einer 80% prozentigen Wahrscheinlichkeit die EXTREMUS 1 einer Zeitverschiebung zum Opfer gefallen war. Die Entsendung der SOLARIS mit dem neuen WARP-Antrieb könnte eine reelle Chance für eine erfolgreiche Rettungsmission der EXTREMUS 1 darstellen.

Nachdem man sich auf die Vorschläge von GOLEM geeinigt hatte, gingen die geheimen Anweisungen an die zuständigen Stellen heraus.

20. März 2153 Das Raumschiffgeschwader

Admiral Kim Liu, 56 Jahre alt, aus dem Bundesstaat China stammend und seit 10 Jahren Oberbefehlshaber der POLARIS Kugelraumschiffklasse, saß in der Kommandozentrale der EARTH, dem derzeitigen Flaggschiff der USOP. Mit ihm flogen die anderen beiden Kugelraumschiffe SOL und ATLANTIS. Die drei Kugelraumer hatten eine unvorstellbare Kampfkraft und konnten in Minuten ganze Planeten verwüsten. Doch in der riesigen Leere des Weltraums waren es winzige Überlebenszellen für knapp 2.500 Menschen; jedes der drei Raumschiffe hatte 800 Menschen als Stammbesatzung. Später würden dann, je nach Einsatzzweck, noch eine Anzahl Spezialisten dazukommen.

Admiral Liu liebte diese Außeneinsätze. Sie führten ihn von der langweiligen Routine weg in eine Welt von unendlicher Schönheit, die einen vergessen ließ, dass trotz der hochentwickelten Technik nur eine dünne Schicht aus Carbonstahl die Menschen vom lautlosen Tod des Weltalls trennte. Trotzdem, es war jedes Mal ein Genuss, mit zweidrittel der Lichtgeschwindigkeit durch das Weltall zu rasen und nichts, aber auch gar nichts, von dieser Wahnsinnsgeschwindigkeit zu spüren. Was hätten frühere Generationen für dieses Erlebnis wohl gegeben!

Und so genoss er das geschäftige Treiben um ihn herum und das lautlose Funktionieren der Technik, die das Schiff jede Sekunde ihrem Ziel näherbrachte.

Bei diesen Gedanken unterbrach ihn sein erster Officer Angelika Färber, eine 39-jährige Deutsche mit den Worten: "Admiral, ein Sergey Pawlow von der Mondbasis will Sie sprechen. Er hat mit Dringlichkeitsstufe 1 gesendet. Soll ich durchstellen?"

Aus seinen angenehmen Gedanken herausgerissen, bellte Admiral Liu: "Tun Sie das!"

Miss Färber stellte zum Kommunikationsbildschirm des Admirals durch. Dieser nahm den Anruf an und aktivierte gleichzeitig ein Akustikabschirmfeld, sodass die übrige Besatzung das Gespräch nicht mithören konnte. Auf dem Bildschirm erschien das Gesicht eines smarten Mannes, der sich mit den Worten vorstellte: "Mein Name ist Sergey Pawlow. Ich bin der Chefentwickler des neuen WARP-Antriebs."

Admiral Liu unterbrach ihn unwirsch: "Ich weiß, wer Sie sind, also kommen Sie zur Sache. Wir sind auf einer Rettungsmission und nicht auf einer Plauderreise."

"Selbstverständlich, Sir, aber die Zeit für höfliche

Umgangsformen sollte doch immer möglich sein", erwiderte Pawlow etwas konsterniert.

Diese Zivilisten nervten einfach nur, ging Liu durch den Sinn, aber mit diesem Pawlow musste er vorsichtig sein. Er war DAS Wunderkind, was allen die Lösung des Problems der Überbevölkerung in Aussicht stellte. So war es sicher besser, diplomatisch zu bleiben. Deshalb antwortete er etwas freundlicher: "Na, da haben Sie auch wieder recht. Hier ist zurzeit viel los. Also, was kann ich für Sie tun?"

"Nun, ich würde Sie bitten, in der Nähe des Wurmlochs einige Spezialmessungen durchführen zu lassen. Die entsprechenden Anforderungen dafür lasse ich Ihnen nach Ende unseres Gespräches zukommen. Noch etwas: Ihre EARTH, die SOL und die ATLANTIS sind letzte Woche mit meinem modifizierten WARP-Antrieb nachgerüstet worden. Die Tests dafür sollen wie geplant nächste Woche beginnen. Durch die aktuelle Situation, das Verschwinden der EXTREMUS 1, ist es notwendig geworden, die Tests auf Anweisung von Admiral McLean, Präsident Dubois und GOLEM beschleunigt und intensiviert durchzuführen."

Nach diesen Worten sah ihn Pawlow abwartend an.

Als erste Reaktion hätte Liu diesem jungen Schnösel am liebsten die Meinung gegeigt ... aber – er hatte Dringlichkeitsstufe 1, da hieß es, Befehle zu befolgen. Er hoffte nur, dass sie nicht das gleiche Schicksal erlitten, wie die EXTREMUS 1!

"Mr. Pawlow, wie schön, dass ich mal persönlich mit Ihnen spreche", begann er betont ruhig. "Sagen Sie mal, ist es nicht angesichts der gegenwärtigen Ereignisse noch etwas zu früh, um erneut einen Versuch mit menschlicher Besatzung zu wagen?"

"Sie fliegen vom Wurmloch weg und nicht darauf zu", belehrte ihn Pawlow ungerührt. "Der EXTREMUS 1 ist vermutlich der unkontrollierte Einflug ins Wurmloch bei aktiviertem WARP-Antrieb zum Verhängnis geworden. Dass Sie dasselbe Schicksal erleiden, ist also sehr unwahrscheinlich, Admiral. Bisher haben die Testreihen in den kleinen Raumgleitern gezeigt, dass wir alles im Griff haben. Vorsichtshalber schlage ich vor, Sie fliegen nur WARP 3. Allein das wird Ihre Rückflugzeit von 10 auf 2 Tage reduzieren. Die ATLANTIS und die SOL werden es Ihnen gleichtun. Sie sind zurzeit unsere einzigen POLARIS Raumschiffe, bei denen der WARP-Antrieb bereits nachgerüstet wurde."

Wohlweislich verschwieg ihm Pawlow, dass zusätzliche Generatoren speziell für die Raumzeitfeldkrümmung ebenfalls installiert worden waren. Mit diesen Generatoren würde ein kleines Experiment mit der Zeit stattfinden. Bisher gab es zu wenig Tests dazu und dementsprechend kaum Ergebnisse. Also würde er diese Gelegenheit nutzen. Mit WARP 3 Geschwindigkeit und einer Raumzeitfeldkrümmung von 86% sollte das Raumgeschwader 15 Minuten vor der geplanten Ankunftszeit an der Mondbasis eintreffen - wenn alles gut gehen würde. Aber das würde es schon. Er war sich sicher.

Admiral Liu brummte etwas Unverständliches und gab Pawlow nach einem Augenblick seine Zustimmung. Er bestätigte die Bitte, die aber im Grunde eine Anweisung war, was die Botschaft von Admiral McLean deutlich machte. Danach war das Gespräch beendet und Admiral Liu gab die Anweisung an die entsprechenden Stellen an Bord weiter.

Fünf Tage noch und dann war das Ziel erreicht. Er hoffte natürlich, im besten Fall alle Rettungskapseln mit der vollständigen Mannschaft vorzufinden … so das Universum das wollte. Wenn nicht, dann würde man weitersehen.

25. März 2153 Wurmloch in der Nähe der Venus, Ankunft des Raumschiffgeschwaders

Zwei Stunden vor Ankunft am Wurmloch ließ Admiral Liu das Raumgeschwader abstoppen. Das daraufhin einsetzende, tiefe Brummen zeugte von den gewaltigen Energien, die notwendig waren, um das Raumschiff abzubremsen. Circa 3.000 Meilen vor dem Wurmloch kam der Verband nahezu zum Stillstand.

Sofort liefen die Ortungen auf Hochtouren, aber es fand sich nicht der geringste Hinweis auf die EXTREMUS 1. Weder Rettungskapseln und auch keine im All schwebenden Trümmerteile waren zu sehen. Ausgeschickte Sonden, die das Wurmloch als Test durchquerten, hatten keine Störungen beim Durchflug gemeldet und kamen am anderen Ende unbeschadet heraus. Sie lieferten Bilder, die eigentlich die EXTREMUS 1 hätte zeigen sollen.

Der Chefwissenschaftler des Raumschiffes, John Clay, 46 Jahre, Amerikaner, machte sich jetzt daran, ein neues Gerät in Betrieb zu setzen, das Pawlow noch kurz vor dem Start geschickt hatte. Diese Apparatur, die eine gewisse Ähnlichkeit mit einem Teleskop hatte, wurde im Weltraum ausgesetzt.

Minuten später kamen die ersten Ergebnisse und führten zu einer großen Überraschung: Pawlows Erfindung hatte, so erklärte es der Chefwissenschaftler dann, ein kleines Raumzeitfeld aufgebaut und krümmte dieses Feld so stark, dass Energiesignaturen aus der Vergangenheit gemessen wurden, was eine spezielle, digitale Uhr, die mit dem Gerät verbunden war, plastisch vor Augen führte.

Als der 15. März 2153, 9.00 Uhr UTC, angezeigt wurde, stoppte Mr. Clay eine weitere Krümmung des Raumzeitfeldes. Das war exakt die Zeit, bei der das Verschwinden der EXTREMUS 1 gemeldet worden war. Alle warteten gespannt auf die Ergebnisse – man hätte eine Stecknadel fallen hören können, so still war es im Raum.

Und tatsächlich: Das Gerät lieferte zwar keine Bilder, sondern maß nur die Energien, die in dieser Zeit freigesetzt worden waren. Aber die Auswertung ergab, dass es sich um die Energiesignatur der Plasmatriebwerke der EXTREMUS 1 handelte!

Der Chefwissenschaftler schickte das Gerät in Richtung Wurmloch und auch diese Messungen bestätigten die bisherigen. Plötzlich jedoch riss der Kontakt ab und es wurde nichts mehr angezeigt. Die bis dahin übermittelten Daten wurden umgehend zur Mondbasis zurückgeschickt. Denn die wissenschaftliche Abteilung an Bord war nicht in der Lage, diese Ergebnisse komplett zu analysieren.

Nachdem alles erledigt war, erteilte Admiral Liu den Befehl zur Rückkehr. Als die Reisegeschwindigkeit wieder erreicht war, aktivierten die drei Raumschiffe gleichzeitig den WARP-Antrieb auf die Stufe 3.

Nach einer Phase von ungeheuren Beschleunigungskräften kam es übergangslos zum Eintritt in eine andere Dimension. Es trat augenblicklich eine fast unheimliche Ruhe ein. Die Außensensoren lieferten außer einem schwarzen Flimmern nichts mehr. Sie waren nicht in der Lage, das Kontinuum, sprich das Raumzeitfeld, welches die drei Raumschiffe umgab, zu erfassen. Allein die schiffsinternen Anzeigen verrieten der Besatzung, dass sie sich dreimal schneller als das Licht fortbewegten. Die Raumkrümmung war auf 86% eingestellt und man spürte nicht das Geringste von der ungeheuren Geschwindigkeit. Nur eine theoretisch generierte Linie zeigte an, in welchem Raumsektor die Raumschiffe sich bewegten. Die Ankunft bei der Mondbasis war für den 27. März 2153, 11.20 UTC, berechnet worden. 5.000 Meilen vor der Mondbasis sollte der WARP-Antrieb ausgeschaltet werden. Alles war im grünen Bereich und so, wie es sein sollte.

Trotzdem - Admiral Liu hatte ein ungutes Bauchgefühl. Er blickte sich beunruhigt um. Die Androiden, die für die Steuerung der Raumschiffe zuständig waren, verrichteten ungerührt ihre Arbeit. Allerdings gab es nur eine sehr eingeschränkte Kommunikation mit den anderen beiden Raumschiffen. Zwei grüne Punkte auf dem Terminal zeigten ihm an, dass sie sich ebenfalls im gleichen Raumgefüge aufhielten wie die EARTH.

Plötzlich zeigte einer der Männer der Zentralbesatzung aufgeregt auf die Borduhr: "Admiral! Die Uhr, sie läuft rückwärts!"

Alle schauten erschrocken auf ihre Kommunikationsarmbänder und stellten fest, dass die Zeitangabe das gleiche machte. Und tatsächlich, die Uhr lief rückwärts!

Admiral Liu rief sofort per Bordkommunikation den Chefwissenschaftler Clay: "Mr. Clay, können Sie mir das bitte erklären? Und wenn möglich, rasch!"

"Nein, Sir, aber ich empfehle, den WARP-Antrieb umgehend zu deaktivieren."

Sofort ordnete Admiral Liu die Deaktivierung des WARP-Antriebs an und sandte den gleichen Befehl an die anderen beiden Raumschiffe ATLANTIS und SOL. Fast gleichzeitig fielen die drei Raumer aus dem Raumzeitfeld ins normale Universum zurück.

Direkt nach dem Wiedereintritt wurden sämtliche Ortungsanlagen aktiv. Zur großen Erleichterung aller stellte man fest, dass man sich in vertrauter Umgebung wiederfand. Alle Sterne waren an ihrem vorgesehenen Platz.

Kaum hatte sich die Erleichterung breitgemacht, wurde ein Funkspruch der Mond-Leitstelle durchgestellt, die den gesamten Flugverkehr zwischen Mond, Mars und Erde regelte: "Hier ist die Mondbasis. Was zum Teufel machen Sie da im Marssektor? Mir ist kein Militärraumgeschwader angekündigt worden. Wo kommt ihr da so plötzlich her? Wieder mal eine neue Tarnvorrichtung getestet? Mann, Leute, das hier ist der zivile Anflugsektor des Mars. Da habt ihr nichts zu suchen. Na, ist ja nicht meine Sache, ich übergebe euch an die militärische Leitstelle. Sollen die sich mit euch 'rumschlagen!"

Erstaunt sahen sich alle an. Normalerweise wäre ihr Eintreffen beim Mars angemeldet und daher bekannt gewesen. Ehe Admiral Liu etwas antworten konnte, hörte er bereits: "Hier spricht Commander Krämer. Was zum Teufel haben Sie da draußen zu suchen, im zivilen Anflugsektor? Mir liegt keine Ankündigung Ihres Raumgeschwaders vor. Dürfte ich um Erläuterung bitten? Oder soll ich Sie direkt dem Oberkommando, Admiral McLean, melden?"

"Wunderbar, dass ich endlich zu Wort komme. Hier ist Admiral Liu. Wie war doch gleich Ihr Name?", bellte Admiral Liu ungehalten zurück. Er wollte doch gleich mal die Rangordnung wieder klarstellen. Was traute sich dieser Commander eigentlich!

"Commander Angelika Krämer, Admiral. Sie wissen genau, dass Sie in Friedenszeiten den Anordnungen der Leitstelle, ungeachtet Ihres militärischen Ranges, folgen müssen. Oder ist mir irgendeine Information entgangen?", kam es kühl zurück.

Admiral Liu atmete tief durch, sich wohl bewusst, dass sämtliche Augen der Besatzung der Schiffszentrale auf ihm ruhten. So eine Auseinandersetzung wollte sich keiner entgehen lassen.

"Na gut, Commander Krämer. Wenn Sie mir bitte verraten wollen, welche Uhrzeit und welchen Tag wir heute schreiben?"

"Wie bitte? Ist bei Ihnen alles in Ordnung, Admiral?"

"Wenn es das wäre, würde ich Sie nicht fragen. Also?!", erwiderte Liu im Befehlston.

"Heute ist der der 14. März, 2153, 21.46 UTC, Sir", antwortete Krämer.

Obwohl er so etwas schon geahnt hatte, war er erschüttert, dass es tatsächlich geschehen war! Er nahm einen tiefen Atemzug: "Dann stellen Sie mich bitte sofort mit höchster Dringlichkeitsstufe zu Admiral McLean durch."

"Ganz wie Sie wünschen, Admiral."

Ohne ein weiteres Wort hörte man, wie eine Verbindung geschaltet wurde und Sekunden später erklang die wohlbekannte Stimme des Vier-Sterne Admirals, dem Oberbefehlshaber der gesamten Streitkräfte der USOP: "Sagen Sie mal Liu, was treiben Sie da eigentlich? Ich kann keine Anordnung finden, der Ihr Ausrücken rechtfertigt. Und dann gleich mit drei Raumschiffen? Können Sie mir das bitte erklären?!"

Admiral Liu antwortete mit ruhiger, gefasster Stimme: "Sir, ich übermittle Ihnen jetzt einige Daten. Wenn Sie diese erhalten und ausgewertet haben, sollten wir uns umgehend unterhalten. Ich ziehe mich mit meinem Raumschiffverband solange in den Mars Orbit zurück und erwarte dort Ihre weiteren Entscheidungen."

"In Ordnung", kam die erstaunte Antwort von Admiral McLean zurück.

Wenige Sekunden später waren die Daten im Kommunikationsterminal von Admiral McLean auf der Mondbasis angekommen. Nachdem der die übermittelten Daten gelesen hatte, schüttelte er den Kopf. Er konnte kaum glauben, was er da las. Verblüfft ging er die Nachricht noch einmal durch und starrte dann einige Augenblicke lang bewegungslos auf das Terminal. Schließlich stellte er eine Dringlichkeitsverbindung zur künstlichen Intelligenz GOLEM her.

Dieser begrüßte ihn mit den Worten: "Die Information über ein ungewöhnliches Ereignis wurde bereits von der militärischen Leitstelle der Mondbasis gemeldet. Hatten Sie

schon Kontakt mit dem Geschwader gehabt?"
McLean bejahte und übermittelte nun GOLEM die Nachricht.

"Präsident Dubois wurde benachrichtigt", informierte ihn die KI nur einige Sekunden später. "Ich empfehle, das Raumgeschwader unter Quarantäne zu nehmen. Es sollte über dieses Ereignis eine Informationssperre verhängt werden. Denn ich habe die Information, dass sich die Raumschiffe EARTH, SOL und ATLANTIS im Hangar auf dem Mond befinden - wo sie auch sein sollten. Die Besatzungen sind allesamt auf dem Rückweg von ihrem Urlaub und Admiral Liu hält sich nachweislich in seiner Ferienvilla in Lourmarin in der Provence auf. Er erfreut sich bester Gesundheit und äußerte sich in gewohnter Weise: Ob wir denn jetzt ganz übergeschnappt wären? Er wolle seinen Resturlaub in Ruhe genießen und weitere Fragen wären unerwünscht. Das soll ich Ihnen ausrichten. Der Testflug der EARTH, gemeinsam mit der ATLANTIS und SOL, ist für übermorgen angesetzt."

"Hm, jetzt wird alles nur noch verworrener! Ich stimme deinem Vorschlag zu, die Doppelgänger zur neuen Marsbasis zu schicken. Dort liegt unser Quarantänehangar. Da werden wir sie erst einmal unterbringen, bis wir wissen, was los ist."

Er meldete sich bei Admiral Liu und wies ihn an, zur Marsbasis zu fliegen. Dieser bestätigte ohne Murren den Befehl, flog mit seinem Raumschiffgeschwader den unterirdischen Hangar an und landete dort.

Admiral Liu ordnete eine Kommunikationssperre zur Außenwelt an und hielt eine Ansprache an die Besatzung. Er erläuterte die Situation, dass man einen Zeitsprung von 10-12 Tagen in die Vergangenheit gemacht habe. Dadurch stünden jetzt alle vor der Situation, dass es in dieser Zeit identische Ausgaben von den Raumschiffen und von den Besatzungen gab. Das Flottenkommando arbeite an einer Lösung, solange müssten sich alle hier gedulden.

14. März 2153 Militärische Mondbasis, 22.50 Uhr UTC, geheimer Konferenzraum

In der Zwischenzeit hatte sich Präsident Dubois angekündigt. Er war sofort vom Regierungssitz aus mit dem Space-Jet der Regierung in Richtung Mond gestartet und würde in wenigen Augenblicken im geheimen Konferenzraum der Militärbasis auf dem Mond eintreffen. Admiral McLean hatte bereits im Konferenzraum Platz genommen.

Wenige Augenblicke später traf Präsident Dubois in Begleitung seiner Wachandroiden ein. Seine Laune war nicht die allerbeste, wie McLean schnell feststellte. "Kann eigentlich noch irgendetwas mal ohne Probleme funktionieren? Wo bleibt denn unser Supergenie, dieser Sergey Pawlow?"

Kaum hatte Dubois diese Worte ausgesprochen, öffnete sich die Tür und ein sichtlich gut gelaunter Pawlow betrat den Raum. Ohne weitere Förmlichkeiten sprudelte er sofort los: "Mr. President, Admiral, ist das nicht traumhaft? Unsere künftige Forschung hat anscheinend die ersten Ergebnisse gezeigt!"

"Wollen Sie mich auf den Arm nehmen?", erwiderte Präsident Dubois gereizt. "Was ist daran traumhaft? Ich sehe zwar eine Verdopplung unserer Raumflotte ohne zusätzliche Kosten, aber was fangen wir mit einer doppelten Besatzung an?"

"Ha ... ich sehe Sir, Sie haben Ihren Humor nicht verloren", antwortete Pawlow, vollkommen ungerührt von der schlechten Laune seines Gegenübers. Doch bevor er fortfahren konnte, meldete sich GOLEM zu Wort, der als Hologramm anwesend war: "Mr. President (wenn andere

128

anwesend waren, redete er Dubois förmlich an; darauf hatten sie sich geeinigt), ich stimme Mr. Pawlow zu. Auch wenn wir es jetzt nicht beweisen können, dürfen wir mit 98% Wahrscheinlichkeit davon ausgehen, dass diese Ereignisse das Resultat eines unserer künftigen Experimente sind. Konkret wird es sich hier um ein Testergebnis des von Mr. Pawlow neu entwickelten Krümmungsgenerators handelt, den die EARTH zusammen mit der ATLANTIS und der SOL bei ihrem nächsten Einsatz unter WARP einsetzen wird. Der Start des Geschwaders für diesen Test ist für morgen, 15. März, vorgesehen.

Ich habe analysiert, dass der neu entwickelte Krümmungsgenerator des Raumzeitfeldes sehr wahrscheinlich zu stark eingestellt ist, sodass unser Geschwader, statt wie vorgesehen am 27. März einzutreffen, auf den 14. März in der Zeit zurückgeworfen wird. Also wird erneut ein doppeltes Erscheinen der Raumschiffe und ihrer Besatzungen stattfinden. Es muss folgerichtig eine Änderung geschehen, damit wir nicht eine permanente Zeitschleife erleben." GOLEM lächelte leicht: "Ganz nach dem Motto des alten Films "Und täglich grüßt das Murmeltier!"

Dann fuhr er ernster fort: "Durch die Aufzeichnungen der aus der Zukunft aufgetauchten EARTH, ich nenne sie E-arth 2, wissen wir, dass die EXTREMUS 1 am 15. März, 9.03 UTC als vermisst gemeldet wird. Zur Erinnerung: Die EXTREMUS 1, die den Auftrag hat, das Wurmloch auf der Suche nach bewohnbaren Planeten zu durchfliegen, ist bereits seit dem 6. März unterwegs und wird am 16. März, übermorgen, in das Wurmloch eintreten. Für Morgen, 15. März, 9.00 UTC, ist jedoch ein geheimer Test des WARP-Antriebs geplant, durch den sich die Flugzeit um 1 Tag verkürzen soll.

Wir werden laut Aufzeichnung der Earth 2 morgen das Raumschiffgeschwader auch für eine Rettungsmission einsetzen, bei der es am Wurmloch nach Überresten der

EXTREMUS 1 suchen soll. Bei der Gelegenheit werden auf dem Rückweg sowohl der neue WARP-Antrieb als auch der neue Krümmungsgenerator getestet. Admiral Liu hat keine Kenntnis davon, dass die neuen Krümmungsgeneratoren ebenfalls installiert wurden und den eingestellten Wert von 86 % haben. Ab 80% - und das wissen wir durch die Tests an den kleineren Raumgleitern - beginnt die Zeit, rückwärts zu laufen. Ich habe bereits veranlasst, Ihr Einverständnis vorausgesetzt, dass die Krümmungsgeneratoren auf einen Wert unter 81% eingestellt wurden. Es dürfte sich demnach bei den kommenden Ereignissen keine erneute Zeitschleife zeigen. Meinen Berechnungen zufolge wird das Raumschiffgeschwader dieses Mal nur maximal fünf Minuten in der Zeit zurückgeworfen werden. Das Problem, dass Zeitdoppelgänger in dieser kurzen Zeit aufeinandertreffen, ist minimal und zu vernachlässigen. Trotzdem haben wir mit diesen 5 Minuten eine Bestätigung für unsere Berechnungen.

Mr. President, Admiral, ich schlage jetzt vor, dass wir uns so verhalten, als wären uns die Ereignisse nicht bekannt. Es sollte alles wie vorgesehen ablaufen. Ich rate dringend davon ab, die EXTREMUS 1 zu warnen.

Wir sind nicht in der Lage zu beurteilen, welche Auswirkungen das auf die Zeitlinie hat. Spätestens auf dem Rückflug des Geschwaders, wenn erneut der Raumzeitfeldgenerator mit WARP 3 getestet wird - dieses Mal mit einer schwächeren Krümmung - hat sich die Zeit wieder synchronisiert. Das heißt, der Quarantänehangar müsste zu 99% Wahrscheinlichkeit leer sein und die Doppelgänger sind verschwunden."

McLean, Pawlow und Dubois waren GOLEMs Erläuterungen aufmerksam gefolgt. Das war alles fantastisch und die Möglichkeiten, die sich daraus ergaben, noch nicht absehbar. Das aktuelle Problem der Zeitschleife und den daraus resultierenden Doppelgängern schien erstaunlich gut und schnell gelöst. Aber die Besatzung der EXTRE-MUS 1 nicht zu warnen und sie in ein unsicheres Schicksal fliegen zu lassen, aus dem sie vielleicht nie zurückkehren würden?! Dubois und McLean sahen sich stumm an.

In diese Stille hinein veranlasste GOLEM, dass eine Substanz unbemerkt in den Raum geblasen wurde. Er hatte entschieden, dass die anwesenden Menschen die eben erhaltenen Informationen vergessen mussten, um garnicht erst in die Versuchung zu kommen, die EXTREMUS 1 doch noch zu warnen. Letzteres war sehr wahrscheinlich, so, wie er die Menschen kannte. GOLEM wollte sicherstellen, dass alle Ereignisse 100% wie geplant ablaufen würden.

Während die Menschen im Raum in einen kurzen Sekundenschlaf fielen, legte er andere, substantielle Fragen vorerst in seinem Speicher ab: Wurde die Zeitlinie durch das Reisen in die Vergangenheit verändert? Was passierte, wenn zwei Doppelgänger aufeinandertrafen?

Manche Wissenschaftler vertraten die These, dass eine Zeitlinie sich selbst wiederherstellte. Das bedeutete, dass das Beharrungsvermögen der Vergangenheit so groß war, dass Störungen automatisch korrigiert wurden. Er hatte selbst mit den ausführlichsten, algorithmischen Berechnungen keine schlüssige Antwort dazu gefunden. Bis jetzt war die Zeitlinie durch die EXTREMUS 1 mit hoher Wahrscheinlichkeit kaum verändert worden. Schließlich waren sie in einer Zeit gelandet, in der die Bevölkerung auf der Erde noch überschaubar gering war. Was aber nicht ausschloss, dass es so blieb, je länger sich die Besatzung in der Vergangenheit aufhielt! Im allerschlimmsten Fall wurde ihre Existenz in der heutigen Zeit mit allen unbekannten Konsequenzen beendet. Das Raumschiff mit seiner Besatzung musste schnellstens zurückgeholt werden.

Seit heute morgen wusste GOLEM mit 97% Wahrscheinlichkeit, dass die EXTREMUS 1 und ihre Besatzung im
April des Jahres 1882 gelandet war. Denn beim Durchsu-
chen seiner Datenbanken nach der Lösung für das Dop-
pelgänger-Problem war er auf eine uralte Datei aus seiner
Anfangszeit im Jahre 2025 gestoßen. Inhalt der Datei: Im
Verlauf der vielen Landungen auf dem Mond, um eine Besiedlung vorzubereiten, war eine abgestürzte Sonde entdeckt worden. Man dachte im ersten Moment an eine
Sonde aus vergangenen Zeiten. Aber schnell wurde klar,
dass es sich um eine hochentwickelte Technologie handelte. Die nächste Überraschung: Es wurde ein Name darauf entdeckt: EXTREMUS 1. Die Sonde hatte auch eine
Botschaft enthalten: "Wir sind 2153 nach einem miss-
glückten Test des neuen WARP-Antriebs, der uns unge-
bremst in das Wurmloch schleuderte, in den April des
Jahres 1882 zurückversetzt worden. Wenn die Menschheit im Jahr 2153 eine Möglichkeit sieht, uns zurückzuho-
len, helft uns! Da wir überleben wollen, sind wir mit einem
Shuttle auf der Erde gelandet, um Rohstoffe für die Antriebe zu gewinnen. Die EXTRMUS 1 umkreist den Orbit
mit Robbie 5 an Bord."
Damals 2025 wurde entschieden, diesen Fund unter Verschluss zu nehmen und ihn zur Geheimsache zu erklären.
Denn dass es grundsätzlich irgendwann die Möglichkeit
geben sollte, Zeitreisen zu unternehmen, hatte die Regierung beunruhigt. GOLEM hatte selbstständig Nachfor-
schungen unternommen, ob ungewöhnliche Erfindungen
gemacht worden waren, die diese Reise hervorgebracht
hatten. Das Ergebnis war zu der Zeit negativ gewesen.
Zusammenfassend war GOLEM heute eines klar: Nach
der Rettung der EXTREMUS 1 mussten Reisen in die
Vergangenheit verhindert werden. Denn das Risiko eines
Zeitparadoxons oder einer Veränderung der Zeitlinie war

zu groß. Nur über den Weg, wie er das in Zukunft sicherstellen sollte, war er sich noch nicht im Klaren.

Mittlerweile waren alle wieder voll präsent, nachdem Dubois noch eine kleine Bemerkung darüber gemacht hatte, dass er wohl mal wieder dringend Erholung benötigte. Die Konferenz mit Präsident Dubois, Admiral McLean, Pawlow und GOLEM löste sich erst weit nach Mitternacht auf. Der morgige Abflug des Raumschiffgeschwaders mit dem Flaggschiff EARTH, der ATLANTIS und der SOL für weitere Tests des neuen WARP-Antriebs unter dem Befehl von Admiral Liu war ausführlich besprochen und genehmigt worden. An mehr erinnerte sich niemand.

Am 15. März wurde um 9.03 Uhr UTC die EXTREMUS 1 als vermisst gemeldet. Der Alarmstart des Raumschiffgeschwaders in Richtung Wurmloch unter dem Kommando von Admiral Liu wurde angeordnet. Gleichzeitig veranlasste GOLEM einen Verschluss des Quarantänehangars auf dem Mars für 12 Tage unter dem top-secret Deckmantel.

Wie erwartet kam das Raumschiffgeschwader mit Admiral Liu dieses Mal am 27. März 2153, 11.10 UTC, zurück. Dabei stellte GOLEM nach Freigabe des Quarantänehangars auf dem Mars zufrieden fest, dass dieser leer war. Die Zeitschleife war verhindert worden und die Doppelgänger verschwunden.

Der Chefwissenschaftler der USOP, Sergey Pawlow, war hocherfreut über das Ergebnis. Genauso Admiral McLean und Präsident Dubois. Dass gleichzeitig ein Zeitexperiment mit den neuen Krümmungsgeneratoren unter WARP stattgefunden hatte, war der Besatzung verschwiegen worden. Das Geschwader war exakt die geplanten fünf Minuten früher aufgetaucht.

Aufbauend auf den neuen Testergebnissen und den Analysen am Wurmloch wurden jetzt besser einstellbare Generatoren zur Krümmung des Raumzeitfelds entwickelt. Diese waren in der Lage, die rückwärtslaufende Zeit direkt anzuzeigen und sie ließen sich darüber hinaus bei Erreichen der gewünschten Zeit abstellen. Auch am WARP-Antrieb wurden noch einige tiefgreifende Änderungen durchgeführt.

Nach einigen Testreihen gab Sergey Pawlow Monate später die Freigabe zum Einbau in die fertiggestellte SOLARIS, das neue Flaggschiff der USOP, ein im Durchmesser 500 Meter großer Schiffsgigant.

Die Besatzung bestand aus 1.500 Mann, 800 Androiden und der KI GOLEM. Sie war mit allem ausgestattet, was an moderner Waffentechnologie verfügbar war. Außerdem befanden sich 400 Cyborg-Kampfmaschinen mit an Bord. Dann gab es fünf riesige Beiboote für Planetenlandungen. Auch diese waren mit einem WARP-Antrieb ausgerüstet, damit ein kleiner Teil der Besatzung im Falle der Zerstörung des Mutterschiffes autonom blieb. Die Besatzungen waren unter absoluter Geheimhaltung für die spezielle Rettungsmission der EXTREMUS 1 ausgebildet worden.

Am meisten war Präsident Dubois darüber überrascht gewesen, dass die astronomisch hohen Kosten für die Rettungsmission ohne Murren im Sicherheitsrat verabschiedet wurden. Selbst der ewige Kritiker Gouverneur Truman des Bundesstaates Amerika stimmte mit den Worten zu: "Wir lassen doch keinen unserer Jungs und Mädels in der Vergangenheit verrotten."

Dieser Satz wurde mit einem langanhaltenden Gelächter quittiert und danach ergab sich das Novum einer 100-prozentigen Zustimmung. Und so war es am 30. September 2153, 12.00 Uhr UTC, soweit.

Unter Ausschluss der Öffentlichkeit, was Dubois und McLean sehr bedauerten, erhob sich auf der Mondbasis das größte und modernste Raumschiff der Menschheit, die SOLARIS, in den Sternenhimmel, unter dem vorläufigen Kommando von Admiral Liu. Mit an Bord waren der Chefwissenschaftler der USOP, Sergey Pawlow, und viele Spitzenwissenschaftler. Diese mehr als ungewöhnliche Rettungsmission musste gelingen und konnte darüber hinaus den Menschen zukünftig Zeitreisen ermöglichen.

GOLEM hatte zu diesen Wünschen der Menschen geschwiegen. Sollte die Mission wirklich gelingen, dann war immer noch Zeit genug, ein Verbot für diese Art von Reisen zu verhängen.

Vor lauter Enthusiasmus über diese neu eröffnete Möglichkeit war man geradezu fahrlässig darüber hinweggegangen, dass auch dieses Experiment aus dem Ruder laufen konnte. Wenn auch die Wahrscheinlichkeit gering war. Der Verlust des Geldes war eine Sache, schlimmer noch wäre das unbekannte Schicksal von 1.500 Menschen, die dazu in der Vergangenheit noch mehr Schaden durch eine Veränderung der Zeitlinie anrichten konnten.

Einen zweiten Rettungsversuch würde es nicht geben. Der Einsatz und Verlust von weiteren Menschenleben wären dann nicht mehr zu rechtfertigen. Außerdem würde die Öffentlichkeit früher oder später davon erfahren. Es war schon jetzt sehr schwierig gewesen, dass nichts durchsickerte. Offiziell sollte die SOLARIS erst Anfang 2154 startklar sein.

Wenn alle wüssten, dass die jetzt schon herumflog, dachte Admiral McLean später, und vor allen Dingen wohin! Das wäre die Sensation schlechthin und ganz sicher mit der Folge, dass ein wahrer Run auf Zeitreisen entstehen würde. Gedanken um die Konsequenzen der ganzen Geschichte würde sich keiner machen. Wobei das ja noch zu klären wäre, die Sache mit den Konsequenzen. Die SOLARIS erreichte binnen zwei Tagen die Umgebung des Wurmlochs in der Nähe der Venus. Dann wurden die neuen Raumkrümmungsgeneratoren aktiviert, die die Zeit so krümmen sollten, dass das Schiff rückwärts in die Zeit 1882 steuerte. Ein Durchflug war nicht vorgesehen – es sollten allein die gleichen Ausgangsbedingungen geschaffen werden, wie sie auch die EXTREMUS 1 gehabt hatte.

Wie vorgesehen wurde eine Aktivierungsnachricht an die Mondbasis gesendet und bereits fünf Minuten später war die SOLARIS nicht mehr erreichbar.

Präsident Dubois, Admiral McLean saßen zur gleichen Zeit mit GOLEM zusammen und wünschten sich gegenseitig, dass die Mission zum Erfolg führen würde.

GOLEM legte den beiden jetzt zum ersten Mal seine Bedenken über zukünftige Zeitreisen dar. Nach langen Diskussionen entschieden Dubois und McLean, GOLEMs Empfehlung zu folgen und im Sicherheitsrat nach der Rückkehr der SOLARIS und der EXTREMUS ein Verbot von Zeitreisen durchzusetzen.

Mit dem Motto "Jeder bekommt die Epoche, die ihm zusteht" beendeten sie schließlich die Sitzung.

Nun hieß es abwarten!

Kapitel 7 Reise nach Austin

Der Morgen war angebrochen und die Sonne schickte ihre ersten Strahlen auf die Reisenden. Finn Schwarz krabbelte aus seinem Zelt, und stellte wieder mal fest, dass ihm zum Jauchzen zumute war: Welch einmalige Schönheit und welch ein Wunder, so eine gänzlich unberührte Natur live erleben zu dürfen!

Li Wang dagegen schaute nicht so begeistert in die Zukunft. Natürlich war das alles recht romantisch hier: Ein echtes Lagerfeuer und dann dieses Raubein von Cowboy. All das hatte etwas Ungewohntes, was sie aus irgendeinem Grund auch faszinierte. Immerhin hatte der sich gestern mehr Mühe mit seinem Benehmen gegeben. Aber wo sollte sie hier als Frau und Chinesin in dieser Welt ihren Platz finden?

Andrey Pawlow dagegen war wie Schwarz fasziniert, allerdings eher vom Männerbild als von der Natur. Ja, das waren hier noch kernige Kerle! Er wollte Reiten und Schießen lernen, da konnte er von McLean bestimmt noch viel erfahren.

Manuel Durrand blickte etwas seufzend in die Welt. Schließlich hatte er Familie, die jetzt alleine dastand und sich Sorgen um ihn machte! Es musste einen Weg zurückgeben - daran würde er alles setzen.

Michael Röttger wiederum war ungebunden und offen für ein weiteres Abenteuer.

Von McLean war weit und breit nichts zu sehen. Auch sein Pferd war verschwunden. Alle wunderten sich, wo er abgeblieben war.

"Der Kerl ist wie eine Rauchfahne. Unstet und flüchtig", bemerkte Pawlow grinsend.

"Möchte wissen, was er jetzt wieder vorhat", knurrte Röttger und Durrand fügte hinzu: "Na ... vielleicht kundschaftet er die Lage aus. Er wird schon wieder auftauchen."

Nachdem sich alle für den Tag frisch gemacht hatten, lockte ein Kaffeeduft zum Frühstück an den Tisch. Einer nach dem anderen gab seine Bestellung in den Replikator ein: Rührei mit Speck oder Toastbrot mit Marmelade - nach einer halben Stunde war auch der letzte satt geworden. Die Robbies fingen gerade an, die Sachen zusammenzupacken als die Flugdrohne meldete, dass sich ein einzelner Reiter näherte. Gerade hatte sie der Gruppe mitgeteilt, dass es sich laut Gesichtserkennung um McLean handelte, hörten sie auch schon den Hufschlag. Kaum war er vom Pferd gestiegen, begrüßte ihn Commander Röttger fragend: "Schon so früh unterwegs, Cowboy?"

Der Ranger winkte barsch ab: "Hatte ich euch nicht erzählt, dass ich gestern eine Gruppe Reiter in der Ferne sah? Das ließ mir keine Ruhe. Also bin ich schon früh los, um zu sehen, wer da in der Gegend herumstreift. Es waren keine Soldaten ... es waren Apachen! Sie haben mittlerweile unsere Spuren entdeckt und folgen uns nun. Ich schätze in zwei, drei Stunden werden diese verdammten Wilden hier sein. Zum Teufel auch, ich hätte drauf bestehen sollen, weiterzuziehen, statt hier einen fröhlichen Lagerfeuerabend zu verbringen." Er warf einen Blick in die Runde und knurrte: "Ich hatte dauernd schon so ein komisches Gefühl. Hier ist nicht gerade der beste Platz, um sich zu verteidigen. Wir können von zwei Seiten angegriffen werden. Also packt schleunigst euren Kram zusammen und dann geht's los. Nicht weit von hier habe ich eine Stelle gefunden, die besser geeignet ist, um sie zu erwarten."

Röttger drehte sich kommentarlos zu seiner Truppe um und rief: "Ok, Leute, ihr habt es gehört - dann los!"

Innerhalb von 10 Minuten war alles reisefertig gepackt. McLean saß mittlerweile wieder auf seinem Pferd und beobachtete erstaunt die nächste Besonderheit dieser verrückten Truppe: Die beiden Figuren mit dem Namen Robbie sausten mit einer Affengeschwindigkeit über das Terrain und verrichteten alle notwendigen Tätigkeiten. Der restliche Zirkus hatte es sich bereits im Wagen bequem gemacht und ließ die armen Kerle schuften! Schließlich waren die beiden fertig und die Karawane setzte sich mit dem Ranger an der Spitze in Bewegung.

"Ihr habt so viel technischen Schnickschnack, gibt es nichts, womit wir die Rothäute beeindrucken könnten?", fragte McLean Röttger kurz darauf. "Vielleicht halten sie das für einen Zauber und verschwinden. Falls nicht müsst ihr eure Waffen einsetzen, wenn ihr nicht wie Schlachtvieh enden wollt."

"Mit welcher Anzahl angriffslustiger Indianer rechnen Sie denn?", gab Röttger locker zurück. "Vorstellbar, dass ein plötzlich explodierender Felsen eine beeindruckende und abschreckende Wirkung haben könnte. Geben Sie uns ein Signal und wir zertrümmern eine Steinformation."

Röttger lachte. Doch dann wurde er wieder ernst. "Möglich, dass wir so ohne Blutvergießen davonkommen. Wenn das nicht reicht, werden wir unsere Waffen als Verteidigung einsetzen. Glauben Sie nicht, dass es in unserer Zeit, in der so viele Menschen aufeinander hocken, nicht zu Konflikten kommt! Aber … es ist nicht in unserem Sinn, dass sich Geschichten über Männer mit Zauberkräften verbreiten. Wir wollen letzten Endes jedes Aufsehen vermeiden."

Durrand ergänzte: "Wir werden den Umgang mit Ihren Waffen lernen müssen, Mr. McLean. In Austin sollten wir uns alle die passenden Waffen besorgen und Sie geben uns Unterricht."

Der Ranger nickte zufrieden und antwortete: "OK. Das könnte klappen. Es sind zwölf Rothäute, mit denen werden wir wohl noch fertig werden. Ich schätze, es sind die, die damals auch die Siedler überfallen und die Frauen verschleppt haben. Ich werde euch demnächst beibringen, mit unseren Waffen umzugehen. Aber jetzt treibt das Gespann etwas an, die müden Klepper sollen sich bewegen! Ich werde mich mal umsehen. Fahrt ihr weiter, bis ihr in etwa einer Meile einen Hügel seht. Dahinter ist eine Baumgruppe in einer Senke. Dort schirrt die Gäule aus, werft den Wagen um und benutzt ihn als Deckung. Wenn ich zurückkomme, dann ballert nicht auf mich, verstanden?"

Damit wendete er sein Pferd und ritt im Galopp auf dem Weg zurück.

Röttger und Durrand sahen sich einen Moment lang stumm an und dann machten sich alle auf den Weg. Schon bald sahen sie die beschriebene Senke, kippten den Wagen und begaben sich in dessen Deckung. Die Waffen waren einsatz- und griffbereit platziert.

In diesem Augenblick meldete die Flugdrohne bereits das Kommen einer größeren Gruppe.

"Hoffentlich ist unser Cowboy bald zurück", merkte Pawlow trocken an. "Ansonsten müssen wir alleine für die nötige Musik sorgen. War schon immer mein Traum, Indianer mal live zu sehen."

Die Männer lachten und damit löste sich die Spannung etwas.

"Ich finde die Situation nicht lustig", empörte sich Wang. "Wie wir heute wissen, wurden die Ureinwohner des einstigen Amerikas auf das Übelste behandelt. Die wurden gnadenlos ihres Landes beraubt, die Bisons als Nahrungsquelle niedergemetzelt, Verträge wurden selten eingehalten und in einem Fall waren es speziell mit Pocken präparierte Winterdecken, die an sie verteilt wurden! Und nicht zu vergessen ..."

"Bei allem Mitgefühl", unterbrach Schwarz sie ungeduldig, "du kannst ja gerne mal mit ihnen palavern, damit sie dir deinen Skalp lassen oder dich als Sklavin dem Meistbietenden übergeben!"

Er erntete einen vorwurfsvollen Blick und dann wandte sie sich wortlos ab, um hinter dem schweren Frachtwagen auch in Deckung zu gehen.

Bald darauf hörten sie ein Pferd, das in vollem Galopp daher preschte und McLean tauchte auf.

"Sie kommen!"

Er sprang aus dem Sattel, riss die Winchester aus dem Futteral und kniete sich hinter den Frachtwagen. Nach einem kurzen Blick in die Runde rief er: "Nicht alle auf einem Haufen. Verteilt euch gefälligst! Ein paar von euch hinter die Bäume dort rechts. Einige auf die linke Seite. Und erst mal abwarten. Schießen nur auf mein Kommando!"

Röttger nickte seiner Truppe zu und so wechselten sie schnell ihre Stellungen.

Kurz darauf erschienen zwei Krieger oben auf dem kleinen Hügel. Sie spähten zu ihnen hinunter und sprachen miteinander. Dann schwangen sie Repetiergewehre und machten drohende Gebärden. Einer der Krieger war mit nacktem Oberkörper unterwegs und trug eine Lederleggins, mit einem Hut der U.S. Kavallerie auf seinem Kopf. Der andere Mann war ganz in gelbgefärbtes Wildleder gekleidet. Beide hatten sie die Kriegsfarben in ihren Gesichtern angelegt, genauso bemalt waren auch ihre Ponys. Ein durchdringendes gellendes Kriegsgeschrei wurde ausgestoßen, während einer der beiden nach hinten winkte. Für die Crew der EXTREMUS 1 war das ein wahrhaft respekteinflößender und beeindruckender Anblick!

"Da laust mich doch der Affe", ließ McLean mit einem Knurren hören, als plötzlich ein dritter Krieger auftauchte. "Dieser Bastard ist auch dabei! Das ist Geronimo. Der Kriegshäuptling dieser Bande. Dass ich den nochmal zu Gesicht bekomme ... diese verdammte Ratte!"

Der so Genannte war eine den Legenden und Erzählungen zufolge eher unscheinbare Gestalt. Langes, schwarzes Haar bedeckte seinen Kopf. Er trug ein langes geblümtes Leinenhemd und ein großes Halstuch, das ihm fast bis zum Bauch reichte. Darunter eine Art Lendenschurz und seine Beine steckten in Mokassins aus Wildleder, die bis an die Waden reichten. Auch er hatte das Gesicht mit Kriegsfarben bemalt und blickte jetzt unbeweglich zu ihnen hinunter.

Der Ranger sah mit zusammengepressten Lippen zu den Kriegern hinauf und quetschte dann zwischen den Zähnen hervor: "Diese Rothaut überragt alle anderen Apachen an Grausamkeit und Gerissenheit."

Geronimo winkte jetzt zu ihnen hinunter. Eine Geste, die besagte, jemand solle kommen, er wolle reden.

McLean seufzte, spuckte aus und atmete tief durch.

"Na gut, du Drecksack. Mal hören, was du zu sagen hast." Dann gab er den anderen zu verstehen, nicht zu schießen und erhob sich.

Die Crew sah sich etwas irritiert an. Er wollte doch nicht allen Ernstes auf das Angebot eingehen? Es sah ganz danach aus! Jeder hielt jetzt seine Waffe schussbereit, um für den Fall aller Fälle dem Ranger helfen zu können. Eine Anspannung machte sich breit. Was würde jetzt geschehen?

Der McLean schwang sich auf sein Pferd und ritt langsam den Indianern entgegen. Oben angekommen sah die Mannschaft, wie er mit Geronimo redete und dabei gewisse Zeichen machte. Nach einer Weile kehrte er zurück, während die Krieger unbeweglich auf ihren Ponys verharrten.

"Also, die Sache ist so", begann McLean, "sie wollen unsere Pferde und sie haben Hunger. Wenn wir ihnen die Pferde überlassen und ihnen was zu futtern geben, wollen sie uns laufen lassen. Doch diesem Bastard glaube ich nicht. Er hat schon gesehen, dass ich offensichtlich der Einzige bin, der bewaffnet ist. Ich kann nur raten, denen nicht nachzugeben. Wir haben eine gute Chance dank eurer Wunderwaffen! Damit haben wir ein Ass im Ärmel. Also was meint ihr dazu?"

Nachdem sich die Crew kurz beraten hatte, war sie mit dem Vorschlag des Rangers einverstanden.

"Wir stimmen Ihnen zu", wandte sich Röttger dann an McLean. "Wie gehen wir am besten vor?"

Der Ranger überlegte kurz und erwiderte dann: "Lasst mich nochmal mit denen sprechen. Wenn diese Teufelsbrut dann immer noch angreifen will, werden sie ihr blaues Wunder erleben. Ihr ballert ihnen eure Strahlen vor die Füße. Mal sehen, wie die auseinanderspritzen", ließ er mit einem hämischen Grinsen vernehmen. "Ich denke dieser "Zauber" wirkt besser, als jede Kugel!"

Er schwang sich wieder auf sein Pferd und ritt zu der Meute hoch. Wieder sah man sie gestikulieren und die beiden Krieger an der Seite Geronimos stießen laute Schreie aus.

Scheinbar hatte McLean nicht gerade höfliche Worte parat, um denen zu erklären, dass man nicht klein beigab. Einer der Krieger legte sein Gewehr auf den Ranger an, doch Geronimo hielt ihn mit einer knappen Handbewegung zurück.

"Muss der Kerl die noch mehr reizen?", raunte Wang während sie gebannt auf die Szene starrte.

"Tja … er wird schon wissen, was er tut", brummte Durrand und beobachtete wie alle anderen das Geschehen auf dem Hügel.

Endlich kehrte der Ranger wieder zurück. Gemächlich im Schritt reitend kam er zu ihnen herunter. Eine für die Krieger provokante Art und Weise. Wieder schwangen zwei Krieger drohend ihre Waffen und stimmten ein Kriegsgeheul an.

McLean grinste spöttisch, als er vom Pferd stieg. Oben verschwand Geronimo mit seinen beiden Leuten hinter dem Hügel.

"Was haben Sie denen denn gesagt, dass die sich zurückziehen? Allerdings verschwinden die laut unserer Flugdrohne nicht."

Röttger zeigte McLean auf einem Tablet zwölf Punkte im Terrain hinter dem Hügel, die sich zu verteilen begannen. "Was halten Sie davon, wenn wir einen der Felsen, hinter dem die sich verstecken, zerstören? Das sollte ihnen genügend Schrecken für ein Verschwinden einjagen."

McLean winkte ab. "Keine Bange ... die tauchen gleich alle hier auf. Habe denen ein paar nette Worte gesagt. Die formieren sich und greifen dann an. Wenn sie über den Hügel kommen, schickt ihnen ein paar dieser Strahlen entgegen. Ich werde versuchen, Geronimo zu erwischen. Sollte doch mit dem Teufel zugehen, wenn wir sie auf diese Weise nicht vertreiben können. Wenn nicht, müssen sie halt alle dran glauben!"

Er hatte kaum ausgesprochen, als die Apachen im vollen Galopp und mit lautem Schreien und Kriegsgeheul, das allen durch Mark und Bein ging, über den Hügel geritten kamen. Schüsse peitschten auf und rissen Splitter aus dem Holz des Frachtwagens. Pfeile schwirrten durch die Luft und blieben hinter der Deckung im Boden stecken.

Der Ranger riss das Gewehr an die Schulter und schoss. Er traf zwei der Krieger, die in grotesken Verrenkungen vom Pferd fielen. Durrand, Röttger, Wang, Pawlow und Schwarz nahmen jetzt Felsen in der Nähe ins Visier und schossen. Die blauen Laserstrahlen trafen und zerrissen sie in Sekundenschnelle in einen Haufen unzähliger kleinerer Steine, die durch die Gegend flogen und auf die verdutzten Angreifer niederprasselten.

Wie vom Blitz getroffen stoppten die Apachen ihren Angriff und ritten wild und erschrocken durcheinander. Mit sowas hatten sie nicht gerechnet. McLean feuerte noch einige Schüsse ab, traf aber bei dem Durcheinander niemanden mehr.

Schreiend ritten die Apachen hinter den Hügel in Deckung. Plötzlich war alles ruhig. Durrand meinte aufatmend: "Na ... meint ihr, sie haben genug?"

"In jedem Fall haben die DAS wohl nicht erwartet!", kommentierte Röttger nachdenklich.

Der Ranger jedoch blickte in die Runde und schüttelte skeptisch den Kopf.

"Freut euch nicht zu früh. Jetzt verdauen sie erst mal den Schreck und palavern miteinander. Auch wenn ihnen das eben wie ein böser Zauber vorkam, Geronimo gibt so schnell nicht auf. Ich vermute, sie hecken eine Schweinerei aus. Am besten wäre es, wenn zwei von euch näher herangehen. Da vorne, wo vor dem Hügel die abgestorbenen Bäume liegen. Da habt ihr gute Deckung und könnt sie mit den Strahlen empfangen. Ich schleiche mich auf der anderen Seite zu der Felswand hinüber. Dort kann ich auch besser den Hügel überblicken. So haben wir die Bande im Kreuzfeuer. Was sagt ihr dazu?"

Röttger stand auf, holte sein Tablet heraus und bedeutete allen, zu ihm zu kommen. Die Gruppe versammelte sich um ihn herum, um zu sehen, was die Drohne meldete.

Er schaltete den Bildmodus ein und so konnten sie live beobachten, wie die Indianer gestikulierend miteinander sprachen. Dann wandte er sich an McLean: "Können Sie verstehen, was die sagen?"

"Was ist das?", staunte der Ranger. "Ein Bild, auf dem man Leute erkennen kann? Und man hört sogar etwas ... Beim Teufel, was habt ihr nur für Zauberkram! Hm ... nein, man kann kaum was verstehen. Nur einige Wortfetzen. Jedenfalls sind sie erst mal geschockt. Jetzt ruft Geronimo sie zur Ruhe. Hm ... anscheinend wollen sie uns umgehen und von zwei Seiten angreifen, wenn ich ihre Gesten richtig deute."

McLean starrte gebannt auf das Tablet. Dann knurrte er: "Hab' ich mir schon gedacht, ihr Hurensöhne. Wollt ihr wieder eure Schweinereien und Tricks durchziehen, was? Aber nicht mit uns, ihr Bastarde."

Zu den Männern gewandt: "Also lag ich richtig mit meiner Entscheidung. Wir machen es so wie geplant."

Doch Wang schaltete sich jetzt energisch ein: "Damit wir uns richtig verstehen, Mister. Wir werden nur dann jemanden töten, wenn es sich um eine unmittelbare Notwehrsituation handelt. Vorrang haben für uns erst einmal abschreckende Maßnahmen. Schlimmstenfalls schicken wir alle in einen mehrstündigen Schlaf, aber mehr nicht. Robbie wird allen im Anschluss eine Injektion verpassen, die die Erinnerung an die letzten Erlebnisse löschen wird."

Der Ranger schaute sie sichtlich verärgert an, spuckte auf den Boden und presste die Lippen zusammen.

"Miss Wang hat ganz recht, McLean", schaltete sich Schwarz ein. "Stellen Sie sich vor, es wird hier eine Gruppe toter Indianer gefunden, deren Verletzungen keiner bekannten Waffe zugeordnet werden können. Sehen Sie, wir müssen unter allen Umständen vermeiden, dass wir hier auffallen. Auch wenn Ihnen das nicht in den Kram passt und Geronimo Ihrer Meinung nach der Teufel in Person ist."

McLean schüttelte den Kopf und verzog das Gesicht. "Was soll der Bullshit! Denkt ihr, wir sind hier im Kindergarten?", schnaubte er in die Runde. "Notwehr - haben wir hier. Ihre Erinnerungen löschen? Glaubt ihr, danach wären die friedliche Lämmer? Auch ohne Erinnerung bleiben sie Krieger, töten weiter, weil das ihr Charakter ist ... sie wollen nichts anderes. Und diese Saubande dort schon gar nicht. Wenn ihr nicht bald auf den Boden der Realität ankommt, werdet ihr hier nicht lange überleben."

Jetzt fixierte er Schwarz und fuhr bissig fort: "Aber ich kann diesen Rothäuten ja eine Kugel verpassen. Dann sieht jeder, an was sie verreckt sind! Tut, was ihr nicht lassen könnt - ich für meinen Teil werde die umbringen!"

"Und Sie, Lady", wandte er sich hitzig an Wang, "Sie können ja zu denen hingehen und Ihre "abschreckende Maßnahme" bei denen ausprobieren. Hoffentlich klappt es auch ... denn sonst sind Sie nichts als Frischfleisch für die!"

Damit wendete er sich abrupt um und schlich geduckt Richtung Hügel von dannen.

"Leute, der ist zu allem bereit", äußerte Röttger besorgt.

"Ist der überhaupt noch bei Sinnen vor lauter Haß?", stimmte ihm Durrand unruhig zu. "Entweder wir handeln schnell oder es wird hier gleich ein Blutbad stattfinden."

"Robbie 3 und Robbie 4, ihr geht sofort los und betäubt die Indianer mit Narkosestärke 3 – das wird sie den halben Tag lang schlafen lassen", ordnete Röttger entschieden an. "Das dürfte uns genug Vorsprung verschaffen. Er wird ja wohl keine wehrlosen Menschen abschlachten, hoffe ich. Aber auch daran werden wir ihn hindern. Zur Not wird er auch schlafen geschickt. Etwas Moral und ein Minimum an Anstand sollten wir hier nicht aufgeben. Die Erinnerungen an die Ereignisse werden durch die anschließende Injektion verschwunden sein. Alle werden zwar mit schrecklichen Kopfschmerzen aufwachen, aber besser so, als tot. Unsere Robbies werden die zwei Toten beerdigen. Hoffen wir, dass sich dieser rachsüchtige Cowboy beruhigt."

Die beiden Androiden Robbie 3 und Robbie 4 sprinteten mit einer außergewöhnlichen Geschwindigkeit los und dank der Drohne, mit der sie in ständiger Verbindung standen, wussten sie exakt, wo sich alle Indianer aufhielten. Ein paar Minuten später kamen sie bereits zurück und meldeten den Erfolg. Röttger, Durrand und alle anderen hatten das Geschehen auf dem Tablet verfolgt.

Nun würde sich zeigen, wie McLean sich verhielt. Und, je nachdem - Robbie 3 stand bereit, das Schlimmste zu verhindern.

Der Ranger hockte geduckt in seiner Deckung und beobachtete drüben das Geschehen. Mit dem Gewehr an der Wange war er schussbereit. Doch so schnell, wie die beiden Gestalten zwischen den Kriegern herumwirbelten, die daraufhin einfach umfielen, konnte er keinen sicheren Schuss abgeben. Missmutig und mit heruntergezogenen Mundwinkeln musste er tatenlos zusehen, wie eine Rothaut nach der anderen ins Land der Träume geschickt wurde, gerade so, als ob sie der Schlag getroffen hätte.

Als alle Krieger auf dem Boden lagen, erhob sich McLean und ging zu den am Boden Liegenden hin. Mit dem Gewehrlauf tippte er sie an. Keiner rührte sich. Er repetierte durch und es sah aus, als wolle er jedem der Apachen eine Kugel in den Leib jagen. Mit verkniffenem Gesicht starrte er auf die regungslos daliegenden Indianer hinunter.

Die Mannschaft, die langsam näherkam, hielt den Atem an und starrte auf das Geschehen, während Robbie den Narkoselaser in der Hand hielt.

Nach Augenblicken der Ungewissheit entspannte McLean schließlich den Hahn seiner Waffe und wendete sich ab. Mit steinernem Gesicht und ohne ein Wort zu sagen, ging er an der Crew vorbei hinunter zum Frachtwagen.

Die Spannung wich und alle schauten sich vielsagend an. Commander Röttger unterbrach die Stille: "Wir können uns jetzt nicht um ihn kümmern. Die Indianer schlafen nicht ewig. Daher schlage ich vor, wir packen zusammen, verwischen unsere Spuren und ziehen weiter."

Durrand gab Robbie 3 die Anweisung, die Erinnerungen zu löschen und die beiden Toten zu beerdigen. Schwarz und Pawlow gingen mit Robbie 4 zum Wagen, um diesen zusammen mit dem Ranger wieder aufzurichten und reisefertig zu machen. Während McLean die Pferde anspannte, versprühte Robbie 4 zum Schutz einen für Tiere aller Art abschreckenden Duft auf die liegenden Menschen und verwischte ihre Spuren.

So nahm die Truppe wortlos ihre Reise nach Austin auf. Die Flugdrohne suchte das Gelände ab, doch es war weit und breit keine Menschenseele in Sicht. Die Pferde trabten friedlich dahin und es lag immer noch eine gewisse Spannung in der Luft, die allen klar machte, dass früher oder später ein klärendes Gespräch anstand.

Am späten Nachmittag erreichten sie eine ideale Lagerstelle. Sie entschieden, dort für die Nacht zu bleiben.

Als sie nach dem Essen schließlich alle wieder am Lagerfeuer zusammensaßen sagte zunächst niemand etwas. "Was ist denn nur los mit Ihnen?", unterbrach Wang schließlich die gespannte Stille und schaute ihn verständnislos an. "Wir alle haben gesehen, dass Sie am liebsten die Indianer noch im Liegen erschossen hätten! Sind Sie wirklich so rachsüchtig? Wollen Sie nicht endlich darüber reden?"

Der Ranger saß auf einem Baumstumpf und lud fast andächtig seine Winchester nach. Er wusste, dass ihn alle ansahen und auf eine Erklärung warteten aber er blickte nur düster zu Boden und knetete seine Hände. Lange schwieg er, dann spuckte er auf den Boden und antwortete langsam, indem er sich erhob und die anderen nach und nach anblickte:

"Ich war siebzehn, als ich mich freiwillig der "3. Texas Miliz" anschloss. Erst bei der Infanterie, dann später bei einer Abteilung des "Konförderierten 6. Scharfschützen Regiments". Als ich aus diesem verfluchten Krieg wieder heimkam, übernahm ich die kleine Ranch meiner Eltern, die inzwischen gestorben waren. Mein Bruder Robert und ich bewirtschafteten sie, bis Robert in den Osten ging, um zu studieren. Kurz und gut, ich heiratete und lebte eigentlich recht gut und zufrieden auf der Ranch. Wir besaßen fünfzehn Pferde und etwa zweihundert Rinder. Eine kleine Ranch eben. Unser Sohn wurde gerade drei Jahre alt, als ich mit einigen Männern hundert Rinder nach Abilene trieb.

Meine Frau Rosie und der kleine Sam blieben mit einem alten Mexikaner zurück, der mir als guter Freund und Helfer zur Seite stand. Als wir nach drei Wochen zurückkamen, erfuhr ich in der Stadt von dem furchtbaren Unglück: Man hatte unsere Ranch niedergebrannt. Geronimos Apachen hatten die ganze Gegend unsicher gemacht. Als wir dort ankamen, sah ich das Unfassbare. Sie hatten auch", er stockte und rang sichtlich nach Fassung, "man hatte ... meine Frau und meinen Sohn ermordet. Diese Bastarde hatten ... hatten sie gequält, skalpiert und übel zugerichtet. Beide waren bis zur Unkenntlichkeit verbrannt. Dem Mexikaner hatte man den Bauch aufgeschnitten und ihn an einen Baum gehängt. Es war ... furchtbar ... diese ... diese Bastarde. Sie zogen eine Spur der Verwüstung hinter sich her. Man verfolgte sie bis runter nach Mexiko, doch die sind wie Geister. Man bekam sie nicht zu fassen. Und es waren diese Bestien, die wir zurückgelassen haben!"

McLean atmete nach diesen Worten tief durch und schluckte schwer. Man sah ihm an, wie sehr ihm diese Erinnerungen zu schaffen machten. Dann fasste er sich und fügte hinzu: "OK ... jetzt wisst ihr, warum ich diese Rothäute hasse. Besonders diese Apachenbrut. Tot gefallen sie mir eben am besten."

Nach diesen Worten erhob er sich und ging langsam zu einem der verdorrten Bäume hinüber, wo er gedankenverloren in die Ferne starrte.

Die anderen schwiegen nach seinem Geständnis betroffen und jeder hing seinen Gedanken nach. Durrand unterbrach die Stille: "Trotz allem war unsere Entscheidung richtig. Aber wir verstehen auch seine Beweggründe für sein Handeln jetzt besser."

Schwarz meinte zu Wang: "Das ist die andere Seite deiner Indianer, Li. Die waren Opfer, aber eben auch Täter. Wie Robbie aus den Geschichtsdateien erzählt hat, verbinden sich die Lebensläufe von McLean und Geronimo auf bizarre Weise. Denn auch ihm wurden die Eltern, Frau und drei Kinder von den Weißen ermordet, sodass er einen Hass aufbaute, der ihn zu dem werden ließ, was er war. Ähm … ich meine ist."

Röttger erhob sich schließlich und ging zu McLean: "Kommen Sie, setzen Sie sich wieder zu uns. Ihre Geschichte hat uns betroffen gemacht. Ich denke, wir können Sie jetzt besser verstehen."

Als sie gemeinsam zum Lagerfeuer zurückkehrten, bot Röttger McLean das DU an.

Ein kleines Lächeln erschien auf dem Gesicht des Rangers. "OK, Leute. Ihr wisst jetzt wieder etwas mehr von mir. Fremden habe ich die Geschichte noch nie erzählt. Wir sind ja jetzt sowas wie eine Schicksalsgemeinschaft."

Er kratzte sich verlegen am Kopf und dann reichte er jedem die Hand: "Und sorry, ich war vorhin etwas uungehalten."

Die anderen schlugen gerne ein und stellten sich ebenfalls mit Vornamen vor.

"Mal ganz was anderes", meinte Durrand im Anschluss. "Morgen sollten wir bereits in Austin eintreffen. Wie gehen wir am besten vor, John?"

McLean dachte einen Augenblick nach und meinte dann: "Yeaah ... wie vorgehen? Wir spannen die Zossen wieder ein und morgen in aller Frühe geht's los. Wenn wir dort sind, werde ich zuerst ins Hauptquartier gehen und alles erledigen. Danach die Klunker zu Geld machen. Ihr könnt ja auch ruhig unter die Leute gehen. Braucht euch jetzt nicht zu verstecken. Und wenn euch jemand wegen eurer komischen Aussprache anquatscht, sagt ihm einfach, ihr kommt aus einer Gegend, die kaum einer kennt. Ihr seid Einwanderer, basta! Und ich werde anschließend erst mal einen guten Drink nehmen ... zum Teufel. Den habe ich mir verdient."

Die Männer lachten und Pawlow meinte: "Aber sicher doch, da schließen wir uns gerne an!"

Nachdem alle noch einige Zeit entspannt zusammenge-sessen hatten, zog sich einer nach dem anderen zum Schlafen zurück.

Wang hatte sich eine Decke über die Schultern gezogen und stocherte schon eine ganze Weile gedankenverloren im Feuer herum.

Der Ranger saß ebenfalls noch dort auf einem der Baum-stämme und blickte gleichfalls in die Flammen. Ihm gin-gen immer wieder die letzten Tage durch den Kopf. Im Grunde konnte er es kaum fassen, was alles geschehen war. Dass er nach seinem Entschluss, die Texas Ranger zu verlassen ausgerechnet auf diese Truppe stieß, das war doch mehr als Zufall, fast schon eine Fügung. Und dann die Geschichte dieser Leute. Aus einer fernen Zu-kunft kamen sie ... unglaublich, ja fantastisch kam ihm das immer noch vor. Es war eine Sache, darüber nachzu-denken, ob es ein anderes Leben im Weltall gab – aber als pragmatisch denkender Mann glaubte er an sowas nicht wirklich. Hätte man ihm diese Geschichte nur erzählt und hätte er sie nicht selbst erlebt, er hätte denjenigen wohl ins Irrenhaus gesteckt.

Unwillkürlich schüttelte er den Kopf über diese Ereignisse. Für jeden Menschen würde so eine Geschichte abwegig, ja vollkommen blödsinnig erscheinen. Und doch war sie wahr. Die Menschen hier waren real und kein Traumgespinst! Und die vergangenen Tage waren nicht seiner Einbildung entsprungen.

McLean seufzte und warf einen Ast ins Feuer. Verstohlen schielte er zu Li Wang hinüber. Die spielte mit einem Zweig im Feuer. Im flackernden Feuerschein wirkte ihr Antlitz exotisch und anziehend. Bei all den Ereignissen hatte er dafür kaum einen Blick dafür übriggehabt. Ihr langes schwarzes Haar glänzte und ihre schlanke Gestalt hatte etwas sehr Reizvolles an sich. McLean starrte erneut ins Feuer und ihm ging unwillkürlich sein Wunsch durch den Sinn, die kleine Ranch mit einer Frau an seiner Seite ... Doch er schüttelte die Gedanken von sich ab und wollte sich gerade verabschieden, als er bemerkte, dass sie ihn unergründlich ansah. Himmel, diese Augen konnten einen Mann schon um den Verstand bringen!

Wang war den ganzen Abend über recht ruhig gewesen. Ihr war im Laufe der letzten Tage immer mehr bewusst geworden, dass sich hier in dieser Zeit für sie etwas verändert hatte. Bisher war sie in ihrem Leben die Chefin in ihrem Ressort gewesen, hochqualifiziert in ihrem Job, in der Ausbildung war sie die Jahrgangsbeste. Da redete ihr keiner rein. Aber hier, in dieser Zeit? Wer war sie hier, in dieser Welt der Männer? Wenn eine Heimkehr nicht möglich sein würde, bedeutete es für sie eine Chance oder war es ihr Schicksal?

Diese Frage stellte sie sich insgeheim schon seit mehreren Tagen. Gleichzeitig fühlte sie sich auch merkwürdig frei – und da war die Chance. Ein Neubeginn. Wer wollte sie sein in diesem neuen Leben?

Als sie aufblickte, bemerkte sie erstaunt, dass die anderen schon gegangen waren. Nur dieser verrückte Cowboy saß noch da, wohl auch in Gedanken versunken. Wie er wohl die Begegnung mit dem 22. Jahrhundert verkraftete? Seine traurige Vergangenheit ... Frau und Kind massakriert ... das war einfach nur schrecklich! Über ihn nachsinnend kam sie zu dem Schluss, dass er ein ganz anderer Typ Mann war als die Männer ihrer Zeit. Ursprünglich, wild, rau und verschlossen ... und durchaus ein anziehender Kerl, wenn er sich zusammennahm. Ihre Gedanken wanderten plötzlich ihr ohne Zutun weiter: Wie es wohl wäre, wenn er etwas umgänglicher wäre?

Plötzlich hob er seinen Blick und schaute ihr direkt in die Augen. Wang fühlte sich ertappt, lächelte ihn an und sagte etwas verlegen: "Ist schon nicht so einfach mit den zwei Welten. Sag mal, John, wie geht es dir denn damit?" Der Ranger wiegte den Kopf hin und her und schmunzelte.

"Yeah ... ist wirklich nicht einfach. Das alles muss man erst mal verdauen! Immer wieder dachte ich, es wäre ein Traum ... doch es ist keiner."

Dann stockte McLean einen kurzen Augenblick und druckste herum, ehe er fragte: "Sag mal, ... was machst du so? Ich meine ... was ist dein Job dort bei euch in der Mannschaft?"

Wang überlegte, wie sie ihm das erklären sollte.

"Also, ich arbeite in der Wissenschaft", begann sie langsam. "Wenn ich dir erklären soll, was ich dort mache und mit was ich mich beschäftige, wirst du es kaum verstehen, John. Aber ich kann es dir gerne verraten. Mein Fachgebiet ist Planetares Terraforming!"

McLean blickte sie dermaßen verdutzt und mit großen Augen an, dass sie ein spontanes Lachen nicht zurückhalten konnte. Auch er lachte und schüttelte mit dem Kopf.

"Also bei allen Teufeln, darunter kann ich mir nun überhaupt nichts vorstellen! OK, "Terra" bedeutet Erde, nehme ich an. Aber "Forming"? Was formst du da?"

"Naja, du bist gar nicht so weit davon entfernt", lächelte Wang. "Terraforming ist die Umformung von anderen Planeten in bewohnbare, erdähnliche Himmelskörper. Man kann sagen, ich bin dafür verantwortlich, eine Umwelt auf einem Planeten herzustellen, in der man später leben kann."

McLean schaute sie wieder mit großen Augen an. Dann winkte er lachend ab und meinte: "Ma'am, das ist mir alles zu hoch. Lassen wir das Thema lieber. Aber wenn ich das richtig verstehe, hast du eine hohe Position, was? Na, bei uns sind die Frauen noch nicht soweit. Obwohl viele schon die Hosen anhaben. Besonders, was die Familie angeht."

Li Wang sah ihn unergründlich an, sodass ihm ein Schauer über den Körper lief. Der Blick dieser Frau konnte Eis zum Schmelzen bringen. McLean räusperte sich, schluckte und meinte: "Also ... äähm ... ich wollte mich noch entschuldigen. Ich meine ... naja ... für mein, sagen wir mal ... derbes Verhalten die letzten Tage. Ich habe da wohl ganz meine Kinderstube vergessen. Habe tatsächlich verlernt, wie man sich benimmt."

Wang sah, wie schwer ihm dieses Geständnis fiel. Seine Fehler zuzugeben und sich zu entschuldigen - alle Achtung! Auch in ihrem Jahrhundert fiel es Männern schwer, sich zu entschuldigen. Aber die wenigsten taten es. Spontan legte sie sanft ihre Hand auf seinen Arm und lächelte: "Schon gut, John. Entschuldigung angenommen."

Als sie wieder ins Feuer sah spürte sie, dass sie begann, sich in seiner Gegenwart zu entspannen und sich allmählich wohlzufühlen. Dann wurde ihr bewusst, dass die anderen sich bereits schon lange zurückgezogen hatten.

"Hm … John, ich schlage vor, wir gehen jetzt schlafen, es ist schon spät."

"Yes, Ma'am. Es ist spät und morgen wird ein langer Tag. Ein paar Stunden aufs Ohr hauen ist ein guter Gedanke", stimmte er ihr gerne zu.

Wang erhob sich und ging, nachdem sie ihm noch ein Lächeln mit einem "Gute Nacht!" geschenkt hatte, zu ihrem Zelt. Der Ranger blickte ihr hinterher. Und das länger, als es ein Mann üblicherweise tun würde.

Kapitel 8 Austin und das schwarze Gold

Am nächsten Morgen ging es früh los, denn bis Austin war noch ein gutes Stück des Weges zurückzulegen.

Jetzt, wo sie aus den Bergen und der Halbwüste heraus waren, war das Land durch viele Flüsse und Seen sowie eine beinahe das ganze Jahr über grüne Landschaft geprägt. Die rund hundert Yards hohen Hügel dieser Gegend waren überwiegend mit niedrigen Bäumen bewachsen und nur sehr dünn besiedelt. Schließlich kam Austin in Sichtweite.

"Die meisten Menschen hier leben in der Stadt", erklärte McLean seinen neuen Freunden, während er neben dem Wagen ritt. Weit draußen erkannte man hölzerne, pyramidenförmige Gerüste.

"Dort wird Öl gefördert, der "schwarze Goldrausch", erklärte er grinsend. Dann deutete er mit dem Finger in Richtung der Stadt, in der ein halbfertiges Bauwerk zu erkennen war.

"Austin liegt am Colorado River und hat knapp 11.000 Einwohner. Seht ihr das große Bauwerk in der Mitte? Dort wird gerade das neue "Texas State Capitol" errichtet", bemerkte er nicht ohne Stolz in der Stimme. "1835 wurde die Stadt unter dem Namen Waterloo gegründet, 1838 jedoch zu Ehren von "Stephen F. Austin", dem Gründer der damals unabhängigen Republik Texas, umbenannt. Seit 1839 ist Austin die Hauptstadt von Texas. Aber genug der Geschichte. Ich werde ins Hauptquartier reiten und ihr könnt derweil im "Longhorn Saloon" auf mich warten. Den Wagen samt Ladung stellen wir bei Bred Sinclar ab. Dort ist er sicher."

Nach der langen Zeit in der Wildnis kam einem die Stadt wie ein Tollhaus vor! Menschen, Menschen, Menschen. Es war ein Gewühl und ein Treiben in Straßen, die teilweise sogar gepflastert waren. Wagen, Kutschen und allerlei andere Fuhrwerke fuhren kreuz und quer durch die Stadt. Läden, Saloons, Geschäfte und Handwerksbetriebe reihten sich aneinander und dazwischen standen Hotels mit geschnitzten und verzierten Fassaden. Die Häuser waren meistens aus Ziegeln erbaut. Nur wenige bestanden noch aus Holz. Die Bürgersteige waren breit und sauber. Ladys mit langen schicken Kleidern flanierten darüber und feine Herren zogen ihren Hut, wenn sie die Damen grüßten. Alle fünfzig Yards standen gusseiserne Laternenpfähle und erhellten bei Dunkelheit die Straßen. An allen öffentlichen Gebäuden hing neben den "Stars and Stripes", der Nationalflagge, auch der "Lone Star", die Flagge von Texas. Man erkannte sofort den Stolz der Einwohner auf ihren Staat. Alles hier war ganz anders als draußen in den staubigen und verschmutzten Nestern der Plains.

Nachdem man in einer der Seitenstraßen auf einen Hof gefahren und den Wagen abgestellt hatte, stiegen alle sich reckend und streckend vom Gefährt hinunter. McLean sprach mit einem großen stämmigen Mann, der wohl der Eigentümer des Betriebes war. Hier im Hinterhof standen mehrere Wagen, Kutschen und sogar eine alte vergammelte "Concord-Kutsche", eine der legendären Postkutschen des Westens. Der Mann war wohl Stellmacher. Einer derjenigen, die Wagen reparierten und Holzräder anfertigten. Die beiden Männer schienen sich lange zu kennen, denn die Begrüßung war herzlich und Bred Sinclar nickte öfter zu den Worten des Rangers. Dann kamen beide auf die Gruppe zu, wobei Sinclar zur Begrüßung an den Hut tippte.

"OK ... wir lassen den Frachtwagen hier stehen", meinte McLean. "Wir ziehen eine Plane drüber und er kann hierbleiben, solange wir wollen."

Er bedankte sich bei Sinclar und wandte sich dann zur Gruppe: "OK, gehen wir jetzt rüber zum Longhorn."

Das Pferd am Zügel führend liefen sie durch einige Gassen und kamen auf der Mainstreet an. Gleich links befand sich der Saloon, aus dem man schon das Geklimper eines Pianos und Stimmengewirr vernahm.

Kurz vor dem Eingang blieb McLean abrupt stehen und machte ein verdrießliches Gesicht.

"Hm ... hätte ich fast vergessen. Also, es ist so ... bei uns ist es Sitte, dass ehrbare Frauen in keinen Saloon gehen sollten. Das ist verpönt. Tjaaa … was machen wir da?"

Er kratzte sich am Kopf und fuhr nach einem Moment fort: "Ich habe schon eine Idee! Wir brauchen hier eine Unterkunft und ich weiß das Passende für uns. Wir quartieren uns bei Mrs. Cooper ein. Das ist eine kleine Pension gleich hier in der Nähe. Was sagt ihr dazu? Also … ihr Männer könnt ja schon mal reingehen. Ich gehe mit der Miss zu Mrs. Cooper und mache alles klar. Später könnt ihr euch persönliche Sachen hier in der Stadt kaufen ... die werdet ihr wohl brauchen. Doch dafür braucht ihr Dollars, die ich erst besorgen muss."

"Aha, ihr Männer wollt hier unter euch bleiben", stellte Wang fest. "Na gut. Ich werde mich in der Zwischenzeit mal ein bisschen alleine umschauen. Hier gibt es ja viele Geschäfte. Keine Sorge, John, ich kann gut auf mich aufpassen, sollte mir jemand zu nahekommen."

Commander Röttger, der McLean aufmerksam und nachdenklich betrachtet hatte, schaltete sich jetzt ein und sagte in bestimmten Tonfall: "Moment mal, John, wir gehen alle zusammen in die Pension und richten uns dort ein. Am besten, du redest mit dieser Mrs. Cooper, wie du vorgeschlagen hast. Den Saloon können wir später besuchen, wenn alles geklärt ist."

Da Röttger hier bewusst den Commander herausgekehrt hatte, gab es keinen Widerspruch seitens der Truppe und auch McLean deutete mit einer Geste an, dass er einverstanden war. Und so machten sie sich auf den Weg zu der angepriesenen Pension. Auf dem Weg dorthin wurden sie manchmal misstrauisch beäugt, doch ansonsten nahm kaum einer Notiz von ihnen.

Mrs. Cooper kannte den Ranger und der Empfang war genauso herzlich wie zuvor bei Bred Sinclair. Und sie hatten Glück. Es waren gerade noch drei Zimmer frei, die sie sich jetzt untereinander aufteilen mussten. Li Wang bekam selbstverständlich ihr eigenes. Die Männer mussten sich mit den zwei anderen Räumen zufriedengeben. Doch diese Herberge war ja nicht für längere Zeit gedacht.

Als sich alle mehr oder weniger eingerichtet hatten, wandte sich McLean zu Wang: "Würdest du hier in deinem Zimmer auf mich warten? Wenn ich meine Dinge erledigt habe komme ich, um dich abzuholen. Danach werden wir die Männer einsammeln und uns in einem der Restaurants versammeln. Das ist besser als ein Saloon, denn du solltest hier nicht alleine bleiben."

Wang schaute ihn unergründlich an und sagte nach einem Moment: "Nimm es mir nicht übel, aber wenn du mit dem Geld zurückkommst, dann treffen wir uns alle gemeinsam bei unserem Commander in einem der beiden Zimmer. So, wie ich Michael verstanden habe, wollen wir mit dir noch einiges besprechen."

McLean sagte einen Moment lang nichts und sah sie ausdruckslos an. Dann nickte er zustimmend.

"Ja ... so ist es auch in Ordnung."

So verabschiedete er sich vorerst bei allen, um seine eigenen Angelegenheiten zu erledigen. Er steckte die Diamanten ein, um sie unterwegs zu Geld zu machen, wobei er versprach, so schnell wie möglich wieder zu erscheinen und verschwand.

Unten nahm er Mrs. Cooper beiseite und redete mit ihr. Mrs. Cooper hörte mit großen Augen zu und lächelte verständnisvoll bei seinen Ausführungen. Er übergab ihr Geld und ging vergnügt zur Tür hinaus.

Nachdem McLean gegangen war, ging Wang zum Männerzimmer, wo sich Röttger und die anderen aufhielten. Diese waren bereits eifrig dabei, das weitere Vorgehen zu diskutieren.

" ... und sobald John zurückkommt, sollten wir ihn bitten, sich nach einem Stück Land umzuschauen", sagte Durrand gerade. "Falls er weiter mit uns zusammenarbeiten will. Am besten wäre ein Grundstück mit Lage am Wasser. Robbie 1 hat mir bereits vom Shuttle eine Karte mit vielversprechenden Plätzen zugesendet, die Erdölvorkommen aufweisen. Wir sehen dann, welche wir davon erwerben können. Mit John sollten wir einen gemeinsamen Vertrag schließen, wonach jedem - das heißt John als eine Partei und wir als die zweite Partei - jeweils die Hälfte vom Land gehört und die Hälfte der Gewinne zusteht. Wenn später die geeigneten Gebäude errichtet sind, können unsere Lastflugdrohnen die Anlage zur Deuteriumgewinnung vom Shuttle holen."

"Sehr gut", entschied Röttger, "dann warten wir auf Johns Rückkehr."

McLean ritt unterdessen zum Hauptquartier der Texas Ranger. Im Büro meldete er sich bei Captain Marlow an. Der saß gerade vor einem Stapel Papiere und blickte schon erwartungsvoll, als McLean in das Zimmer trat. Über den Schreibtisch hinweg gaben sich die beiden Männer die Hand.

"McLean ... bei allen Heiligen, wo haben Sie so lange gesteckt? Verdammt nochmal, ich ... Wir dachten schon alle, Sie wären tot. Seit Ihrer letzten Meldung aus ... na, aus diesem Nest dort ..."

"Cojote Junction", half McLean ihm auf die Sprünge.

"Jaja, eben von dort, ist ja auch egal ... danach war von Ihnen nichts mehr zu hören. Was zum Henker haben Sie die ganzen Wochen getrieben?"

McLean zog einen Stuhl zu sich heran und dann erzählte er, was sich alles zugetragen hatte. Ohne natürlich die Begegnung mit seinen neuen Freunden zu erwähnen. Die gab er als " unterwegs kennengelernt" aus. Captain Marlow schüttelte nur verwundert mit dem Kopf über McLeans Ausführungen.

"Tjaa ... und dann habe ich auch die Kündigung von Ihnen vorliegen. Wollen Sie wirklich aufhören, bei diesem Haufen hier? Was wollen Sie denn tun? Wieder als Rancher arbeiten oder was?"

McLean zuckte mit den Schultern.

"Yeaah Sir, es gibt auch noch andere Dinge, die ein Mann tun kann, als hinter Verbrechern und wilden Rothäuten herzujagen. Werde mir eine kleine Ranch kaufen und Pferde und Rinder züchten ... ist doch auch ganz nett. Und man braucht dabei nicht ständig hinter sich zu blicken!"

Captain Marlow sah ihn lange an und zog die Mundwinkel nach unten: "Tjaa ... wo Sie recht haben, haben Sie recht. Glaube aber nicht, dass Sie sich an dieses beschauliche Leben gewöhnen werden. Sie sind kein Mann - einer unserer besten übrigens, wenn ich das mal sagen darf - der abends nach getaner Arbeit zuhause sitzt und auf der Veranda seinen Whisky schlürft. Ihnen wird die Jagd fehlen, glauben Sie mir!"

McLean wiegte den Kopf hin und her und erwiderte: "Hm ... na mal sehen, Sir. Sie wissen doch, dass ich auf einer Ranch großgeworden bin. Und irgendwann will man auch dieses Leben nicht mehr führen!"

Captain Marlow schürzte die Lippen und war nicht gerade glücklich über McLeans Entscheidung. Doch er musste sie wohl oder übel hinnehmen.

"Tjaa ... dann werde ich mal diesen Wisch unterschreiben ... wo hab' ich ihn denn ... Aah ja, da ist er ja."

Und während er die Kündigung unterschrieb, brummte er: "Wenn Sie mal die Schnauze voll haben hinter dummen Kühen her zu reiten, können Sie gerne wiederkommen. Sie könnten unsere Greenhorns ausbilden. Viele davon hätten es bitter nötig!"

Der Ranger lächelte und erwiderte: "Da haben Sie recht, Sir. Werd's mir überlegen, falls es mal dazu kommt."

Worauf Captain Marlow nur stumm nickte.

McLean nahm den Stern vom Hemd ab und legte ihn auf den Schreibtisch. Anschließend verabschiedete er sich und ging aus dem Zimmer, einen sehr nachdenklichen Captain zurücklassend.

Zuerst begab er sich auf seine Stube im Hauptquartier der Texas Ranger, nahm erstmal ein Bad in der Gemeinschaftsunterkunft, rasierte sich und wechselte seine Kleidung. So frisch gemacht, ging er nach draußen.

Nachdem er noch einige Kameraden begrüßt und die üblichen Frotzeleien ausgetauscht hatte, ritt er zuerst in die "West Avenue", um die Klunker in Dollar umzutauschen. Er hoffte sehr, dass es deswegen kein Aufsehen gab. Denn Diamanten waren in diesen Breiten nicht unbedingt alltäglich.

Vor dem Laden des Goldschmiedes stieg er vom Pferd und ging hinein. Auf dem Fuße folgten ihm zwei weitere Kunden, die er aber mit Absicht und einer höflichen Geste vorließ. Als er an der Reihe war, nahm er bedächtig vier Edelsteine aus dem kleinen Tuch und legte sie dem Mann hinter dem Tresen vor. Als er ihm seine Absicht erklärte, blickte der ihn erstaunt und ungläubig an. Nahm dann aber ein Vergrößerungsglas und betrachtete diese von allen Seiten.

"Hm ... solche lupenreinen Steine habe ich selten gesehen, Mister. Das sind wirklich außergewöhnliche Stücke, Sir. Wenn die erst geschliffen sind, sind die ein Vermögen wert. Wo haben Sie denn ... ach, ist ja egal ... das geht mich auch nichts an. Tjaa, Sir. Leider kann ich Ihnen den Wert nicht in Dollar auszahlen. Das können Sie nur bei der Bank. Ich werde Ihnen aber eine Expertise ausstellen und bestätigen, dass die Diamanten einen bestimmten Wert darstellen."

McLean nickte und meinte: "OK. Wenn Sie das tun würden, wäre ich Ihnen sehr verbunden."

Worauf der Mann in einem der hinteren Räume verschwand und nach einer Weile mit einem Stück Papier zurückkam.

"So, Mister. Ich habe die Steine untersucht. Es sind wirklich ungewöhnliche Stücke, die selbst mich zum Staunen bringen. Jeder von ihnen hat ungeschliffen ein Gewicht von 6 Karat im Wert von 20.000 Dollar. Wären also bei vier dieser edlen Stücke 80.000 Dollar!"

McLean klappte fast der Unterkiefer herunter. Mit so einem Wert hatte er nicht gerechnet.

"Zum Teufel ... dafür kann man sich schon einige Steaks leisten!"

Worauf der Goldschmied schallend lachte und McLean ungläubig grinste. Freudig packte er die Steinchen wieder in das Tuch und nahm die Expertise an sich.

"Also, Mr. Thornston, ich danke Ihnen recht herzlich. Was bekommen Sie für Ihre Mühe?"

Der winkte ab und erwiderte: "Keine Ursache. Es war mir ein Vergnügen, solche Edelstücke in der Hand zu haben. Ein einmaliges Erlebnis."

McLean bedankte sich noch einmal und verschwand, um bei der Bank die Diamanten einzutauschen. Auch dort war der Angestellte baff und musste bei so einem Betrag erst mal seinen Vorgesetzten konsultieren. Nach einiger Diskussion entschied man, die Transaktion durchzuführen, was nicht ohne erstaunte Gesichter abging. Mit dem Packen Geld in der Tasche machte sich McLean nun auf den Weg in die Pension.

Unten empfing ihn schon Mrs. Cooper, die ihm augenzwinkernd einen Packen nebst einer Hutschachtel überreichte. McLean war erleichtert, dass sie alles so schnell bekommen hatte, was er wünschte. Mit klopfenden Herzen ging er mit dem Packen nach oben. Was würde die Lady wohl dazu sagen? Er klopfte und trat ein, aber sie war nicht auf ihrem Zimmer. Also würde sie wohl drüben bei den Männern sein, erkannte McLean. So legte er den Haufen auf das Bett und begab sich zu der Crew.

Die Gruppe begrüßte ihn erfreut und betrachtete ihn dann verblüfft. Denn John hatte sich neu eingekleidet!

Ein weißes Hemd nebst einem schwarzen Binder und einer roten Seidenweste ließen ihn aussehen wie einer der Gentlemen, die sie auf den Straßen gesehen hatten. Dazu trug er einen schwarzen Gehrock und eine dazu passende, gestreifte Hose. Sogar sein verstaubter Hut erschien jetzt in neuem Glanz und auch den Revolvergurt hatte er auf Hochglanz poliert. Dazu frisch gewaschen und rasiert erschien er den Anwesenden wie ein anderer Mensch!

"In welche Oper gehen wir denn heute, John?", lachte Röttger und Wangs Mund umspielte ein leises Lächeln.

"Aber hallo", rief Schwarz. "Da hast du dich wirklich fein herausgeputzt! Wir verblassen ja ganz neben dir."

Und Pawlow fügte ebenso humorig an: "Und, hast du noch was übrig gelassen von deiner Einkaufstour?"

McLean lächelte zufrieden und zog langsam ein Geldbündel nach dem anderen aus seinen Rocktaschen. Acht Bündel lagen jetzt vor der Crew auf dem Tisch.

"Ich konnte es selbst nicht glauben, Leute. Dass so ein paar kleine Steine soviel Geld einbringen. Aber mit diesen 80.000 Dollar kann man schon was anfangen. Dafür könnt ihr zehn Förderanlagen bekommen und ...", jetzt deutete er auf jeden der Anwesenden, "dann könntet ihr euch auch mal andere Kleidung besorgen. Ich meine ... etwas

Passenderes als diese alten Farmerklamotten!" Daraufhin lachten alle und bekräftigten, das in jedem Fall tun zu wollen.

"Himmel", rief Pawlow dann, "da haben wir ja unser Startkapital zusammen und können uns auch die Waffen kaufen!"

"Und was wir sonst noch damit anfangen wollen, das würden wir jetzt gerne mit dir besprechen", begann Durrand. "John, wir würden uns freuen, wenn du dich entschließen würdest, mit uns weiter zusammen zu arbeiten. Wir möchten dir eine 50-prozentige Partnerschaft anbieten. Es geht um eine Ölförderung auf einem geeigneten Grundstück, möglichst am Wasser gelegen. Das Öl soll verkauft werden, um unsere weitere Finanzierung ohne Aufsehen sicherzustellen. Wir werden Gebäude mit einer Anlage errichten, in der wir einen Rohstoff für unsere Rückreise herstellen wollen. Dafür benötigen wir eine Lage am Wasser. Konkret: wir schauen gemeinsam, welche Grundstücke in Frage kommen und auch verkäuflich sind. Wir werden zusammen den Kaufvertrag als Partner unterschreiben. Ein Vertrag zwischen uns wird vorher abgeschlossen, der festlegt, dass jeder Partei 50 % der Reingewinne zustehen. Dir steht es frei, auf dem Gelände deine Ranch zu errichten; wir werden auf dem Gelände ebenfalls bis zu unserer Rückreise wohnen. Was hältst du davon?"

McLean nickte bedächtig: "Ich selbst habe vor, wieder eine Ranch aufzubauen. Habe heute meinen Stern abgegeben, wie ihr wisst. Und im Übrigen ... ich habe mein Land noch, dort am "Brazos River". Es ist gutes Weideland und nicht weit von Waco entfernt. Dort gibt es auch eine Eisenbahn. Also ... OK, ich bin dabei. Aber es gibt noch viel Arbeit. Die Ranch muss aufgebaut, Rinder und Pferde gekauft werden. Das Gebiet der Ranch umfasst hundert Acres ... ist also groß genug. Für das andere müsst ihr sorgen. Von diesem klebrigen, schwarzen Zeugs habe ich keine Ahnung."

Durrand ließ sich von John auf dem Tablet zeigen, wo sich seine Ranch befand. In Beaumont schien ein riesiges Vorkommen zu sein, das war aber zu weit entfernt. Dann gab es große Vorkommen bei Kilgore und in der Nähe von Dallas. Mit der Eisenbahn immer noch einige Tage entfernt.

"Ich werde Robbie anweisen, das Gelände deiner Ranch nach kleineren Ölvorkommen zu scannen und dann sehen wir weiter", entschied Durrand. Er gab das Ganze sofort als Sprachanweisung an das Raumschiff durch. "Gut, dann kommen wir jetzt zum Vertrag." Durrand tippte einige Minuten lang etwas ins Tablet ein. "So, lies dir mal den Vertrag durch. Unterschreiben kannst du später, wenn wir den schriftlichen Ausdruck davon haben."

Er reichte McLean das Tablet mit den Worten: "Auch wenn wir nichts finden sollten, ist das Gelände für unsere Zwecke hervorragend geeignet. Uns reichen 10 Acres mit Zugang zum Wasser und wir würden als Pächter auftreten. Du kannst deinen Preis einsetzen. Wir helfen dir beim Aufbau deiner Ranch. Unsere Wohngebäude werden zusätzlich zu unserer Anlage auf unserem Pachtgelände gebaut."

"OK", nickte McLean. "Also, das östliche Ende meines Landes grenzt an den Brazos. Wasser gibt es dort genügend. Und ihr könnt von mir aus das Gebiet bis an den "Devils Ridge" benutzen, das ist ein schmaler Höhenzug im Westen."

Dann las McLean den Vertrag durch und murmelte: "Was es bei euch alles so gibt. Bei uns wird immer noch auf Papier gedruckt und per Telegrafie übermittelt. Im Osten gibt's zwar schon diese komischen Telefone, aber sowas wie das Ding hier ... und noch eine Frage, die mich schon lange kratzt. Wollt ihr mir nicht mal langsam sagen, aus welcher Zeit ihr wirklich kommt? Ich hab' noch sowas von "in 200 Jahren im Ohr". Aber jetzt mal ohne Märchen … was stimmt denn nun?"

Erwartungsvoll blickte er von einem zum anderen.

Pawlow und Schwarz grinsten und Durrand wechselte einen Blick mit Röttger, der darauf zustimmend nickte. Also sagte er: "Also, John. In groben Zügen haben wir dir bereits vieles erzählt: Wir kommen tatsächlich aus der Zukunft, aus dem Jahr 2153, genauer gesagt. Gut, wir haben etwas geschummelt…", Durrand schmunzelte, "es sind 271 Jahre und nicht 200! Aber genau das ist tatsächlich die Wahrheit. Leider gab es einen technischen Unfall, durch den wir hier gelandet sind. Einiges von unserer mitgebrachten Technologie hast du ja schon erlebt und das sollte dir Beweis genug sein, denke ich. Und schon das kam dir sicherlich, nun seien wir doch mal ehrlich, unverständlich und verrückt vor, oder? Daher macht es keinen Sinn, dir jetzt noch mehr verrücktes Zeug über eine noch verrücktere Technik aufzutischen. Wenn wir weiter zusammenarbeiten, wirst du sowieso das ein oder andere mitkriegen. Und, wie wir schon gesagt haben, wenn du etwas genauer wissen, sehen, erklärt haben möchtest – selbstverständlich jederzeit!"

McLean lachte auf und pflichtete ihm bei: "Also gut, dann lasst uns jetzt lieber an die Arbeit gehen … wir haben genug zu tun, wenn wir das alles verwirklichen wollen!"

Worauf Röttger sagte: "Wenn die Materialien für die Ranch eintreffen, dann werden unsere Robbies in weniger als zwei Tagen alles aufgebaut haben. Mach doch mal eine Liste mit den benötigten Materialien und wir machen dasselbe. Und nun genug der Arbeit für heute. Wollten wir Männer nicht in den Saloon gehen? Li möchte in der Zeit in Begleitung von Robbie 3 eine kleine Besichtigungstour unternehmen."

Doch McLean hielt noch einmal inne und erinnerte an den Batzen Geld. "Wollt ihr diesen Haufen Geld mit euch herumschleppen? Also, ich würde davon abraten. Man kann ja nie wissen. Ihr müsst es schon sicher irgendwo deponieren, oder was meint ihr?"

"Hast du einen Vorschlag, John?", fragte Durrand.

McLean kratzte sich am Kopf und überlegte lange. "Wir könnten, wenn wir in Waco sind, dort ein Konto eröffnen und es einzahlen. Dann liegt es sicher und wir können immer ran."

"Perfekt, dann machen wir das doch gleich nach unserer Ankunft", erwiderte Durrand.

McLean stand auf und bedeutete Wang zu ihm zu kommen. Dann raunte er ihr zu: "In deinem Zimmer liegt etwas für dich."

"Oh, für mich? Was ist es denn?"

"Sieh es dir selbst an. Ich hoffe, es passt dir."

Gespannt ging sie in ihr Zimmer und entdeckte einen Packen mit einer Schachtel auf dem Bett. Darin befanden sich … Kleidungsstücke!

Als sie alles in Ruhe ausgepackt hatte, setzte sie sich erst einmal hin und schaute sich jedes Stück genauer an. Sowas etwas trugen also die Frauen dieser Zeit: Eine weiße Seidenbluse mit Rüschen und darüber eine braune Weste aus feinstem Wildleder. Dazu einen passenden Reitrock aus gleichem Material und ein paar weiche schwarze Schaftstiefel rundeten die Bekleidung ab. Der schwarze Hut mit seiner flachen Krone und dem silbernen Hutband passte zu ihrem schwarzen langen Haar. Und dann entdeckte sie noch ein seidenes Halstuch, das durch einen silbernen Ring zusammengehalten wurde. Völlig überrascht saß sie einige Minuten auf dem Bett, diese sorgsam ausgesuchte Kombination betrachtend. Dieser Mann hatte sich wirklich viel Mühe gemacht, diese wunderbare

Kleidung für sie zu besorgen ... gedankenvoll strich sie mit ihrer Hand über das weiche Leder.

Sie entschied, dass sie all das direkt anziehen würde. Ihre Bordkombination konnte sie, wie die Männer auch, wie bisher weiter darunter tragen können. Diese hochtechnisierten Stoffe aus dem 22. Jahrhundert waren nahtlos, sanft und sorgten gleichzeitig für das Wohlbefinden von Haut und Körper. Als sie sich fertig angekleidet hatte, drehte sie sich lachend einmal im Kreis und setzte sich den Hut auf. Jetzt war sie zeitgemäß passend gekleidet und konnte gleich ihre Tour unternehmen, während die Männer es sich im Saloon gutgehen ließen!

Als sie das Zimmer der Männer betrat, wurde sie mit flotten Sprüchen empfangen. Sie bedankte sich bei McLean für die gelungene Überraschung, worauf der erfreut und anerkennend nickte. "Jaa ... so sieht bei uns eine Lady aus. Eine echte Rancherlady!"

Wang lächelte und kündigte an, sich nun mit Robbie 3 auf den Weg zu machen.

Sie machten aus, dass sie sich später alle im "Woodfire Restaurant" zum gemeinsamen Abendessen treffen würden. Wang verabschiedete sich mit einem strahlenden: "Au revoir, Messieurs!" und schon war sie verschwunden, mit Robbie 3 im Schlepptau.

Die Männer machten sich daraufhin in Richtung Saloon auf den Weg. Am Bekleidungsgeschäft für Herren erinnerte McLean die Gruppe an seinen Vorschlag, sich besser einzukleiden, woraufhin sich alle mit seiner Beratung verschiedenes aussuchten. McLean wirkte sichtlich zufrieden und schnalzte mit der Zunge: "So, Männer ... jetzt auf in den "Longhorn." Meine Kehle ist so trocken wie die verdammte Wüste da draußen!"

Sicherheitshalber hatte die Crew bereits etwas eingenommen, das den Alkohol im Blut ohne Nebenwirkung neutralisieren würde.

Der Saloon war gut gefüllt. Männer saßen an Spieltischen. An der Bar war kaum noch ein Platz frei und der Pianospieler haute schwitzend in die Tasten. Lachen und Stimmengewirr erfüllte den Raum. Tabakschwaden waberten umher und wurden träge zur Seite geweht, wenn sich die Tür öffnete. Des Öfteren tippte McLean an den Hut, um Anwesende zu begrüßen. Bereitwillig machte man Platz an der Bar und der Keeper grinste bis über beide Ohren.

"John ... du altes Schlachtross. Auch mal wieder in der Stadt? Was machen die Outlaws? Jetzt muss man wohl tausend Meilen reiten, um noch einen zu erwischen, was?"

McLean grinste zurück. Er war merklich aufgekratzt und erwiderte: "Hallo Brendon. Und ich dachte, dich hätte man schon hinter der Bar begraben!"

Worauf beide Männer schallend lachten.

"Gib mal eine Flasche rüber!" Worauf Brendon hinter sich griff und ihnen eine Flasche Whisky hinstellte.

"Aber Brendon", McLean sah den Barkeeper von unten herauf vorwurfsvoll an, "diesen Fusel kannst du den Cowboys unterjubeln. Die merken nach dem vierten Glas sowieso keinen Unterschied mehr!"

Brendon langte feixend unter die Theke und stellte eine andere Flasche nebst Gläsern hin.

"So, Männer ... ich hoffe, euch mundet der Stoff. Ist das Beste, was der Laden zu bieten hat!", meinte McLean, während er die Gläser füllte.

"Ja ... das kann mit unserem russischen Wodka mithalten, John!", fand Pawlow nach dem ersten Glas. McLean druckste plötzlich herum: "Sag mal, Andrey, diese ... wie nennt ihr sie ... diese Robbies. Die kommen mir irgendwie komisch vor. Ich meine, wie die sich bewegen und überhaupt. Ich habe doch gesehen, wie die zwischen den Rothäuten herumwirbelten. Jeder andere wäre erledigt gewesen. Wie kann ein Mensch so schnell sein? Also, was sind das für welche?"

Pawlow sah sich kurz um, um sicherzustellen, dass niemand das Gespräch so einfach mithörte. Dann wandte er sich ihm zu und sagte leise: "Drücken wir es mal so aus, John. Es sind Maschinen, die wie Menschen aussehen. Menschliche Sklaven gibt es in unserer Zeit zum Glück nicht mehr."

Schwarz sagte auch noch ein paar Worte dazu und so ging es noch eine Weile weiter, bis Röttger einwandte: "Männer, die Zeit vergeht wie im Flug. Wir sollten uns mal auf den Weg zum Restaurant machen. Ehrlich gesagt, ich habe einen Riesenhunger."

"Guter Gedanke", stimmte Schwarz zu. "Mal sehen, mit wie vielen Paketen unsere frischgebackene Rancherlady ankommt."

Währenddessen wanderte Wang mit Robbie in der Stadt umher. Aufmerksam beobachtete sie die verschiedenen Leute, die allesamt einen freundlichen Eindruck machten. Und nicht nur das: Einige Männer, die ihr entgegenkamen, begrüßten sie mehr als respektvoll. Schließlich sah sie ein Bekleidungsgeschäft für Damen, das sie neugierig betrat. Sie entschied sich nach einigem Herumstöbern für einige weitere Kleidungsstücke, die ihr gefielen.

Danach schlenderte sie noch etwas im Ort herum, bis sie meinte, dass es nun an der Zeit war, sich zum "Woodfire" zu begeben. Als sie sich suchend umsah, erschien ein anderer Gentleman, der sie höflich und zurückhaltend fragte, ob er ihr behilflich sein könnte. Als sie bejahte und fragte, wo sie das "Woodfire" finden könnten, bot dieser ihnen spontan an, sie dorthin zu begleiten. Natürlich entspann sich eine kleine Unterhaltung, in welcher sie sich gegenseitig mit Namen vorstellten. Sie erzählte von ihrer großen Familie, mit der sie sich im Lokal treffen wollte und stellte Robbie 3 als ihren schweigsamen Bruder vor. Wang musste innerlich schmunzeln, da sie durchaus bemerkt hatte, dass er ein gewisses Interesse ihr gegenüber an den Tag legte. Am Lokal angekommen, fragte ihr Begleiter, ob er sie wiedersehen dürfe. Darauf erwiderte Wang: "Warum nicht? Aber lassen wir doch besser das Schicksal entscheiden."

Er schaute etwas enttäuscht, zog seinen Hut und verabschiedete sich mit einer kleinen Verbeugung, nicht ohne ihr noch die Tür zu öffnen und abzuwarten, ob ihre Familie bereits eingetroffen war. Als sie ihm signalisierte, dass alle anwesend waren, drehte er sich um und verließ das Lokal.

"Wer war das denn?", fragte Pawlow neugierig. "Hast du etwa schon einen neuen Verehrer, Li? Na, das ging aber schnell".

Die Aufmerksamkeit still genießend setzte sie sich mit einem feinen und bedeutungsvollen Lächeln.

"Und, ihr Helden, wie war es im Saloon?"

Da sie so offensichtlich nichts darüber erzählen wollte, sagte Röttger: "Eine ganz neue Erfahrung. Es war ... wie soll ich das beschreiben? Rustikal und sehr angenehm. Der Whisky ... eine Klasse für sich."

"Ja ... es war urgemütlich", fügte Schwarz an. "Eben eine Männerwelt. Ich könnte mir gut vorstellen, dort öfter mal einen zu mir zu nehmen!"

Auch Pawlow nickte und fügte zwinkerte: "Jaa ... war schon sehr interessant ... nur schade, dass ein anständiger Wodka fehlte!"

"Na, dann bestellen wir mal, ich habe einen Bärenhunger!", meinte McLean und schlug die Karte auf. Mit dem Finger tippte er auf eine Seite und sagte: "Ich kann euch das empfehlen: Bisonfilet mit gegrillten Süßkartoffeln und

Sauce Béarnaise. Eine wirkliche Delikatesse. Oder ein deftiges Porterhouse Steak, mit Potatoes und Salat. Ich selbst nehme ein T-Bone-Steak, das habe ich jetzt nötig." Er schnalzte mit der Zunge.

Nachdem alle ausgewählt und gegessen hatten, gingen alle zurück in die Pension. In der Lobby beendete man den gelungenen Tag noch mit lockeren Gesprächen und dann zogen sich alle auf die Zimmer zurück. Der morgige Tag würde anstrengend genug werden.

Kapitel 9 Die Ranch am Brazos River

Am nächsten Morgen wartete die Crew gespannt darauf, zum ersten Mal ein "echtes Cowboy Frühstück" serviert zu bekommen.

Pawlow sagte gerade: "Und John, was isst du so normalerweise am Morgen?"

McLean lachte und meint: "Yeaah, es kommt darauf an. Wenn ich draußen unterwegs war, gab es nur Trockenfleisch und Bohnen. Man kann ja auf einem langen Ritt nicht viel mitnehmen. Doch ein normales Texas Breakfast ist reichlich und besteht aus Rührei, Bratkartoffeln, Bacon und dazu Pancakes mit Sirup. Nicht jedermanns Geschmack, aber sehr gut. Dazu einen starken, schwarzen Kaffee. Versucht es doch mal!"

Kaffeeduft durchzog die Pension, als Mrs. Cooper einschenkte und dann mit Tellern voller Rührei, gebratenem Speck und den süßen Pfannkuchen wieder auftauchte.

"Soo ... bitteschön. Lasst es euch schmecken!"

Sie stand einen Augenblick erwartungsvoll am Tisch und schaute sich interessiert die bunte Mannschaft an. Ihr Blick blieb an Wang hängen, die sie neugierig musterte.

Li Wang hatte heute für die Reise ihren neuen Reitrock mit einem unifarbenen Hemd aus Baumwolle und der Wildlederweste angezogen. Die feine Seidenbluse war sicher eher für ruhigere Gelegenheiten, und nicht für eine staubige Reise gedacht.

"Hervorragend, Mrs. Cooper", äußerte Wang begeistert und nickte ihr zu, "es schmeckt sehr gut."

"Ma'am, ganz wie bei Muttern daheim!", ließen die Männer vernehmen.

Zufrieden lächelnd verschwand Mrs. Cooper in Richtung Küche.

"Sag mal, John", begann Wang zwischen zwei Bissen und sah ihn fragend an, "würdest du mir bei Gelegenheit das Reiten beibringen?"

"Super Idee, da schließe ich mich gerne an", meinte Pawlow sofort mit vollem Mund.

McLean nickte schmunzelnd: "Kein Problem. Mache ich gerne. Und wenn ihr wollt, zeige ich euch auch, wie man mit unseren Schießeisen umgeht. Doch dazu haben wir noch genügend Zeit, später, auf der Ranch."

Zufrieden beendeten alle ihr Frühstück.

Dann marschierte McLean mit Durrand, Robbie 3 und Pawlow los. Es war jede Menge Material für seine Ranch zu bestellen. Für die Gebäude der Ranch und die nötigen Anlagen, die Röttger und seine Crew aufbauen wollten, war jede Menge Holz nötig. Alles andere, Bohrgestänge und die ganzen, dafür nötigen Werkzeuge – das hatten sie in der EXTREMUS 1 vorrätig, da sie damit gerechnet hatten, auf fremden Planeten auch Bohrungen vorzunehmen. Das Shuttle würde später alles vom Mutterschiff abholen und zu der aufgebauten Halle bringen. Im Hardware Laden von Bishop bekam man schon mal das nötige Werkzeug, wie Hämmer, Sägen, Nägel usw.

Die Unmengen an Bretter und Balken mussten im nahegelegenen Sägewerk bestellt werden, welches dann auch den Transport zur Ranch übernahm.

In der Zwischenzeit machten sich Röttger, Schwarz und Wang mit Robbie 4 daran, zu Bred Sinclair zu gehen und die Pferde vor den Frachtwagen zu spannen. So marschierten sie gemeinsam durch die belebten Straßen und Gassen, und genossen nach der Stille und Einsamkeit der Wildnis die geschäftige Zivilisation.

Den Männern wurde sehr schnell bewusst, wie viele der entgegenkommenden Gentlemen Wang neugierig musterten, an den Hut tippten und sie höflich mit einem "Ma'am!" grüßten. Manche blieben sogar stehen, nahmen ihren Hut ab und sahen ihr nach. Man sah ihnen deutlich an, dass sie nur zu gerne ihre Bekanntschaft gemacht hätten!

Schließlich meinte Schwarz trocken: "Na, Li, über einen Mangel an Interessenten kannst du dich hier wirklich nicht beklagen."

"Ja", erwiderte sie amüsiert, "das ist mir auch schon aufgefallen."

"Und", meinte Röttger und sah sie von der Seite aus zögernd an, "hat dir schon jemand gefallen? Wer war denn der Typ gestern?"

"Hm ... also, den habe ich zufällig auf der Straße kennengelernt. Ob ich ihn wiedersehe ... wer weiß?"

Verschmitzt und abwartend schaute sie zu ihm.

Aber Röttger sah nur vor sich hin und erwiderte nichts mehr. Wang hatte jetzt die freie Wahl unter vielen Bewerbern. Doch wer würde davon überhaupt in Frage kommen? Aber es war ihm nicht entgangen, dass sie John immer wieder mal sinnend betrachtete, wenn sie sich unbeobachtet glaubte. Ihre anfängliche Abneigung gegen ihn schien sich zu gelegt zu haben. Und John? Der fand ebenfalls Gefallen an ihr, wie er stark vermutete. Ob irgendwann mehr daraus wurde?

Aber was war mit ihm selbst? Die ganze Zeit hatte er Gefühle hintenangestellt. Er war Commander und verantwortlich für seine Crew. Er musste einen kühlen Kopf bewahren in dieser ungewohnten Welt. Aber ... vielleicht war an der Zeit, Li zu zeigen, dass er sie anziehend fand. Ehe es zu spät war. So, wie sie ihn gerade angesehen hatte, hatte er plötzlich das Gefühl bekommen, sie warte auf eine bestimmte Reaktion von ihm ... die nicht gekommen war. Und so hatte auch sie nichts mehr gesagt. Er linste von der Seite aus zu ihr hinüber. Aber der kurze Moment war vorbei und sie unterhielt sich mit Durrand über irgendetwas anderes.

So erreichten sie schließlich das Haus von Sinclair, der ihnen half, die Plane vom Wagen zu ziehen und ihnen im Anschluss ihre Pferde brachte.

Als sie mit dem Anschirren fertig waren, warteten sie auf den Rest der Truppe. Die kamen auch nach kurzer Zeit um die Ecke. Und bald darauf erschien McLean, der noch einen Umweg über den Bahnhof gemacht hatte.

"So ... alles erledigt. Es läuft jetzt so: Da der Weg bis zur Ranch ein wenig zu weit ist, um mit dem Wagen dorthin zu fahren, wird der Wagen mitsamt Pferden mit der Bahn bis Waco transportiert. Von dort sind es dann nur noch wenige Meilen. Das Material wird auf dem gleichen Weg geliefert. Also haben wir eine schöne Bahnfahrt vor uns. In zwei Stunden, also um halb elf, müssen wir deshalb an der Station sein. Und, wie ist es bei euch so gelaufen?"

Pawlow strich den Pferden über das weiche Maul: "Wir sind bereit, wie du siehst."

"Also gut. Dann haben wir noch Zeit. Was machen wir solange? Ich könnte vorschlagen, eine Tour durch die Stadt zu machen. Einen schönen Verdauungsspaziergang, wenn ihr wollt."

Alle waren von der Idee sehr angetan und so zogen sie los. Unterwegs erklärte ihnen McLean die verschiedenen Gebäude und deren Bedeutung. So die elegante Villa des Gouverneurs an der Colorado Avenue, die eines der ältesten Gebäude in der Stadt war. Auch der Sitz der Texas Ranger war für alle sehenswert und auf die Frage, seit wann es diese Truppe denn gab, antwortete Mc Lean: "Sie wurde 1823 von Stephen F. Austin gegründet. Die Texas Ranger waren kurz nach ihrer Gründung hauptsächlich für den Kampf gegen die Indianer zuständig."

Als die Gruppe durch die Straßen schlenderte, meinte McLean: "Übrigens ... wisst ihr, was man in Texas unter einem "Greenhorn" versteht?"

Als alle den Kopf schüttelten, fuhr McLean fort und in seinen Worten schwang Heiterkeit mit, als er aufzählte:

"Ein Greenhorn ist ein Mensch, der nicht von seinem Stuhl aufsteht, wenn eine Lady sich setzen will; der den Herrn des Hauses grüßt, bevor er der Mistress und Miss seine Verbeugung gemacht hat. Ein Greenhorn läuft, wenn er von jemanden beleidigt wird, oder eine Ohrfeige erhalten hat, mit seiner Klage zum Friedensrichter, anstatt, wie es ein richtiger Yankee tun soll, den Kerl einfach auf der Stelle umzulegen! Ein Greenhorn geniert sich, seine schmutzigen Stiefel auf die Knie seines Mitreisenden zu legen und seine Suppe mit dem Schnaufen eines verendenden Büffels hinab zu schlürfen. Und ein Greenhorn schleppt, der Reinlichkeit wegen, einen Schwamm von der Größe eines Riesenkürbisses und zehn Pfund Seife mit in die Prärie, und steckt sich dazu einen Kompass ein, welcher schon am dritten oder vierten Tag nach allen möglichen anderen Richtungen, aber nie mehr nach Norden zeigt!"

Das Gelächter darauf war mehr oder weniger groß. Röttger, Pawlow und Schwarz wussten diese Art von Humor zu nehmen, während Durrand und Wang eher verhalten darauf reagierten.

"Sehr gewöhnungsbedürftig, diese Witze", raunte Wang mit einem Augenrollen Durrand leise zu, als sie weitergingen. Mit vielen Gesprächen und lustigen Anekdoten gingen die zwei Stunden schnell vorüber und man musste sich zum Bahnhof begeben.

Auf dem Weg dorthin fielen McLean sofort die drei Gestalten auf, die so garnicht zu den übrigen Menschen hier passten. Sie waren gekleidet wie Cowboys, doch die Art, wie sie ihre Revolver trugen, ließ erahnen, dass sie mit dieser Arbeit nichts am Hut hatten. Als erfahrener Ranger klingelten bei ihm die Alarmglocken und sein Instinkt sagte ihm, dass die nichts Gutes im Schilde führten.

Zumal diese Kerle auf der anderen Straßenseite sie unauffällig auffällig beobachteten. Wenn McLean dann zu ihnen herübersah, taten sie plötzlich so, als ob sie interessiert die Auslagen in den Schaufenstern betrachteten. Es konnte natürlich auch Zufall sein. Doch McLean glaubte nicht an Zufälle. Deshalb ging er absichtlich einen Umweg und nahm nicht den direkten Weg zum Bahnhof. Und auch jetzt folgten ihnen diese drei Gestalten.

McLean war das nicht geheuer, doch vorerst wollte er seinen Freunden nichts von seiner Vermutung sagen. Er wollte sie nicht unnötig beunruhigen. Und so ging er mit ihnen weiter zur Station. Vielleicht löste sich ja alles in heiße Luft auf.

Bei der Station angekommen, war wieder Arbeit angesagt, denn man musste den schweren Frachtwagen auf einen der Flachwagen der Bahn hieven und ihn dort fest mit Stricken vertäuen. Die Pferde wurden in einen Viehwaggon gesperrt und anschließend machten sie es sich im Pullmanwagen bequem.

Bis alle Reisenden eingestiegen, die Frachten verladen und der Tank der Dampflok mit frischem Wasser gefüllt war, verging eine halbe Stunde. Dann ruckte es kurz und der Zug fuhr an.

Als sie im Abteil saßen und die Gegend langsam an ihnen vorbeizuckelte, wandte sich Wang an McLean: "Sag mal John, was machen denn die Frauen hier so? Sorgen die nur für Kinder und Ehemann? Oder gibt es hier auch Geschäftsfrauen?"

McLean schmunzelte.

"Natürlich gibt es in der Stadt auch Ladys, die ein Geschäft führen. Offiziell gehören aber die Betriebe und Läden den Männern. Eine unverheiratete Frau darf laut Gesetz in Texas kein Geschäft besitzen. Es gibt aber auch viele Farmer und Rancherfrauen da draußen, die ihren Mann stehen."

Wang schwieg eine Zeitlang und meinte dann: "Umso besser, dass wir uns aufs Land begeben."

"Es ist ein schönes Land, Miss Li. Nicht so wie dort, wo wir bisher waren. Hier gibt es viel Wasser, Bäume und auch Wild. Das Land ist fruchtbar. Mit Hügeln und auch kleineren Laubwäldern. Die Ranch werde ich nicht weit von der alten entfernt aufbauen. Ich habe da einen besonderen Platz im Auge. In der Nähe befindet sich ein Birkenwäldchen und ein klarer Bach durchzieht das Gelände. Von der Terrasse aus hat man einen weiten Blick auf das Land und die sanften Hügel. Abends kann man den Sonnenuntergang genießen und den Geräuschen des Windes lauschen. Und über die Einfahrt hänge ich ein Schild auf, mit dem Namen der Ranch darauf. Du wirst sehen, es wird ein paradiesischer Ort."

Seine Worte unterstrich McLean lebhaft mit begeisternden Gesten und Wang bemerkte, wie seine Augen funkelten. Dann blickte McLean wieder versonnen aus dem Fenster und murmelte, wie zu sich selbst: "Ein wunderschöner Platz, um Kinder aufwachsen zu sehen."

Nach diesen Worten zog er sich den Hut tief ins Gesicht und schlief ein.

Na, dieser Mann konnte ja ein echter Romantiker sein, ging Wang durch den Sinn. Wieder betrachtete sie ihn gedankenvoll. Leider kam diese Seite viel zu selten zum Vorschein … aber vielleicht lernte sie ihn auf seiner Ranch noch in einem anderen Licht kennen. Ihre Gedanken wanderten weiter. John hatte ein Leben auf der Ranch so wunderbar dargestellt. Aber ob sie das auf Dauer zufriedenstellte? Von der hier herrschenden Frauenrolle war sie alles andere als begeistert. Eine Frau wie sie, die es gewohnt war, eine leitende Position zu haben, und die bisher viel Anerkennung dafür eingeheimst hatte … was sollte sie also hier tun? Kinder aufzuziehen und den Ehemann glücklich zu machen? Das war nicht ihr Lebenstraum.

Die schönen Landschaften zogen an ihr vorbei, doch sie nahm in ihrem Zwiespalt kaum Notiz davon. John schien fest zu schlafen. Sie dachte an die Kleidung, die er so umsichtig für sie besorgt hatte. Alles war sehr bedacht und geschmackvoll, es hatte ihr gut gefallen. Es war eine Seite, die sie an ihm nicht erwartet hatte. Dazu seine herbe, raue Ursprünglichkeit, die gut zu dieser Welt passte ... alles wirkte ungewohnt anziehend auf sie. Andererseits versuchte er immer mal wieder, den Macho herauszukehren! An diesem Punkt würden sie beide noch so manches Mal Krach bekommen. Egal, in welcher Zeit sie gelandet war, sie würde sich keinem Mann so unterordnen. Dann dachte sie wieder an den Abend am Lagerfeuer ... er hatte schöne Augen, dieser John.

Sie seufzte und dachte dann an Röttger.

Michael war ein Mann, der sie von Anfang an interessiert hatte. Ihr hatte gefallen, wie besonnen er mit allen Situationen umgegangen war. Er konnte mitreißend sein, wenn er wollte, wobei er das nicht herauskehrte und er hatte einen schönen, feinsinnigen Humor. Leider konnte sie nicht herausbekommen, welche Gefühle er tatsächlich für sie hegte ... unwillkürlich schaute sie zu ihm hinüber.

Röttger hatte sich währenddessen die Landschaft, die an ihnen vorbeizog, sehr interessiert betrachtet. Das war also unter Umständen ihre neue Heimat. Ein wahrer Schatz, diese wunderbare Natur. Beiläufig hörte er auch die begeisterten Schilderungen von John, als er Li das Leben auf seiner zukünftigen Ranch schilderte. Und natürlich auch den Nachsatz mit den Kindern. Na, der hatte ja anscheinend ernste Pläne mit ihr!

Röttger tat unbeteiligt, wartete aber mit gespitzten Ohren gespannt auf ihre Reaktion. Hm, viel sagte sie nicht dazu.

Er sah ihr an, wie es in ihr arbeitete und wie sie John eine ganze Weile betrachtete, als der sich für ein Nickerchen den Hut über den Kopf gezogen hatte. Vielleicht war es zu spät, um sie zu umwerben und sie hatte sich schon für diesen John entschieden? Ihm wurde klar, dass er sie sehr mochte und ...

Plötzlich wandte sie ihren Kopf und sah ihn an ... und dieses Mal erwiderte er ihren Blick.

Sie sahen sich wortlos an, während sich beide für einen winzigen Moment dem anderen öffneten. Schließlich sagte Röttger unbeholfen: "Ähm ... Li, wie geht es dir denn so mit alledem? Du siehst nachdenklich aus ..."

Li war in den Bann gezogen von diesem Augenblick. Ja, da war etwas zwischen ihnen! Ohne nachzudenken lächelte sie ihn an: "Ja, Michael, ich habe mir eine Frage gestellt und eine Antwort erhalten."

Michael antwortete mit einem warmen Lächeln und da war er wieder, der kleine, magische Moment.

Der Zug fuhr über eine endlos erscheinende Ebene, die nur durch sanfte Hügel und einzelne kleine Laubwälder unterbrochen wurde. Hin und wieder erblickten die Reisenden in der Ferne Ranchgebäude und riesige, grasende Rinderherden. Ansonsten war die Landschaft eintönig, sodass einige der Mitreisenden, auch durch das monotone Rattern des Zuges, einschliefen. War anfangs noch reges Stimmengemurmel zu hören, so wurde es im Laufe der Fahrt immer ruhiger. Nur ab und an war die Pfeife der Dampflok zu hören, wenn sie über eine, die Senke überspannende, Brücke fuhr.

Einige Reisende hingen ihren Gedanken nach oder schauten gelangweilt aus dem Fenster. So ging es Meile um Meile, bis man nach ca. hundert Meilen endlich in Waco ankam.

Waco war ein Viehzuchtzentrum und lag in der Randzone der südlichen Great Plains, deren waldarme Landschaft die weitere Umgebung der Stadt prägte.

Wenn Cowboys mit ihren riesigen Rinderherden hierher-kamen, um sie auf die Bahn zu verladen, war im Ort der Teufel los. Denn nachdem sie Wochen oder Monate lang nur Staub, Dreck und Kuhschwänze gesehen hatten, woll-ten sie endlich auf den Putz hauen und ihr sauer verdien-tes Geld verjubeln. Die Geschäfte und besonders die Sa-loons und Bordelle machten den großen Reibach. Der "Townmarshal" und seine drei Deputys hatten alle Hände voll zu tun, um die Männer im Zaum zu halten und Strei-tigkeiten zu schlichten. Trotzdem war das Gefängnis im-mer überfüllt, denn so mancher der raubeinigen Gesellen, ließ sich von Regeln und Gesetzen nicht abschrecken und fing eine Prügelei an oder ballerte besoffen auf der Straße herum. In diesen Wochen war Hochbetrieb in allen Rin-derstädten des Südwestens. Denn der Osten hatte Hun-ger. Hunger nach Rindfleisch.

Endstation. Gähnend und sich reckend blinzelte McLean um sich. Dann erhob er sich und ging mit der Mannschaft nach draußen. Die Station lag etwas abseits der Stadt, jedoch so, dass man sofort einen Blick auf die sich lang dahinziehende Mainstreet hatte. Man konnte das Gewu-sel erkennen: Unzählige Reiter, Wagen und Kutschen bil-deten ein Gewirr, dass noch von den vielen Menschen verstärkt wurde, die kreuz und quer über die Straße liefen. An diesem Corral der Station wurden gerade Rinder in die Viehwaggons getrieben. Fracht und Gepäck wurde ein- und ausgeladen und es herrschte reges Treiben.

Beim Aussteigen aus dem Zug erkannte McLean wieder die drei Gestalten, die ihm schon in Austin aufgefallen wa-ren. Die Kerle stiegen gleichzeitig mit ihnen aus der hin-teren Tür des Waggons und gingen sofort unter das

Vordach der Station, wo sie scheinbar teilnahmslos herumstanden. Doch sie nahmen die Reisenden genau unter die Lupe. Auch zu ihnen blickten sie immer wieder unauffällig hinüber. Jetzt wurde ihm immer klarer, dass das kein Zufall war. Die Männer waren gefährlich. Er beschloss, von jetzt ab vorsichtig zu sein und seine Augen überall zu haben.

Als sie endlich den Frachtwagen wieder auf festem Boden stand, McLean sein Pferd aus dem Viehwagen geholt hatte und sie sich langsam in Richtung Stadt aufmachten, entging ihm nicht, wie die drei Typen ihre Pferde entluden und sich in die Sättel schwangen. Dann ritten sie im Galopp an ihnen vorbei, ohne sie eines Blickes zu würdigen. McLean sah ihnen mit zusammengekniffenen Augen hinterher, erwähnte aber nichts davon.

"Tjaa, ich würde vorschlagen, wir gehen gemeinsam erstmal zur Bank und eröffnen ein Konto, ehe wir uns anderen Dingen widmen. Ich habe erst Ruhe, wenn das Geld in Sicherheit ist. Wir sind hier nicht in Austin!", sagte er nur zu Röttger.

An der Bank angekommen ging McLean ging mit der Crew an einen der Schalter. Einer der Bankangestellten fragte nach ihren Wünschen.

"Wir würden gerne ein Konto eröffnen, für mich und meine Freunde, Mr. Röttger und Mr. Durrand, hier."

Der Bankangestellte ging an seinen Schreibtisch und kam mit einem Stapel Papiere zurück.

"Dann füllen Sie die mal aus, dahinten sind Stehpulte und Schreibfedern."

McLean brummte achselzuckend: "Papiere, Papiere. Selbst hier im Westen bleibt man von der Bürokratie nicht verschont."

Als er, Röttger und Durrand alles ausgefüllt hatten und dem Angestellten die ausgefüllten Formulare zurückgaben, stutzte der und blickte die drei von unten herauf an.

"Das ist aber ein schöner Batzen Geld, das muss ich schon sagen. Selten, dass jemand solch einen hohen Betrag einzahlt. Und das hier in Waco!"

Dann grinste er und fuhr fort: "Was haben Sie und ihre beiden Freunde denn vor, wenn ich mal fragen darf? Verstehen Sie mich nicht falsch, Mr. McLean, Mr. Röttger, Mr. Durrand ... ich bin von Natur etwas neugierig, wenn Sie verstehen. Entschuldigen Sie ... geht mich ja auch nichts an."

"Ach, wissen Sie", erklärte Röttger freundlich, "wir haben eine schöne Erbschaft gemacht und wollen uns hier in der Gegend zur Ruhe setzen."

"Da haben Sie ganz recht", lachte der Mann. "Man sollte sich das Leben so schön machen, wie es geht. Und bei so einer Erbschaft fällt einem das auch leicht, nicht wahr?"

"Ja, Sie sagen es. Ihnen einen guten Tag!", erwiderte Röttger. McLean nickte nur dazu und alle gingen nach einem kurzen Gruß nach draußen.

Jetzt musste noch eine andere Sache getätigt werden. Nämlich Waffen für die Mannschaft zu kaufen. McLean deutete mit der Hand auf einen Laden, drüben auf der anderen Seite. Über der Tür stand in verschnörkelter Schrift "Barkleys-Guns & Ammunition."

Hier bekam man alles, was das Herz an Waffen und Munition begehrte. McLean beriet die Mannschaft und erklärte ihnen die Vor- und Nachteile der Langwaffen. Bei den Revolvern waren sich alle einig und erwarben dasselbe Modell, wie es McLean besaß, nur mit längerem Lauf.

Pawlow erwarb neben einem Winchester Karabiner noch eine kurzläufige Schrotflinte, dessen 12. Kaliber einen Mann in Stücke reißen konnte. Auf die grinsende Frage von McLean, was er damit machen wolle, antwortete der Russe: "Falls ich mit dem Gewehr nichts treffe, nehme ich diese Kanone!"

Es war zwar unüblich, dass Frauen einen Colt benutzten, aber Wang bestand darauf, in jedem Fall den Gebrauch auf der Ranch erlernen zu wollen. Worauf McLean zustimmend nickte. Als alle ihren Schießprügel, wie er sie nannte, ausgesucht hatten und das Palaver beendet war, machten sie sich auf zu dem Ort zu fahren, an dem die neue Ranch entstehen sollte.

Auf dem Weg dorthin genossen alle wieder die sagenhafte Weite des Landes. Offen und mit sanften Hügeln durchzogen lag es vor ihnen. Der Blick schweifte weithin, bis man in der Ferne undeutlich einige Berge erblickte. Präriehunde huschten umher und verschwanden flugs in ihren Erdlöchern, nachdem sie mit hundeähnlichem Bellen Alarm geschlagen hatten. Hoch oben in den Lüften schwebten einige Geier auf der Suche nach Aas und weiter vorne flüchtete eine Gruppe Gabelböcke vor den Ankömmlingen.

Es war ein wahres Paradies! Schweigend und gebannt von der Schönheit der Natur herrschte Stille im Wagen, unterbrochen nur von einem monotonen Quietschen eines der Räder. Nach einiger Zeit erreichten sie eine Stelle, wo einst Gebäude standen. Nur noch verkohlte Reste ließen ahnen, dass hier früher mal eine Ranch gestanden hatte. Ein halb zerfallener, rußgeschwärzter Kamin reckte sich, einem drohenden Finger gleich, in den Himmel. Längst hatte die Natur die Ruinen wieder in Besitz genommen und alles mit Gräsern und kleinen Büschen überzogen.

McLean jedoch blickte starr geradeaus und würdigte die Szenerie keines Blickes als sie vorbeifuhren. Unauffällig sah er sich unterwegs immer wieder um, doch es war nichts Verdächtiges zu sehen. Endlich, nach drei Stunden Fahrt, erblickte die Mannschaft in einer langgezogenen Senke ein Birkenwäldchen, das von einem klaren Bach durchzogen wurde. Wildblumen wuchsen in kleinen

Inseln dazwischen und brachten mit ihren rotgelben Blüten Farbe in die Gegend. Das Wäldchen zog sich bis zum südlichen Hang einer Hügelkette dahin und bildete eine Art Oase in der Weite der Landschaft. Nach Westen hin öffnete sich der lichte Wald und man hatte freien Blick bis zum Horizont. Es war ein wunderschöner Ort.

Angekommen stiegen alle steifbeinig vom Wagen und blickten sich um. McLean atmete tief die Luft ein und meinte: "Na, Leute ... ist das nicht herrlicher Fleck? Hier kann man es doch aushalten!"

Dann führte er aus, wie er sich den Bau seiner Ranch vorstellte. Wo das Haupthaus stehen sollte, wo die Stallungen und wo die Nebengebäude errichtet werden sollten. Natürlich sollte die Veranda des Wohnhauses 'gen Westen gerichtet sein und großzügig angelegt werden, mit großem Wohnraum und gemauerten Kamin. Daneben die Küche und in der oberen Etage die Schlafzimmer. Gleich neben dem Wohnhaus sollte ein Vorratsraum gebaut werden, der sich unter der Erde befand. So wurden Lebensmittel im Sommer frisch gehalten.

McLean hatte die Pläne schon alle im Kopf und schilderte sie seinen Freunden in überschwänglicher Weise. Sie hörten sich seine Vorstellungen interessiert an und bemerkten, dass er ja prima Ideen hätte. Hauptsache sei doch, dass er sich wohlfühlen würde.

"Sag mal, John", fragte Durrand, "wo können wir unsere Wohngebäude und die zwei nötigen Hallen errichten? Das Wohngebäude würden wir ähnlich deinem Entwurf gestalten. Nur wird es dann mit den Annehmlichkeiten ausgestattet, die wir gewohnt sind. Wir werden uns natürlich Gedanken machen, dass alles entsprechend getarnt erscheint. Übrigens: gerne können wir dir einige Sachen, wie Dusche und Heizungsanlage, auch einbauen."

McLean lächelte daraufhin milde: "Danke für dein Angebot. Doch ich werde lieber darauf verzichten. Was sollen die Leute später denken, wenn sie sowas bei mir entdecken? Ich werde lieber alles so aufbauen, wie es in meine Zeit passt."

Dann zeigte er ihnen, wo sie in einiger Entfernung ihre Einrichtung aufbauen konnten. An dieser Stelle, im Schutz des Wäldchens und unter dem Hügel gelegen, waren sie auch besser vor neugierigen Blicken geschützt.

"Du hast nicht zuviel versprochen, John", äußerte sich Röttger abschließend. "Dann werden wir mal unser Lager aufbauen. Es wird ja bald schon wieder dunkel und eine erfrischende Dusche täte uns allen gut."

Die anderen stimmten zu. Die Robbies wurden mit der Errichtung des Provisoriums beauftragt. Nach Einschaltung der Tarnvorrichtung konnte man nicht mehr erkennen, dass dort etwas stand, außer man rannte direkt dagegen. Nach einer guten Stunde war alles erledigt. Die Crew bezog ihre Zelte, um sich frisch zu machen, während die Androiden in der Zwischenzeit das Abendessen vorbereiteten.

Und so saßen sie alle hier in ihrer neuen Heimat, in gemütlicher Runde beim Essen und genossen die würzigfrische Luft, die Ruhe und den klaren Sternenhimmel.

Dieses Mal war McLean nicht abgeneigt, in einem der Wohnzelte zu übernachten. Lang genug hatte er auf hartem Boden schlafen müssen und der Komfort dieser Einrichtung war ihm mehr als willkommen. Und da er sich mit diesen eigenartigen Überwachungsdrohnen sicher fühlte, schlief er bald tief und fest.

Li Wang träumte in dieser Nacht von den Apachen. Stolze, wilde und respekteinflößende Krieger, die auf ihren Pferden gellend durcheinander stoben, die langen Haare im Wind flatternd … sie schaute ihnen gebannt und bewundernd zu, bis auf einmal einer der Krieger direkt auf sie zuritt. Ihre Bewunderung wich einem Schrecken, als sie erkannte, dass sich dieser Krieger mit einem grausam verzerrten Gesichtsausdruck auf sie zubewegte. Starr vor Entsetzen nahm sie wahr, wie sie mit einem harten, unbarmherzigen Griff schreiend auf das Pferd gezogen wurde.

Doch unvermittelt befand sie sich allein auf dem Pferd, jagte jauchzend und mit hämmerndem Herzen hinaus in die Steppe, die Hände in die Mähne gekrallt und den Blick in diese fantastische, wilde Weite gerichtet.

Sie kniete auf dem Boden und fühlte, wie der Sand sanft und fast sinnlich durch ihre Finger glitt. Sie lauschte dem Wind, während sie in den blauen Himmel über sich blickte und ein großer, schwarzblau schimmernder Rabenvogel vor ihr saß und krächzte.

Und wieder wechselte die Szene. Jetzt hockte sie am knisternden Lagerfeuer. John war bei ihr und nahm ihre Hand. Sie fühlte erstaunt, wie sie die Berührung nicht nur zuließ, sondern auch erwiderte, was einen warmen Schauer durch ihren Körper fließen ließ. Sie wollte sich in seinen Augen verlieren ... als sie plötzlich erkannte, dass es Michaels Augen waren.

Mit einem Mal öffnete sie die Augen und sah auf das Dach ihres Zeltes. Es dämmerte gerade und so sann sie in Ruhe über ihren merkwürdigen Traum nach. Die Indianer, das wilde Reiten, der Genuss dieser Wildnis - alles das ließ sie eine Lebendigkeit fühlen, wie sie es noch nie erlebt hatte. Dann dachte sie an John und Michael ... und realisierte, dass sie sich zu beiden Männern auf ganz unterschiedliche Weise hingezogen fühlte.

Kapitel 10 Die Entführung

Reges Treiben war auf dem Gelände der neuen Ranch zugange, als nach einigen Tagen die bestellten Lieferungen ankamen. Sechs Gespanne mit schweren Frachtwagen lieferten das nötige Holz für die zukünftige Ranch. McLean war zwischendurch mit einem der Androiden nach Waco gefahren, um Pferde und Sättel sowie Zaumzeug zu beschaffen.

In einem provisorischen Corral wurden die Pferde untergebracht und so übte sich jetzt die Mannschaft in ihrer freien Zeit im Reiten. Mit mehr oder weniger Erfolg bei manchem der Männer. Wang unterdessen machte eine gute Figur, wie McLean anerkennend anmerkte. Sie lernte schnell und kam gut mit den Tieren klar.

Wang wiederum nahm wahr, dass John ihr gerne zusah und ganz gentlemanlike immer schnell zur Hand war, um ihr in den oder aus dem Sattel zu helfen. Wie zufällig berührten sie sich dabei, wenn er sie anfangs noch um die Taille fasste und auf das Pferd hob. Oder ihr hinunterhalf und sie die verwirrend anziehende Nähe dieses Raubeins wahrnahm, seine festen, verlässlichen Hände und seine graublauen Augen, die sie lächelnd anschauten.

Schon bald begann die Crew zusammen mit McLean gemeinsame Ausritte in die Umgebung zu unternehmen. Natürlich kamen sie anfangs stöhnend und mit schmerzendem Rücken auf die Ranch zurück. Lachend kommentierte McLean, dass es schon eine Weile dauern würde, um sich an so eine Art der Fortbewegung zu gewöhnen. Die Schießübungen mit den texanischen Waffen machten jedoch rasch Fortschritte. Die Erfolge waren im Vergleich mit den Reitübungen verblüffend. Alle erwiesen sich als gute Schützen, obwohl die Gewehre im Vergleich mit ihren Strahlenwaffen einen enormen Rückstoß hatten. Nach dem anfänglichen "Löcher in die Luft schießen" wurde auch Wang schnell sicherer und traf bei fast jedem Schuss ihr Ziel. McLean staunte über ihre Geschicklichkeit, die in zwanzig Yards aufgestellten, leeren Flaschen zu treffen. Hinzu kam, dass sie sich aus seiner Sicht erfreulich veränderte. Er erlebte sie als fröhlich und aufgeschlossen für das Leben hier; er sah in ihr die gleiche Leidenschaft für das Land erblühen wie er sie fühlte. Und vor allem war sie ihm gegenüber nicht mehr so unnahbar und abweisend wie anfangs. Aber er wusste auch, dass seine neuen Freunde voller Elan darauf hinarbeiteten, endlich wieder in ihre eigene Zeit zurückzukommen. Würde ihr Interesse so weit gehen, dass sie hierbleiben wollte, hier bei ihm?

Der Bau des Haupthauses ging gut voran und man machte große Fortschritte. Später, wenn die Gebäude fertiggestellt sein würden, wollte McLean den Grundstock für seine Pferdezucht legen und sich einige "Missouri Foxtrotter" kaufen. Diese Rasse war wegen ihrer guten Gebirgseigenschaften, Gesundheit und Robustheit sehr begehrt.

Durch die Arbeit und die Ausbildung der Mannschaft geriet die Begegnung mit den verdächtigen Gestalten in Austin und Waco in Vergessenheit. Als sie eines Tages in der Stadt waren und die Pferde und Sättel beschafften, war von den Kerlen nichts mehr zu sehen gewesen. So maß McLean dieser Sache keine große Bedeutung mehr bei und tat sie als "erledigt" ab. Doch das war ein Trugschluss, wie sich bald herausstellen sollte.

Es war zwei Tage später gegen Nachmittag, als die Überwachungsdrohnen Besuch meldeten. Man war gerade dabei, die Balken des Haupthauses aufzustellen, als vier Reiter auftauchten.

Mit dem Gewehr in der Hand erwartete McLean die Ankömmlinge; der neben ihm stehenden Crew bedeutete er mit einer Geste, sich vorerst zurückzuhalten. Die Reiter kamen langsam näher und er erkannte drei von ihnen wieder. Es waren die, die ihm schon in Austin und Waco aufgefallen waren. Den Vierten kannte er nicht. Der hob sich von den anderen schon durch seine Kleidung ab. Er trug einen schwarzen Anzug mit Binder und machte einen gepflegten Eindruck. Auf dem Kopf trug er einen dieser neumodischen Hüte, die man Melone nannte. Sein Gesicht zierten ein schwarzer Schnäuzer und ein "Zickenbart" unter dem Kinn.

McLean trat den Männern entgegen und blickte sie fragend an. Der fein Gekleidete schien der Boss der Gruppe zu sein, das erkannte er sofort. Die Galgenvögel an seiner Seite blickten sich um und ein feines, spöttisches Grinsen legte sich um ihre Münder. Der Geschniegelte tippte an den Hut.

"Gentlemen ... Ma'am. Mein Name ist Robertson, Clay Robertson. Wir sind Geschäftsleute und auf der Suche nach einer Möglichkeit, unser Geld anzulegen. Wir haben erfahren, dass sich hier etwas tut und wollten fragen, ob Sie wohl einen Investor gebrauchen könnten. Tjaa ... wie ich hier sehe, wollen Sie sich etwas Großes aufbauen, wie? Was soll das hier geben? Wollen Sie Rinder züchten?"

McLean legte die Stirne in Falten, nickte kurz und erwiderte: "Ich bin John McLean. Wir haben vor, Pferde zu züchten. Und außerdem wollen wir uns hier zur Ruhe setzen. Einen Investor brauchen wir dazu sicher nicht, Mister Robertson."

McLean kamen diese Leute nicht geheuer vor. Warum die heimliche Beobachtung von ihm und seinen Freunden? Geschäftsleute gebärdeten sich anders. Sicher, es gab im Westen viele Unternehmer, die ihr Geld in Rinder und Pferdezucht anlegten. Das versprach hohe Gewinne. Doch solche Investoren kontaktierten die Rancher bei Auktionen oder erkundigten sich über die

Viehzüchtervereinigung. Aber sie kamen nicht einfach raus auf die Ranch. Das alles erschien ihm mehr als dubios.

Robertson blickte McLean mit einem feinen Lächeln an und deutete dann auf die Crew.

"Sind das ihre Freunde oder Partner, Mister McLean?"

"Ja, das sind sie", nickte McLean ohne die Frage zu beantworten. "Desweiteren wollen wir nur unsere Ruhe haben, Mister. Also auf den Punkt gebracht: Sie haben sich umsonst herbemüht. Wir brauchen niemanden!"

Robertson machte ein übertrieben enttäuschtes Gesicht und seine Begleiter grinsten plötzlich böse.

"Tjaa ... das ist sehr schade, Mister McLean. So eine Pferdezucht ist doch ganz schön teuer, nicht wahr? Wer das Geld nicht flüssig hat, muss einen Kredit aufnehmen ... hat Schulden und ... naja, Sie kennen das ja alles, nehme ich an! Wenn wir mit einsteigen würden, wären Sie die finanziellen Probleme los."

Robertson stand ein süffisantes Grinsen im Gesicht und als er keine Antwort bekam wollte er mit den Worten "Wir dürfen uns doch sicher mal ein wenig umsehen ..." vom Pferd steigen. Doch McLean hob drohend das Gewehr und sagte: "Hier gibt es nichts zu sehen, Mister. Bleiben Sie schön auf Ihrem Gaul sitzen! Ich wiederhole mich nicht gerne: Wir brauchen hier niemanden. Nicht Ihr Geld, nicht Ihre Hilfe und schon gar nicht solche Kerle."

Dabei deutete er mit dem Gewehrlauf auf die drei Männer neben ihm. Langsam ging McLean die Geduld aus und ein starker Argwohn machte sich in ihm breit.

Die drei Galgenvögel machten heimtückische Gesichter und konnten kaum ihre Hände im Zaum halten, die sich schon sehr nahe an ihren Colts befanden. In ihren Gesichtern spiegelten sich die blanke Angriffslust. Besonders dem einen mit den ungewöhnlich blauen Augen und der Hakennase sah man an, dass er solche Situationen gerne mit der Waffe klärte. Ein scharfer Blick von Robertson ließ sie innehalten. Denn McLean und seine Leute waren zu acht. Das ließ die Bande vorsichtig sein. Robertson lächelte jetzt, doch es war ein kaltes, hinterhältiges Lächeln, als er sagte: "Schon gut, Mister. Wenn Sie nicht wollen ... es ist Ihre Sache. Sehr schade, dass wir nicht auf diese Weise zusammenkommen konnten. Dann vielleicht auf eine andere?"

"Jetzt reicht es!", ließ McLean zornig hören. "Drehen Sie Ihre Gäule um und verschwinden Sie von unserem Land!" Wobei er mit dem Gewehr eine Kreisbewegung andeutete.

Robertson lachte kurz auf, tippte grüßend an den Hut, wendete aber daraufhin sein Pferd und ritt im Schritt davon. Seine Leute folgten ihm, nicht ohne McLean und der Crew noch einen letzten, bösen Blick zuzuwerfen.

"Diese Ratten", schnaubte McLean, während er hinter ihnen hersah und ausspuckte. "Die und Geschäftsleute? Dass ich nicht lache! Das sind Halsabschneider und Verbrecher!"

Schließlich wandte er an Röttger und seine Leute: "Wir sollten ab jetzt auf der Hut sein. Ich kenne solche Gestalten. Die geben so schnell nicht auf."

"Diesen Eindruck haben wir auch", erwiderte Röttger ernst. "Zumindest hier vor Ort sind wir dank den Drohnen und den Androiden geschützt."

Vorerst gingen alle gedankenvoll zurück an ihre Arbeit. Dank dem gemeinsamen Einsatz war das Haupthaus für John bis zum Abend so gut wie fertig.

Am darauffolgenden Tag war dank der Robbies der Aufbau der Halle im Grundriss fertiggestellt. Die Außenwände wiesen zwar nur eine Höhe von zwei Metern auf und ein Dach gab es auch nicht. Aber das war erst einmal unwesentlich. Das Shuttle würde getarnt dort stehen – es ging vorrangig darum, es vor zufälligen Entdeckungen weitgehend zu schützen. Ein Tarnmodus nutzte nichts, wenn jemand unvermutet durch die Gegend ritt und dagegen prallte! Im Shuttle würden sie Kräne und alles andere mitbringen, was zur endgültigen Fertigstellung nötig sein würde.

Während die Androiden das Abendessen abräumten, Wang und Durrand im Zelt verschwunden waren und John mit Pawlow und Schwarz das Holz für ihr abendliches Lagerfeuer zusammensuchte, blieb Röttger noch eine Weile alleine sitzen. Das kleine Abenteuer war verdaut und er war sicher, dass sie mit weiteren Unannehmlichkeiten fertig würden. Ihm ging noch etwas anderes durch den Sinn, das ihn nicht mehr losließ.

John tat sein Interesse an Li unaufdringlich aber deutlich kund. So hielt er sie immer etwas länger als nötig beim Absteigen vom Pferd im Arm, er kam sofort zu ihr, wenn sie ihn nur fragend ansah und er beobachtete sie häufig. Li schien es angenehm zu sein, ja, vielleicht sogar willkommen? Es war kein Wunder, dass seine Männer, wenn sie unter sich waren, schon humorig mutmaßten, ob sie demnächst zu John auf seine neue Ranch ziehen würde. Er selbst schwieg dazu. Was sollte er tun?

Er entschied, nicht aufzugeben und ihr auf seine Weise zu zeigen, dass ihm an ihr lag. Also hatte er sie mehr in die Entscheidungsfindung einbezogen, teilte manche Arbeiten so ein, dass sie diese mit ihm zusammen erledigte und schaute, dass sie alles hatte, was für ihr Wohlbefinden in dieser neuen Situation nötig war. Sie war eine selbstständige und selbstbewusste Frau, die ihre Wahl treffen würde. Ein leiser Seufzer entfuhr ihm. Er würde ihre Wahl respektieren und es würde in keinem Fall etwas an dem guten Kontakt zu ihr als Crewmitglied ändern, sollte sie sich für John entscheiden. Und an seiner Achtung für John ebensowenig.

Später saßen alle gemeinsam am Lagerfeuer und diskutierten lebhaft über die Einrichtung ihrer Wohnhäuser. Die
mussten so gestaltet werden, dass sie Besuch empfangen konnten, ohne dass diesem die eingebaute, moderne
Technik auffallen würde. John blieb auch weiterhin bei
seinem Entschluss, dass er auf solche neuartigen Einrich-
tungen verzichten wollte.

Als Li Wang später in ihr Zelt ging und sich in ihr Bett ein-
kuschelte, dachte sie an ihre beiden Männer, wie sie sie
in Gedanken manchmal nannte. Früher oder später würde
sie sich entscheiden müssen, das war ihr klar. Aber für
wen?

Michael … ihr war durchaus aufgefallen, dass er sich jetzt
mehr um sie bemühte. Sie lächelte in Gedanken daran,
und dachte gerne an die vielen kleinen, durchdachten
Aufmerksamkeiten. Michael war wirklich ein wunderbarer
und feiner Mann, der sie respektierte. Er verhielt sich zurückhaltend, fast ein klein wenig schüchtern, und doch
nahm sie ihn sofort wahr, wenn er in der Nähe war. Ihr
Herz flog ihm zu. Und ein wachsendes, leises Sehnen ließ
sie sich fragen, wie es wohl sein mochte, ihn zu berühren.
Und John? Diese Gefühle waren so anders, sehr aufre-
gend und auch verwirrend. In seiner Nähe fühlte sie wieder diese wilde Lebendigkeit, die sie hier in sich zu entdecken begann. Da war hinter dieser rauen Fassade eine
Ursprünglichkeit, die sie anzog. Sie genoss mittlerweile
seine Berührungen, seinen Geruch nach Leder und Pferd,
seine warmen Hände und wie er sie ansah … er passte
so gut in diese Natur, schien eins mit ihr. Aber konnte sie
sich wirklich mehr mit ihm vorstellen?

Am nächsten Morgen funkte Durrand Robbie 1 an. Er
wies ihn an, mit dem Shuttle die Ranch anzufliegen. Da
das Shuttle im Tarnmodus unterwegs war würde es am
Tag kaum sichtbar sein. Nur beim Landen waren die

Abstrahlungen der Impulstriebwerke zu sehen. Dieses Restrisiko mussten sie eingehen.

Bereits nach einer Viertelstunde erschien das Shuttle. Dank des Antigravitationsgenerators begann es wie von Geisterhand mit der Landung und setzte in der großen Holzhalle auf. Danach deaktivierte Robbie 1 den Tarnmodus und öffnete die Bodenschleuse.

McLean kam aus dem Staunen kaum heraus und schüttelte immer wieder ungläubig mit dem Kopf. Für ihn war das wie ein wahr gewordenes Hirngespinst aus einem spinnerten Buch. Das im Durchmesser zehn Meter große, kugelförmige Shuttle machte einen imposanten Eindruck. Die bläulich schimmernde Außenfläche mit dem Aufdruck EXTREMUS 2 und die riesigen Stützen mit den angesetzten Triebwerken ließen einen Menschen klein erscheinen. "Das ist ja unglaublich!", gab er immer wieder von sich und ging langsam einige Male um das Shuttle herum, wobei er mit den Fingern fast andächtig über die glänzende Oberfläche strich.

Röttger, der ihn eine Weile beobachtet hatte und sein Erstaunen gut nachvollziehen konnte, schlug ihm spontan vor: "Wie wär's, John, fliegst du eine Runde mit, während wir das benötigte Material vom Mutterschiff holen?"

McLean schaute Röttger mit großen, runden Augen an.

"Was ... wirklich? Du meinst, ich könnte mit dem Ding mal mitfliegen? Das ... das wäre grandios!"

Immer wieder blickte er verblüfft auf dieses runde, große Ding, denn er konnte sich beim besten Willen nicht vorstellen, wie sich das in die Lüfte erheben sollte! "Zum Teufel aber auch", murmelte er vor sich hin. "Kein Mensch wird mir das glauben. Wenn ich das jemanden erzählen würde, der würde mich für total verrückt halten." Er nickte ergriffen zu Röttgers Angebot und grinste bis über beide Ohren. "Na, da bin ich doch dabei."

Alle gingen gemeinsam an Bord. Nur die beiden Robbies 3 und 4 blieben als Bewachung zurück. Röttger ging mit McLean zu einem Sitz: "John, hier kannst du dich setzen. Und besser vorab: Erschrick nicht, wenn du plötzlich auf dem Sitz automatisch angeschnallt wirst. Das ist notwendig, dass dir während des Fluges nichts passiert. In Ordnung?"

"Keine Bange, Mike. So schnell erschrecke ich mich nicht!"

Dann schüttelte er wieder den Kopf, während er sich umsah und die Instrumente und Monitore betrachtete. Röttger zeigte jetzt auf einen riesigen Bildschirm: "Dort zeigen sich Bilder, wie es außerhalb des Shuttles aussieht, ähnlich wie auf meinem Tablet."

Nachdem alle Platz genommen hatten, aktivierte der Android an Bord die Tarnung und das kleine Raumschiff startete. Ohne, dass die Insassen das Geringste spürten, erhob sich das Shuttle aus der Halle und die Anzeigen, inklusive des Außenbildschirms, erwachten zum Leben. Ein kurzer mündlicher Befehl von Robbie 1 und schon waren die Impulstriebwerke mit einem angenehmen, dunklen Brummton zu hören. Während die Kugel in den Himmel stieg, sahen alle auf dem Bildschirm wie die Landschaft unter ihnen immer kleiner wurde. Schließlich hatte man einen immer größer werdenden Blick auf die Erdkugel, bis man nach kurzer Zeit im Orbit angekommen war und die Erde umkreiste.

McLean starrte nur fassungslos auf den Monitor und bekam kein Wort heraus. Er wollte schon in alter Manier ausspucken, doch das verkniff er sich dann doch noch in letzter Sekunde.

"Lieber Himmel ... das ist unglaublich, einfach nicht von dieser Welt! Mir wird ja ganz anders! Das ist also unsere gute, alte Erde! So sieht sie von oben aus! Fantastisch ...

wirklich einzigartig. Ihr wisst gar nicht, was ihr mir hier für ein Geschenk macht, Freunde!"

Dann murmelte er: "Unfassbar. Was sind wir doch für kleine Gestalten da unten auf der blauen Kugel!"

Nach einem Funkspruch zum Mutterschiff wurde das Beiboot vom Peilstrahl erfasst und automatisch vom Mutterschiff in die Schleuse bugsiert. Nachdem der Luftausgleich hergestellt war, öffnete sich die Schleuse des Shuttles und Röttger sagte zu John: "Während die Androiden und die Crew alles Benötigte einladen, mache ich mit dir eine kleine Führung durch das Raumschiff. In der Zentrale schauen wir uns dann den Wechsel zwischen der Tag- und Nachtseite der Erde an. Übrigens umkreisen wir hier kaum wahrnehmbar die Erde mit ca. 27.000 Stundenkilometern! Das bedeutet, wir umfliegen die Erde 16 Male jeden Tag. Für dich als Vergleich: Die Dampflock von Austin nach Waco erreicht gerade mal 80 Stundenkilometer."

McLean schlug sich vor Begeisterung auf die Schenkel. "Was ... so schnell? Ist das alles wahr, oder träume ich das nur? Wie ist sowas nur möglich?"

Nachdem Röttger mit seinem Gast fast 10 Minuten durch verschiedene Gänge und Abteilungen gelaufen war, erreichten sie die Zentrale. Röttger zeigte McLean einiges und ließ ihn dann in Ruhe die übermittelten Bilder der Außenwelt und der Erde betrachten.

Wie würde es ihm wohl gehen, wäre er an seiner Stelle, ging Röttger durch den Sinn während er ihn still beobachtete. Konnte man sich überhaupt umstellen? Oder war das Zeitalter, in dem man sich zu Hause fühlte, durch die Geburt vorgegeben ... So schön die Natur in diesem Zeitalter noch war - er stellte für sich fest, dass er um jeden Preis wieder in seine eigene Zeit zurückwollte. Denn er und die Menschheit des Jahres 2153 waren gerade bereit, neue Planeten und das Weltall in seiner unfassbaren Weite zu entdecken. Hinzu kam eine Lebenserwartung von durchschnittlich 150 Jahren. Er träumte davon, als Commander in der Zentrale des neuen Raumschiffs, der SOLARIS, zu stehen. Auf zu den Sternen mit Li an seiner Seite … wieder einmal wanderten seine Gedanken zu ihr und für wen sie sich wohl entscheiden würde. Wenn eine Rückkehr möglich wäre sah er eine gute Chance für sich bei ihr. Und wenn nicht? Mit einem tiefen Atemzug schüttelte er diese Gedanken ab. Es machte keinen Sinn, sich verrückt zu machen. Er würde ihre Entscheidung akzeptieren. Unvermutet riss ihn der Funkspruch von Durrand aus seinen Gedanken.

"Hier, Durrand, wir sind fertig!"

"OK, wir kommen", teilte Röttger ihm mit.

McLean konnte sich kaum von den beeindruckenden Bildern auf dem Monitor losreißen. Röttger musste ihn schließlich schmunzelnd und mit sanfter Gewalt mit sich ziehen. So machten sie sich auf den Weg zum Shuttle, wo sie bereits erwartet wurden. Kaum waren sie an Bord, öffnete sich die Schleuse des Mutterschiffes und die EXTREMUS 2 flog zurück zur Ranch. Präzise erreichte sie den Zielort und setzte sanft auf. Nach dem Verlassen des Raumschiffes und dem Entladen der mitgebrachten Sachen wurde die Halle verschlossen, und niemand aus dem Jahre 1882 ahnte, was hier verborgen lag.

McLean fühlte sich noch ganz benommen von den Eindrücken und begab sich zu seiner Ranch zurück, um sich auszuruhen und das Erlebte zu verdauen. Er wünschte allen eine gute Nacht und verschwand in der Dämmerung in Richtung seiner neuen Ranch, unterwegs immer wieder den Kopf schüttelnd.

Auch die anderen beendeten die Arbeit und zogen sich nach dem Essen zurück in ihre Zelte. Morgen hatten sie viel vor. Die Androiden würden mit dem Aufbau des Haupthauses für die Crew und der zweiten Halle zur Gewinnung des Deuteriums beginnen. Und in einer Woche würden sie bereits einziehen können und mit der Produktion beginnen! Damit waren sie ihrem Ziel einen großen Schritt nähergekommen.

Am nächsten Tag nach dem Frühstück kündigte McLean an, dass er heute in seinem Haus gerne auch mal allein sein wollte. Mittlerweile war auch die Einrichtung angekommen, sodass hier noch einige Arbeiten zu verrichten waren.

Nach einer Diskussion über die geeignete Vorgehensweise, wie das Wohnhaus am besten aufgebaut werden sollte, machte sich die Crew auf den Weg zu ihrem Platz. Pawlow, Schwarz und Wang begannen, die Außenfassade abzustecken, damit die Robbies mit dem Aufbau der Wände beginnen konnten. Röttger stand im Gespräch mit Durrand in der Nähe, um sich mit ihm die Anweisungen für die Robbies zu überlegen.

Als sie die vergangenen Tage am Schießstand standen, hatte Li Wang sich schon über Pawlow geärgert.

Mit einem Grinsen hatte der gesagt: "Na, Li, die neue Rancherlady übt wohl schon, den Sonntagsbraten für die Familie zu schießen, hm?" Von ihm war sie ja dumme Sprüche gewohnt, also hatte sie ihm eine entsprechende Antwort gegeben und ihn dann ignoriert. Aber jetzt begann auch noch Finn Schwarz, sie mit einem fragwürdigen Humor zu beglücken.

"Hey, Li", meinte der jetzt, während er eine Markierung für den nächsten Balken setzte, "du machst dich hier wirklich gut als Frau, dass muss ich schon sagen! Aber ..." Er grinste sie vielsagend an: "Du hast das doch wirklich nicht nötig! Ein kleiner Blick von dir ... und schon ist ein starker Mann zur Stelle, der dir das alles nur zu gerne abnehmen würde."

Wang wurde es langsam zu bunt. Die Männer schienen hier im Wilden Westen ihre Macho-Seiten geradezu zu kultivieren! Genug war genug!

Sie ließ wortlos alles stehen und liegen, sattelte ihr Pferd und jagte alleine davon, um sich abzureagieren.

Röttger hatte die Bemerkung gehört und wollte gerade dazwischengehen, als sie schon an ihm vorbeistürmte. Er schaute ihr nach und zögerte, ihr nachzureiten. Das würde sie vermutlich jetzt erst recht reizen. Trotzdem - er hatte ein ungutes Gefühl, denn so vertraut waren sie mit der Umgebung noch nicht und dann waren vor kurzem auch noch diese unangenehmen Cowboys aufgetaucht. Li war dazu ohne Waffe unterwegs.

Röttger wandte sich verärgert an Pawlow und Schwarz und wies sie scharf zurecht: "Jetzt aber endgültig Schluss mit den Sticheleien! Lasst Li in Ruhe und verschont sie in Zukunft mit euren dummen Bemerkungen, was John angeht. Ich meine, es ist eine Sache von Respekt, anzügliche Bemerkungen zu unterlassen, gerade wenn es um Herzensangelegenheiten geht. Sucht euch gefälligst andere Themen, an denen ihr euch austoben könnt!"

Röttger war anzusehen, dass er an diesem Punkt keine Widerworte dulden würde.

"Hm," druckste Pawlow verlegen, "hast ja recht. Ich entschuldige mich später."

Röttger drehte sich um und wies die Flugdrohne an, sofort nach Li zu suchen, damit sie überwacht wurde. Während er langsam zum Zelt ging, um auf dem Tablet der Überwachung durch die Drohne zu folgen, standen Pawlow und Schwarz etwas kleinlaut herum.

"Ich bin ebenfalls seiner Meinung", ließ Durrand ernst vernehmen. "Die Umstellung ist für uns alle nicht einfach. Wir wissen immer noch nicht, ob unser Heimkommen gelingen wird und für Li als Frau in dieser Zeit ... das ist bestimmt nicht ihr Traum gewesen. Ihr müsst euch da nicht wie die letzten Machos benehmen."

"OK … Botschaft angekommen", bestätigte Schwarz kleinlaut.

Wang hatte sich in ihrem blinden Zorn schnell ein gutes Stück von der Ranch entfernt. Männer! Doch die Wut begann nach einer Weile abzuflauen und allmählich kam ihr wieder die Schönheit der Umgebung zu Bewusstsein. Das Pferd zügelnd sah sie sich interessiert um, als sie plötzlich Reiter bemerkte, die wie Geister hinter einem Hügel auftauchten. Sie erkannte sie sofort: Es waren drei von denen, die auf der Ranch aufgetaucht waren und angeblich Geschäfte hatten machen wollen. Ihr wurde siedend heiß klar, dass sie in ihrem Ärger keine Waffe mitgenommen hatte und nun allein auf sich gestellt war.

Also wendete sie ihr rasch Pferd und trieb es eilig an, doch die Männer jagten sofort lachend und jauchzend hinter ihr her. Instinktiv versuchte sie nach ihrem Laser zu greifen, aber auch den hatte sie am Morgen wegen der Arbeiten im Zelt liegen lassen! Plötzlich legte sich die Schlinge eines Lassos um ihren Körper und sie wurde mit einem Ruck aus dem Sattel gerissen.

Wang stürzte zu Boden, schlug mit dem Kopf hart auf einem Felsbrocken auf und regte sich nicht mehr. Die Männer feixten und einer stieg vom Pferd.

"Hey, Lady", sagte er und stieß sie unsanft mit der Schuhspitze an. Aber sie blieb reglos liegen und unter ihrem Kopf sickerte langsam Blut hervor.

"Verdammt, die regt sich nicht, was machen wir jetzt? Ich wollte sie doch nur aus dem Sattel holen", knurrte er. "Das sieht nicht gut aus."

"Ach was, ein bisschen Blut", erwiderte einer der anderen. "Sie wird sich eine Beule geholt haben. Na und? Pack sie auf's Pferd, wir nehmen sie mit und können sie verbinden, wenn wir bei Clay sind. Dann sehen wir zu, dass wir endlich zu unserem Geld kommen. Tot oder lebendig, uns soll's egal sein. Ich hätte an Clays Stelle gar nicht so ein langes Theater gemacht. Von wegen denen solche Geschichten zu erzählen!"

Dabei lachte er laut und gehässig auf.

Wang wurde quer über den Sattel gelegt und einer der Männer ergriff die Zügel. Dann ritten sie fort und verschwanden in westlicher Richtung.

"Alle herkommen, sofort!"

Röttgers Stimme bellte durch die Gegend. Das klang nach Gefahr und die Männer rannten sofort zum Zelt, vor dem er stand. Bleich zeigte er auf das Tablet: "Li wird gerade entführt!" Und dann donnerte er los: "Wenn ihr wegen euren dummen Bemerkungen etwas passiert, dann Gnade euch Gott!" Alle schauten ihn sprachlos an – so aufgebracht hatten sie ihn noch nicht erlebt. Ihm stand die Angst um sie sichtbar ins Gesicht geschrieben und das machte es auch dem Letzten deutlich, wie es um ihn stand. Mittlerweile kam auch McLean angerannt.

"Was ist hier los? Ist etwas passiert? Und wo ist Li, zum Teufel?"

"Schau es dir selber an!"

Alle standen nun um das Tablet herum und beobachteten, wie die Outlaws mit ihr davonritten. McLeans Gesicht versteinerte sich. Was er da sah, ließ seinen Atem stocken.

"Ihr erbärmlichen Hunde", knurrte er. Ihm wurde schlagartig klar, um was es hier ging. "Ich habe es im Urin gehabt. Das ganze Gefasel, von wegen "Investoren" und "sich beteiligen"… die wollten nur auskundschaften und herausfinden, was hier auf der Ranch abgeht und mit wieviel Leuten sie es zu tun haben. Diese Verbrecher wollten kein Geschäft machen. So, wie es aussieht, wollen die an unser Geld. Sie entführen Li, um sie als Geisel zu benutzen! Verdammt, diese Hurensöhne!"

"Was machen wir jetzt ... John, hast du einen guten Vorschlag?", wandte sich Röttger eindringlich an McLean. "Du kennst doch diese Gegend!"

Der starrte vor sich hin und erwiderte: "Jaa ... ich kenne diese Gegend nur zu gut. Lasst mich einen Augenblick überlegen."

Er ging hin und her und kratzte sich nachdenklich am Kopf. "Könnt ihr auf diesem Ding erkennen, in welche Richtung sie reiten?", sagte er dann und deutete auf das Tablet in Röttgers Hand.

"Klar, die Drohne bleibt an ihr dran", erwiderte Röttger.

"Gut. Es gibt nur zwei Möglichkeiten, wohin diese Drecksbande reiten könnte. Entweder in eine verlassene Hütte oben in den "Harker Heights". Das ist eine kleine Gebirgskette im Westen ... dort war früher mal die Notunterkunft für Cowboys, wenn sie verirrtes Vieh suchen mussten. Die wird schon lange nicht mehr benutzt. Oder sie verkriechen sich in der Nähe der Dark Grounds. Doch das ist unwahrscheinlich. Zu weit entfernt. Also bleibt nur die Hütte dort oben."

Sie beobachteten auf dem Tablet, wie sich die Bande tatsächlich in Richtung dieser Hütte bewegte.

"Also, es wird so laufen: Ich werde einige Sachen packen und mich gleich auf den Weg machen", begann McLean entschlossen. "Werde die Dunkelheit ausnutzen. Diese Hurensöhne werden bestimmt nicht erwarten, dass sie so schnell gefunden werden."

Er sah einen Moment lang bestimmend von einem zum anderen und fixierte abschließend Röttger. "Ich werde es diesmal alleine durchziehen. Eine große Truppe würde nur Aufmerksamkeit erregen und ich kenne das Gelände auch bei Nacht. Diese räudigen Hunde kriege ich. Und ihr braucht erst garnicht zu widersprechen. Ich erledige das diesmal auf meine ganz persönliche Weise!"

"Das kommt überhaupt nicht in Frage. Wir werden mitkommen", brach es aus Röttger heraus, der McLean aufgebracht anstarrte.

"Mal langsam, Michael", schaltete sich Durrand schnell ein. "Im Grunde genommen hat er recht. Zu viele Leute dürften hier ungünstig sein."

Dann wandte er sich an McLean: "John, du kannst von uns beim besten Willen nicht erwarten, dass wir hier tatenlos herumsitzen. Ich schlage deshalb vor, dass ich und ein Android mit dir reiten. Da Michael die größte militärische Ausbildung von uns hat, sollte er ebenfalls mit uns reiten. Allerdings, und das geht an dich, Michael", dabei sah Durrand jetzt Röttger bedeutungsvoll an, "sollte John auf diesem Gelände die Führung übernehmen. Es ist für uns unbekanntes Terrain! Wenn du das nicht akzeptieren kannst, solltest du besser hierbleiben. Die anderen warten hier auf der Ranch in Bereitschaft, beobachten das Geschehen und greifen nur im allergrößten Notfall ein."

Röttger ging ein paar Schritte zur Seite, atmete tief durch und kam kurz darauf wieder zurück. "Gut, einverstanden."

Doch McLean knurrte unwillig und verzog das Gesicht. Aber er verstand auch, warum Durrand den Vorschlag machte. So nickte er nur kurz und meinte: "OK, dann macht euch mal fertig. Ich werde einige Sachen packen und mein Pferd holen. Dann können wir losreiten."

Nach diesen Worten verschwand er im Haus. Er griff sich eine Schachtel Munition und prüfte seinen Colt. Seine Winchester stellte er in das Regal und nahm sich stattdessen eine der neusten Schrotflinten mit. Eine sogenannte Vorderschaft-Repetierflinte. Diese Waffe vom Kaliber 12 fasst sechs Patronen, die mit grobkörnigem Schrot gefüllt sind. Auf kurze Entfernung können diese einen Mann in Stücke reißen. Für Nahkämpfe die ideale Waffe.

In der Zwischenzeit hatten sich Röttger und Durrand ebenfalls ausgestattet und so trafen sich alle drei Männer im Corral und sattelten ihre Pferde. Als sie die Pferde hinausführten, übergab McLean Pawlow für alle Fälle eine grob gezeichnete Skizze: "Hier ist eine genaue Beschreibung, wo die Hütte liegt. Falls wir bis zum Morgen nicht zurück sind, wisst ihr, wo ihr suchen müsst. Falls es uns nicht gelingt dann macht ihr kurzen Prozess, wenn ihr die Schweine in die Finger kriegt. Die haben es nicht anders verdient ... sich an einer Frau zu vergreifen!"
Röttger nickte Pawlow noch kurz zu, dann schwangen sie sich auf ihre Pferde und galoppierten davon.

Clay Robertson stand an der alten Hütte und wartete draußen vor der Tür. Nur ein schmaler Pfad führte hier hinauf. Die ehemalige Notunterkunft der Cowboys, die hier früher im Winter Unterschlupf fanden, lag auf einem kleinen Plateau. Ringsherum befand sich unwegsames Gelände, das steil ansteigend bis zu den Geröllfeldern am Fuße der "Harker Heights" reichte. Nur wenige knorrige, trockene Büsche und einige Krüppelkiefern wuchsen hier noch. Zwischen all den Felsen lagen knochentrockene, entwurzelte Bäume und dicke Äste, die wie bleiche Knochen wirkten. Man hatte einen weiten Blick über das Land und konnte von hier oben gut den schmalen Pfad einsehen, der sich aus dem Dickicht nach hier oben durch die Felsen wand.
Ungeduldig blickte er immer wieder hinunter. Das Geräusch von Pferdehufen auf dem steinigen Untergrund sagte ihm, dass seine Komplizen erschienen. Dann tauchten auch schon drei Reiter unten aus dem Gebüsch auf. Einer von ihnen führte ein Pferd, auf dessen Rücken eine Frau quer über dem Sattel lag. Nach wenigen Minuten waren die Reiter auf dem kleinen Plateau angelangt.

Grinsend hob der eine Wang vom Pferd. Spöttisch lächelnd kam Robertson näher.

"Na, sieh einer an. Freut mich aufrichtig, die hübsche Lady zu Gast bei mir zu haben. Aber, was ist denn los mit ihr? Hoffentlich habt ihr sie nicht zu grob angefasst, ihr Idioten!"

Kleinlaut gab einer der Männer zu verstehen: "Keine Angst Boss, sie ist nur vom Pferd gestürzt. Hat sich wahrscheinlich eine Platzwunde zugezogen, nichts Schlimmes."

Einer der Männer hob Wang vom Pferd und trug sie in die Hütte, während die zwei Komplizen am Rande des Plateaus Posten bezogen.

Sie wurde auf einen Stuhl gesetzt und ihre Hände hinter dem Rücken zusammengebunden. Langsam kam Wang zu sich und stöhnte leise, während ihr die Wunde am Kopf verbunden wurde. Robertson legte ihr die Schlinge eines Lassos um den Hals. Das andere Ende des Seils warf er über einen Stützbalken an der Decke und grinste dabei böse.

"Na ... deine Freunde werden uns nicht finden, kleine Lady. Und so, wie die aussehen, werden die wohl kaum was gegen uns ausrichten. Ihr hättet auf meinen Vorschlag eingehen sollen. Dann hättet ihr euch nicht solche Probleme eingehandelt!"

Wang erkannte die Bosheit des Mannes und ärgerte sich über ihre eigene Unbesonnenheit. Wie hatte sie das nur tun können, vor lauter Zorn alleine und ohne Waffen wegzureiten!

"Ich möchte nur zu gerne dabei sein, wenn einer der Männer die Botschaft überbringt", lachte Robertson jetzt hämisch.

Wang hatte in ihrer Ausbildung einige solcher Situationen durchgespielt. Sie wusste, wie sie sich verhalten musste, aber die Wirklichkeit war schon etwas anders. Trotzdem ließ sie sich äußerlich nichts anmerken und schwieg zu alledem.

Wieder lachte Robertson laut: "Ihr seid wirklich zu dämlich! Ihr habt ein hübsches Sümmchen auf dem Konto. Da hätten wir gerne etwas davon. Ahh ... nicht, dass ihr denkt, wir wären gierig. Nein ... wir sind schon mit 50.000 Dollar zufrieden. Sind wir nicht bescheiden?"

Ein unangenehmer Zug lag in seinem Gesicht. Wang sagte nichts, schaute sich stattdessen aber aufmerksam im ganzen Raum um und bemerkte ein Messer auf dem Tisch. Doch Robertson war ihrem Blick gefolgt und bemerkte eiskalt: "Na, soll ich dir deine Schönheit damit aus dem Gesicht schneiden? Glaub nicht, dass ich das nicht tue, nur weil du eine Frau bist. Du bist mir völlig egal. So egal wie eine Küchenschabe. Du bist nur das Pfand, damit deine Freunde nicht auf dumme Gedanken kommen."

Wang erwiderte nichts und sah starr auf den Boden.

Robertson wendete sich von ihr ab und ging nach draußen. Er rief seinen Komplizen etwas zu, was sie nicht verstand und kam dann wieder in die Hütte zurück und hielt ihr ein Papier vor die Nase.

"Ich habe hier einen schönen Wisch aufgesetzt. Deine Freunde werden hübsch brav zur Bank gehen und uns dann den geforderten Betrag übergeben. Tun sie das nicht, bist du tot. Versuchen sie uns hier zu finden, bist du tot. Holen sie gar den Sheriff, bist du ebenso tot!"

Er blickte Wang lauernd mit einem kalten Lächeln an, konnte ihr aber nach wie vor keine Regung entlocken. Schließlich begann er zu prahlen: "Habt ihr etwa geglaubt, sowas lässt sich geheim halten? Tjaaa … Irrtum. Wir haben unsere Quellen. Und die sprudeln sogar bei der Bank." Robertson lachte schallend und konnte sich kaum beruhigen.

Währenddessen ritt McLean zusammen mit Durrand, Röttger und dem Androiden Robbie durch das mit dichten Büschen und Bäumen bewachsene und mit Felsen übersäte kleine Tal, das an den Ausläufern der Berge endete. Es wurde immer enger und bald gelangten sie in den schmalen Canyon, von wo aus sich der Pfad zur Hütte nach oben abzeichnete. Große Felsen gaben ihnen bis jetzt noch genug Deckung. Doch schon bald mussten sie vom Pferd steigen. Das Klappern der Hufe auf dem steinigen Untergrund hörte man hier meilenweit.

McLean zog das Schrotgewehr aus dem Scabbard und alle schlichen geduckt vorwärts. Immer darauf bedacht, in Deckung der großen Felsen zu bleiben. McLean hielt dabei nach einem Weg abseits des Pfades Ausschau. Denn hier konnte man jeden Ankömmling schon von weitem entdecken. Wenn sie überhaupt jemanden erwarteten, was sehr unwahrscheinlich war. In der kurzen Zeit, nachdem sie Wang entführt hatten, vermuteten sie bestimmt noch keine Gefahr.

McLean flüsterte den Gefährten zu: "Geht rechts herum. Dort hinten durch die Buschreihe und dann an den großen Felsen vorbei. Seht ihr diese bunten Gewächse da oben? Von dort müsstet ihr die Hütte schon sehen. Ich schleiche mich hier auf der rechten Seite hoch. Die ist zwar steiler, doch so haben wir die Burschen oben in der Zange. Ich gebe euch ein Zeichen, wenn ich oben bin. Wenn ihr den Ruf eines Steinkauzes hört wisst ihr, dass ich es geschafft habe."

Die Männer nickten und verschwanden kurz darauf. McLean machte sich an den schwierigen Aufstieg. Es war mühsam, zwischen den schroffen Felsbrocken und dem losen Untergrund vorwärtszukommen. Er hielt sich an einer verdorrten Wurzel fest, die aus einem Spalt heraushing. Doch sie brach ab und er fluchte leise vor sich hin, als er fast ausrutschte. Dann kroch er auf allen vieren auf zwei dicht beieinanderstehende Felssäulen zu. Durrand und Röttger erging es auch nicht besser, nur Robbie hatte bei dem Aufstieg keine Probleme. Schwer atmend lehnten sich Durrand und Röttger an einen Felsen und stemmten sich mit den Füßen ab. Langsam wurde es dämmrig. Einige Grillen zirpten in der warmen Abendluft und es roch würzig nach Salbei. Einzelne gelbe Arnikagewächse leuchteten zwischen dem Gestein. Doch für diese Schönheit hatten sie keinen Blick.

McLean blickte nach oben. Die Hütte war noch nicht zu erkennen, doch er erkannte ein kleines Lagerfeuer, das vor der Hütte brannte und seinen flackernden Schein verbreitete. Sie mussten jetzt vorsichtig sein, um der Vorteil der Überraschung ausnutzen zu können. McLean nahm an, dass sich ein oder zwei Mann draußen auf dem Vorsprung als Wache aufhielten. Deshalb musste er als Erstes herausfinden, wo sie sich postiert hatten. Vorsichtig kletterte McLean weiter. Ein kleiner Stein löste sich plötzlich und sprang hopsend zu Tal.

Sofort innehaltend sah er besorgt nach oben. In dieser Stille hörte man jedes Geräusch doppelt so laut. Er blickte nach drüben zur anderen Seite, wo jetzt die Freunde zu sehen waren. Er nickte ihnen zu und deutete an, weiter zu klettern.

Die Männer hatten fast das Plateau erreicht und hangelten sich schlussendlich an einem mannshohen Felsen empor. Vorsichtig über die Kante schauend, warteten sie auf das Johns Zeichen.

Auch der hatte es fast geschafft. Noch einige Yards und dann machte er halt und schaute ebenfalls vorsichtig über den Rand. Jetzt war das Dach der Hütte zu erkennen, die keine zwanzig Yards vor ihm lag. Durch die zunehmende Dunkelheit konnten die Männer allmählich kaum noch etwas erkennen. Er legte die Hände zu einem Trichter geformt an den Mund und ahmte wie vereinbart den Ruf eines Steinkauzes nach.

McLean konnte jetzt einen der Männer entdecken, der zwischen der Hütte und einem Felsen stand. Im Schein des kleinen Lagerfeuers blickte er auf den Kopf und die Schultern. Von den übrigen Entführern war nichts zu sehen. Wahrscheinlich hielten sie sich in der Hütte auf. Bis zu dieser war jedoch freies Gelände. McLean überlegte, wie man ungesehen zu dem Kerl da drüben hinkam. Nirgendwo gab es Deckung. Er wandte seinen Blick zur anderen Seite, wo er die Freunde zwischen den Felsen und einigen dürren Sträuchern sah. Er gab ihnen zu verstehen, dass er sich an den Mann anschleichen würde und deutete dabei auf sein Messer. Der Mann musste lautlos getötet werden, bevor die anderen etwas mitbekamen. Doch für einen gezielten Wurf war es zu weit und auch schon zu düster, also musste er sich etwas einfallen lassen.

Als er einen kleinen Stein aufnahm, um den Mann aus der Deckung zu locken, rutschte er unvermutet aus. Der lose Untergrund und der schlechte Stand brachten ihn ins Wanken, sodass Steine und Geröll ins Tal hinunter polterten. Gedanklich auf sich selbst fluchend duckte sich McLean und beobachtete, wie der Mann hinter der Hütte aufhorchte. Misstrauisch um sich blickend kam er direkt auf ihn zu, sein Gewehr im Anschlag. McLean konnte sich so schnell nirgends verstecken und setzte jetzt alles auf eine Karte. Er holte weit aus und sprang gleichzeitig aus der Deckung hervor.

Bevor sein Gegner reagieren konnte, warf er das Messer. Er traf genau. Das schwere Bowiemesser hatte den Hals des Mannes erwischt. Gurgelnd und mit weit aufgerissenen Augen griff er nach dem Knauf. Sank dann aber lautlos zu Boden und blieb regungslos liegen. Leise röchelnd verkrampften sich seine Hände im Boden. Seine Beine zuckten noch ein paar Mal. Dann lag er still da.

McLean hoffte, dass keiner der anderen etwas gehört hatte und schlich in geduckter Haltung weiter, um hinter der Hütte zu verschwinden. Als er am Toten vorbeikam, zog er ihm noch das Messer aus dem Hals. Kurz bevor er die schützende Deckung erreicht hatte, nahm er aus dem Augenwinkel eine Bewegung wahr. Doch es war zu spät: Ein harter Schlag traf ihn am Kopf und er sank bewusstlos zu Boden.

Während Röttger und Durrand auf das Johns Zeichen warteten, dass er den Aufstieg bewältigt hatte, holten sie ihr Tablet heraus. Aufgrund der Infrarotortung der Flugdrohne, die alle Daten übermittelte, sahen sie sich das Geschehen an der Hütte an. Dabei wurde deutlich, dass John bei seinem Vorhaben aller Wahrscheinlichkeit nach in eine Falle geraten würde. So entschieden sie, dass sie ihm Robbie als Rückendeckung hinterherschicken würden. Nach einer kurzen Anweisung bewegte sich der Android schnell und lautlos auf Johns Position zu, als der einen Moment später sein Messer warf. Es ging also los.

Röttger und Durrand liefen über das Plateau und schlichen von der anderen Seite aus um die Hütte herum. Als sie die Stelle erreichten, wo sich John befinden musste, sahen sie jemanden am Boden liegen. Ein Mann beugte sich über ihn. Gerade als sie eingreifen wollten tauchte wie ein Blitz Robbie auf und überwältigte den Outlaw rasch und lautlos. Während dieser gefesselt wurde, rappelte sich McLean langsam auf und hielt sich dabei den Kopf.

"Verdammt ... hat mich doch dieser Dreckskerl tatsächlich erwischt. Hatte ihn garnicht gesehen!"

Plötzlich erklang die besorgte Stimme von Robertson aus der Hütte: "Was ist da los, Leute? Alles OK bei euch da draußen? Was treibt ihr da?"

McLean flüsterte: "Ein Mann von Robertson muss auch noch da drin sein. Wenn wir jetzt nicht schnell handeln, kann es für Li brenzlig werden."

Röttger gab dem Androiden eine leise Anweisung und schon ertönte eine modifizierte Stimme aus dessen Mund, die dem des eben überwältigten Mannes glich. Die Stimmen dieser Bande waren aufgezeichnet worden, als Li überfallen worden war, denn alle Androiden waren mit der Flugdrohne ständig in Kontakt. Das würde man jetzt ausnutzen.

"Boss ... hier hat sich einer herumgeschlichen. Wir haben ihn erledigt ... alles in Ordnung."

McLean deutete Durrand und Röttger an, sich neben der Tür zu postieren. Denn obwohl Robbie geantwortet hatte, mussten sie damit rechnen, dass der dritte Mann, die rechte Hand von Robertson, herauskam, um sich davon zu überzeugen, dass die Lage geklärt war. Schon aus reinem Misstrauen heraus würde er das tun. Also postierten sich die zwei links und rechts neben der Tür, während McLean geduckt wartete.

Und wie vorausgesagt öffnete sich die Hüttentür und der Kerl trat langsam heraus. Da er jetzt vom Licht in die Dunkelheit kam, war er einen Moment lang wie blind und konnte die Gefahr nicht erkennen. Durrand und Röttger überwältigten den Mann sofort und McLean stürmte zur Tür herein.

Robertson stand keine zwei Yards vor ihm. McLean stürzte sich wie ein Berserker auf ihn, sodass der keine Zeit mehr fand, seine Waffe zu ziehen. Beide fielen durch den Aufprall zu Boden. McLean jedoch stand schnell wieder auf den Beinen. Robertson, total überrascht von dem Angriff, rappelte sich mühsam auf und stand geduckt vor ihm. McLean holte weit aus und traf Robertson mit der Faust im Gesicht. Blut spritzte aus seiner Nase. Und noch ein rechter Haken von McLean, doch dann landete Robertson einen Schlag gegen McLeans Brust. Beide umklammerten sich und fielen zu Boden. Staub wirbelte auf. Keuchend und schreiend griff Robertson nach einem Stück Holzbalken und versuchte, McLean eins über den Schädel zu ziehen. Der lag halb auf dem sich windenden und sträubenden Gegner und packte dessen Arm. Mit aller Kraft drehte er ihn nach hinten. Ehe der Arm brach, ließ Robertson den Balken schließlich los. Beide wälzten sich durch den Staub der Hütte. McLean erwischte Robertson mit der Linken im Gesicht und konnte ihn mit einem Tritt von sich stoßen. Der flog an die Wand und fiel daran herunter, riss seinen Colt heraus und wollte schießen. Doch McLean erwischte einen hölzernen Eimer und warf ihn nach Robertson. Dem fiel die Waffe aus der Hand und er taumelte zurück. Mit einem Hechtsprung warf sich McLean auf den Colt und riss ihn hoch. Doch die Waffe versagte. In Panik flüchtete Robertson ins Freie. McLean warf den Revolver von sich und stürzte sofort hinterher.

Als John in die Hütte stürmte war Durrand sofort zu Wang gerannt, löste das Lasso um ihren Hals und verließ mit ihr die Hütte, während die beiden Männer miteinander kämpften. Draußen hatte er sich mit ihr ins Abseits begeben, wo er ihre Fesseln durchschnitt.
Röttger schaute sich in der Zeit das ganze Kampfgetümmel an. Zur Not würde er eingreifen, aber es war ihm klar, dass John diese Situation auf seine Weise erledigen wollte.
Robertson stand wankend draußen. Wie ein wilder Stier rannte McLean jetzt in gebückter Haltung, mit dem Kopf voran, in Robertson hinein. Durch die Wucht des Aufpralls

landeten beide wieder am Boden. McLean war als erster wieder auf den Beinen. Er riss Robertson mit beiden Händen auf die Beine zurück. Dann schlug er zu. Immer wieder. Dem Stakkato der Schläge konnte Robertson nichts entgegensetzen. Er stöhnte und stand keuchend und gebückt da, als McLean ihn mit einem Aufwärtshaken am Kinn traf. Robertson fiel wie ein nasser Sack um und regte sich nicht mehr. Es war vorbei.

McLean ließ sich auf die Knie fallen und stützte sich mit beiden Händen auf dem Boden ab. Schwer atmend und keuchend vom Kampf war er am Ende seiner Kräfte. Nachdem alles vorbei war, kam Röttger und half ihm auf die Beine. McLean wischte sich mit dem Handrücken über den blutenden Mund und ging mit ihm zu den anderen. Robbie scannte gerade Wang und stellte fest, dass sie sich durch den Sturz vom Pferd eine angeknackste Rippe und einige Prellungen zugezogen hatte sowie eine leichte Gehirnerschütterung. Er injizierte ihr ein Notfallmedikament, sodass es ihr möglich sein würde, langsam zur Ranch zurückzureiten. McLean hatte eine Platzwunde am Kopf und einen Riss in der Unterlippe; diese kleinen Wunden waren schnell versorgt.

Die Frage stand im Raum, was sie mit drei lebenden Schurken anfangen sollten.

"Die bringe ich morgen nach Waco", sagte McLean. "Dort kann der Marshal den Sheriff in Austin benachrichtigen, der diese Galgenvögel abholen kann. Die werden für einige Zeit auf Staatskosten leben müssen!" Nachdem man eine flache Grube ausgehoben und Steine auf den Toten aufgeschichtet hatte, wurden die halb bewusstlosen Outlaws auf ihre Pferde gesetzt. Anschließend ritt die Truppe zurück zur Ranch. Die Verbrecher wurden bis zum kommenden Morgen eingesperrt, unter ständiger Bewachung durch beide Androiden. McLean erhielt noch eine Injektion, die er wie in alten

Zeiten mit einem Ausspucken quittierte. Wang zog sich in ihr Zelt zurück, nachdem sie eine zweite Dosis für ihre Heilung erhalten hatte. Tief und traumlos schlief sie die Nacht   durch.

Am nächsten Morgen saßen alle beim Frühstück zusammen. Wang erschien und umarmte erst einmal ihre Retter. Man sah ihr die erlebten Strapazen an, aber auch die Erleichterung darüber, dass alles noch mal gut ausgegangen war. Sie entschuldigte sich für ihr törichtes Benehmen, so kopflos davongeritten zu sein. Woraufhin Schwarz und Pawlow ebenso reumütig eingestanden, daran nicht ganz unschuldig gewesen zu sein. Sie entschuldigten sich nacheinander bei Wang für ihr Verhalten und versprachen Besserung. Röttger meinte dann lachend, dass man sich nun wirklich genug entschuldigt hätte.

Alle sollten es sich eine Lehre sein lassen, mit welchen Gefahren man in diesem Land eben rechnen musste. Er gab die Anweisung, dass niemand mehr alleine ausreiten oder ohne Begleitung Besorgungen machen sollte. Bedauerlicherweise war ausgeplaudert worden, dass sie einen Haufen Geld besaßen, was leider nicht mehr zu ändern war. Sie diskutierten noch einige Zeit über diese Situation und McLean tat kund, dass er gleich aufbrechen würde, um die drei Schurken in Waco abzuliefern.

"Wer von euch kommt mit?", fragte er. Denn um die Gefangenen nach Waco zu schaffen war es sicherer, noch jemanden dabei zu haben. Er traute diesen Halunken alles zu, also würde ihn ein Robbie in die Stadt begleiten. Durrand schlug vor, dass sie sich den Rest des Tages quasi frei nehmen sollten, sodass sich jeder von den Aufregungen und Strapazen erholen konnte. Damit waren alle mehr als einverstanden. Sie verabredeten sich jedoch für den Abend, um beim allabendlichen Lagerfeuer die Rettung zu feiern.

Am Nachmittag kam McLean zurück. Er erzählte, dass diese Outlaws schon bekannt gewesen waren. Robertson und seine Kumpane wurden tatsächlich wegen mehrerer solcher Erpressungen und Entführungen gesucht. Und man hatte ihm auch erzählt, dass ein Bankangestellter im Verdacht stand, dieser Bande Tipps zukommen zu lassen. So suchten sie sich die profitabelsten Kunden aus und beraubten sie. Es waren wieder mal einige, üble Gestalten dem Gesetz übergeben worden.

Die Männer hatten jede Menge Feuerholz zusammengesucht und so loderte am frühen Abend bald ein warmes, einladendes Feuer und entsandte seine Funken zu den Sternen.
"Unsere erste Feuerprobe im Wilden Westen haben wir bestanden!"
Pawlow prostete mit einem Whisky in der Hand den anderen zu. Jeder hatte ein Glas in der Hand und genoss still das gemeinsame Beisammensein.
Li Wang saß in eine Decke gehüllt und schaute lange ins flackernde Feuer.
John McLean erhob sich plötzlich und setzte sich neben sie. Er schaute sie mit seinen graublauen Augen lächelnd und einladend an.
"Miss ... Li, wenn ich das sagen darf ... ich bin sehr froh, dass es dir gutgeht."
Dann ergriff er ihre Hand. Warm, stark und verläßlich u- umschloss seine Hand die ihre. Verblüfft musste sie an ihren Traum denken ... und plötzlich erkannte sie, was ihr der Traum hatte sagen wollen.
"John", begann Wang mit einem tiefen Atemzug, "ich mag dich sehr ... und wäre ich in dieser Zeit geboren, dann wärest du ganz sicher mein Traummann. Ich wünsche dir von ganzem Herzen eine Frau, die dich wirklich glücklich macht. Aber ich ... ich kann das nicht sein."

Dabei drückte sie fest seine Hand und zog die ihre sanft zurück.

McLean presste die Lippen zusammen, atmete tief durch und nickte nur stumm. Er hatte verstanden. Obwohl er sich Chancen ausgerechnet hatte, war es wohl auch besser so. Li Wang war für diese, seine Welt wohl nicht geschaffen.

Michael Röttger, der immer mal wieder zu Wang hingeschaut hatte und nun beobachtete, wie John innig ihre Hand hielt, stand abrupt auf. Er holte einige Äste für das Lagerfeuer und kniete sich dann nieder, um das Holz geschäftig im knisternden Feuer zu verteilen.

Aus dem Augenwinkel bemerkte er dennoch, wie Li aufstand. Als er hochblickte und sah, wie sie langsam mit leuchtenden Augen auf ihn zukam, erhob er sich ebenfalls.

Da war sie wieder ... diese Magie zwischen ihnen ... und während sich eine tiefe Freude und Gewissheit in ihm ausbreiteten, streckte er ihr instinktiv die Hände entgegen, um sie warm in seinem Leben willkommen zu heißen.

Kapitel 11 Die Rettungsmission

In der Zentrale der SOLARIS, dem neuen Flaggschiff der USOP herrschte eine greifbare Spannung, auch wenn die Crew wie üblich ihren Routineaufgaben nachging.

Admiral Liu saß in seinem Kommandosessel und ließ seinen Blick in der riesigen Zentrale umherschweifen.

Was für ein traumhaftes Raumschiff, dachte er für sich. Wenn auch nur vorübergehend. Denn sollte die Rettungsmission gelingen, würde Commander Röttger die SOLARIS als Befehlshaber übernehmen. Er hatte jetzt lange Zeit als Geschwader Kommandant gedient und erwartete nach seiner Rückkehr sein Ausscheiden aus dem Außendienst. Ein Flaggschiff hatte immer die unangenehme Eigenschaft, zu sehr im Mittelpunkt der Öffentlichkeit zu stehen. Das hatte er mit dem bisherigen Flaggschiff EARTH mehr als einmal zu spüren zu bekommen. Man hatte ständig Politiker am Hals, die sich öffentlichkeitswirksam präsentieren wollten und einen Haufen nerviger Zivilisten, die mal wieder neue Experimente durchführen wollten. Und jetzt hatte er einen davon an Bord, den Chefwissenschaftler der USOP, Sergey Pawlow!

Von allen hoch gelobt hatte er nahezu alle Narrenfreiheiten, und das trotz seiner Jugend. Aber seine arrogante Art und die ständig zur Schau getragene gute Laune gingen ihm, gelinde gesagt, auf die Nerven. Bedauerlicherweise war er der Schlüssel zur Rettung der Besatzung der EXTREMUS 1. Denn er hatte die neuen Generatoren entwickelt, die gerade ihre Arbeit aufgenommen hatten. Die SOLARIS nahm jetzt mit WARP 3 Fahrt auf und auf der riesigen Borduhr war zu sehen, wie sich die Zeit rückwärts zu bewegen begann. Die Reise in die Vergangenheit hatte begonnen.

Im Innern des Raumschiffes brummten die Energiemeiler auf Hochtouren. Sie mussten die ungeheure Energie für die speziellen Generatoren liefern, denn das von ihnen erzeugte Raumzeitkrümmungsfeld umfasste die SOLARIS gesamthaft.

In der Zentrale konnte man fast sichtbar wahrnehmen, wie die bisher gute Stimmung langsam einer Anspannung und leichten Besorgnis wich. Mit jeder Minute entfernten sich die SOLARIS und ihre Besatzung von der bekannten Welt des Jahres 2153. Niemand wusste, was sie wirklich erwartete. Ob sie das Jahr 1882 wirklich erreichen würden. Und noch viel wichtiger: ob sie auch wieder unbeschadet zurückkamen!

Nur die Androiden, die jetzt im Wesentlichen das riesige Raumschiff steuerten, zeigten sich von der menschlichen Schwäche vollkommen unberührt. Bisher gab es auch kein Grund zur Sorge. Alle Anzeigen waren im grünen Bereich.

Der Funkkontakt zur Mondbasis war, wie erwartetet, bereits vier Minuten nach dem Start abgebrochen. Denn nachdem das Raumzeitfeld aufgebaut war, befand sich die SOLARIS jetzt in einem eigenen, mit menschlichen Sinnen nicht erfassbaren, Kontinuum. Nur die Uhr bewegte sich in dieser unwirklichen Umgebung und hatte gerade das erste Jahrzehnt rückwärts hinter sich gebracht.

Sergey Pawlow stelzte wie ein Pfau vor den Anzeigen der Generatoren hin und her und ließ jeden laut hören, wie zufrieden er war.

"Phantastisch ... hervorragend ... wie gut das alles funktioniert! Damit ist der Grundstein für zukünftige Zeitreisen gelegt. Wir werden ganze Epochen der Menschheit vor Ort studieren!" Dann belehrte er seine Assistenten: "Leute, bald seht ihr den Wilden Westen live und nicht nur in einer Hologramm Version!"

Der erste Officer Angelika Färber unterbrach ihn endlich: "Schön, Mr. Pawlow, dass Ihnen Ihre Erfindung soviel

Begeisterung entlockt. Ich möchte Sie bescheiden daran erinnern, dass wir auf einer Rettungsmission sind und erst am Ende wissen, ob alles wirklich so phantastisch verlaufen ist, wie Sie es uns gerade beschrieben haben. Die Männer und Frauen dieses Schiffes haben im Vertrauen auf Ihre Technik soeben alles Bekannte und ihre Familien zurückgelassen, um die Besatzung der EXTREMUS 1 zu retten. Deshalb wäre es wünschenswert, wenn sie Ihr Augenmerk ganz auf das weitere Funktionieren der Technologie legen würden. Ich bin gerne bei Ihrer Erfolgsparty dabei, wenn wir alle heil ins Jahr 2153 zurückgekehrt sind!"

Nach diesen Worten löste sich die Spannung etwas und Gelächter erklang. Admiral Liu blickte stolz auf seinen ersten Officer. Sie hatte mit den richtigen Worten die Stimmung erheblich verbessert und dieses Traumgenie geschickt zurechtgestutzt. Doch der wollte sich nicht so schnell einnorden lassen und erwiderte mit einem arroganten Zwinkern: "Officer, Sie stehen auf meiner Einladungsliste an erster Stelle. Eine bessere Begleitung für die Party kann ich mir nicht wünschen."

Commander Krämer wollte gerade zu einer scharfen Antwort ansetzen, als die Alarmsirenen losheulten und eine KI erzeugte Stimme durch die Zentrale hallte: "Energieversorgung der Raumfeldgeneratoren ist nicht mehr gewährleistet. Aus Sicherheitsgründen erfolgt eine Notabschaltung in 10 Sekunden."

Und schon begann die Stimme rückwärts zu zählen. Bei Null wurden die Außenbildschirme schlagartig wieder aktiv und zeigten die Schwärze des Weltraumes.

Ein Blick auf die Borduhr zeigte den 16.07.1969, 14.32 UTC, an. Im gleichen Augenblick empfingen sie Funksprüche: "Hier Houston an Apollo 11. Sie haben soeben den Start erfolgreich bewältigt."

"Ach du liebe Zeit!", riefen die ersten Crewmitglieder, "ist das etwa die erste Mondlandung? Die starten zur ersten Mondlandung!!!"

Eine allgemeine Aufregung machte sich breit. Alle starrten gebannt auf die Außenbildschirme.

Die scharfe Stimme von Admiral Liu übertönte plötzlich alle Geräusche in der Zentrale: "Kommandant an Ortung: Wo befinden wir uns?" und zu Pawlow sagte er scharf: "Mr. Pawlow, hatten Sie schon Gelegenheit, festzustellen, warum Ihre gerade so besungene Erfindung anscheinend ihren Geist aufgegeben hat?"

Dann donnerte seine Stimme durch die Zentrale: "Alle anderen sofort auf ihre Stationen. Alarmstufe 1, volle Gefechtsbereitschaft herstellen."

Nach und nach meldeten die einzelnen Sektionen volle Bereitschaft. Die Schotten waren überall zugefahren worden, damit im Falle eines Druckabfalls nur einzelne Sektionen betroffen waren. Praktisch gesehen befand sich die SOLARIS in einem Verschlusszustand, wie Experten die Kampfbereitschaft bezeichneten. Gleichzeitig hatte sich ein Tarnfeld um das Raumschiff gelegt. Die Ortung meldete mittlerweile, dass man sich 6.000 Meilen vor dem Mond befand.

Die Fernortung hatte das kleine Raumschiff, das die Erde gerade verlassen hatte, bereits erfasst und an Hand der gespeicherten Archivbilder dieses tatsächlich als Apollokapsel identifiziert. Damit waren auch die Astronauten bekannt: Neil Armstrong, Edwin Aldrin und Michael Collins. Sie würden am 20. Juli 1969 um 21.17 UTC auf dem Mond landen.

So langsam kehrte wieder die geschulte Routine ein. Admiral Liu nahm zufrieden zur Kenntnis, dass im Ernstfall Verlass auf die Mannschaft war. Allerdings konnte an den Zeiten bis zur vollständigen Gefechtsbereitschaft noch gefeilt werden. Hier war noch Luft nach oben. Und so ordnete er an, dass jeden zweiten Tag ein Probealarm trainiert werden sollte. Voraussetzung war natürlich, dass dieser Pawlow seine Raumzeitfeldgeneratoren wieder hinbekam. Ansonsten waren sie im Jahr 1969 gestrandet! So, jetzt würde er diesem Pawlow erst einmal Feuer unter'm Hintern machen.

Kaum hatte er daran gedacht, ging ein enormer Beschleunigungsruck durch das Raumschiff und von einer Minute auf der anderen wurde alles durchsichtig wie in einer Glaskugel! Es gab erschrockene Ausrufe, aber der Spuk war bereits wieder vorbei. Das Raumschiff befand sich jetzt im Sonnensystem, normal funktionierend, einschließlich der Tarnung.

Ein weiterer Funkspruch wurde gerade aufgefangen: "Houston, hier Neil Armstrong. Haben soeben ein unbekanntes Flugobjekt gesichtet. Eine blaue, leuchtende Glaskugel bewegte sich mit einer unglaublichen Geschwindigkeit an uns vorbei."

Minuten später kam zurück: "Hier Houston, unsere Satelliten konnten kein unbekanntes Flugobjekt erfassen. Sind Sie sich sicher, dass Sie nicht einer Sonnenspiegelung aufgesessen sind?"

Armstrong sah seine beiden Kollegen an und schlug schließlich vor: "Ich meine, wir sollten es dabei belassen. Beharren wir darauf, erklären die uns bei unserer Rückkehr noch für verrückt! In dem Fall dürften wir niemals wieder in das Weltall fliegen. Also – einverstanden, wenn ich ein "Das ist gut möglich" melde?" Aldrin und Collins stimmten ihm zu und so meldete er diese Worte an Houston zurück.

Im Raumschiff SOLARIS atmeten Admiral Liu und die Besatzung auf. Das war ja gerade nochmal gut gegangen. Eine Jagd nach Ufos hätte ihnen gerade noch gefehlt und hätte die Geschichte verändern können! Dann fiel ihm ein, dass er sich gerade Pawlow zur Brust hatte nehmen wollen, bevor der Zwischenfall geschah. Und so schritt er zielgerichtet zum Pawlows Arbeitsplatz in der Zentrale und begann mit betont sanfter Stimme: "Mr. Pawlow, bei allem Respekt vor Ihren wissenschaftlichen Leistungen. Sollten Sie noch einmal unangekündigt Versuche mit meinem Schiff unternehmen, stelle ich Sie unter Arrest wegen vorsätzlicher Gefährdung der Besatzung und des Raumschiffes. Haben wir uns jetzt verstanden? Ohne Genehmigung von mir oder meinem ersten Officer werden Sie nichts mehr im Alleingang unternehmen!"

Pawlow sah Admiral Liu betreten an und beeilte sich, ein korrektes "Jawohl, Sir!" herauszubringen. Er wusste, wann er klein beigeben musste. Denn in dieser Verfassung, so hatte er sich sagen lassen, war mit dem Admiral nicht mehr gut Kirschen essen.

Admiral Liu schaute ihn einen Moment lang schweigend an und bemerkte dann: "Gut, dass wir das klären konnten. Und nun erläutern Sie mir bitte verständlich, was Sie als Nächstes zu tun gedenken, um uns wieder flott zu bekommen!"

Admiral Liu nahm mit Zufriedenheit zur Kenntnis, dass der Bursche immerhin wusste, wann Schluss mit lustig war.

Pawlow begann sein Vorhaben zu erklären: "Wir werden nicht darum herumkommen, die Spulen der Raumzeitfeldgeneratoren auszubauen. Erst dann werde ich sehen, wo der Fehler liegt. Ich würde deshalb vorschlagen, dass wir uns auf die erdabgewandte Seite des Mondes zurückziehen. Da dürften wir der Apollo-Mission nicht in die Quere kommen."

"Wie lange werden Sie benötigen?", fragte Admiral Liu knapp.

"Der Ausbau dürfte in drei Stunden erledigt sein. Die Fehlersuche ist schwer vorherzusagen", antwortete Pawlow und gab umgehend den Androiden die Anweisung, mit dem Ausbau zu beginnen. Admiral Liu wies die Besatzung an, das Raumschiff unter voller Aufrechthaltung der Gefechtsbereitschaft hinter den Mond zu fliegen. Danach zog sich der Admiral in seine Kabine zurück.

Zwei Stunden später erreichte ihn ein Dringlichkeitsanruf von Pawlow: "Sir, es wäre besser, Sie kommen herunter zum Maschinendeck. Ich möchte Ihnen etwas zeigen."

Admiral Liu befahl Officer Krämer, ihn zu begleiten. Zehn Minuten später trafen sie auf dem Maschinendeck ein, wo sie von Pawlow in der Sektion erwartet wurden, in der die Raumzeitfeldgeneratoren montiert waren. Pawlow zog beide zur Seite, sodass niemand zuhören konnte: "Sir, es handelt sich eindeutig um Sabotage. Die Energieverbindungen zu den Generatoren wurden gezielt gestört."

Admiral Liu nahm die Botschaft still auf, während sich Färber empörte: "So ein Mistkerl! Wenn ich den erwische, dann wird er den Tag verfluchen, an dem er Mitglied der Raumflotte wurde!"

"Immer mit der Ruhe", beschwichtigte Admiral Liu nachdenklich, "wir werden mit GOLEM beraten, wie wir vorgehen."

Und zu Pawlow gewandt fragte er: "Bekommen Sie das wieder hin?"

"Kein Problem, Sir, in zwei Stunden können wir voraussichtlich wieder weiterfliegen."

"Gut, zu niemanden ein Wort. Anderen Personen außer uns dreien ist der Zutritt nur noch mit meiner Genehmigung gestattet. Ab sofort wird der Maschinenraum von vier Kampfrobotern bewacht. Die Bedienung der Terminals erfolgt nach durch Androiden."

Danach zogen sich Admiral Liu und Officer Krämer in den Konferenzraum der Raumschiffzentrale zurück. Die Abhörsicherheit wurde aktiviert und Admiral Liu nahm Kontakt zur Schiffsintelligenz GOLEM auf.

Die KI erschien in Gestalt eines männlichen Hologramms und kommentierte umgehend den Vorfall: "Nach meinen Auswertungen sollte die Sabotage durch Nanospreng-kapseln zu Beginn unserer Reise eintreten. Allerdings er-folgte die geplante, komplette Unterbrechung der Ener-giezufuhr nicht, da nur einige wenige Kapseln zündeten. Dadurch entstand die Störung erst nach einiger Zeit. Ich rate zur Vorsicht, aber halte ich es für unwahrscheinlich, dass sich der oder die Attentäter noch an Bord befinden. Die angeordnete Bewachung der Sektion durch Kampfro-boter ist daher zurzeit aus meiner Sicht ausreichend. Ich schlage darüber hinaus vor, bei unserer Rückkehr das Flottenkommando beim Anflug sofort zu informieren. Die Landung sollte später unter besonderen Vorsichtsmaß-nahmen stattfinden.

Der von mir automatisch initiierte Selbsttest aller techni-schen Anlagen und die gezielte Suche nach weiteren Na-nosprengkapseln hat nichts zum Vorschein gebracht. Nach Abschluss der Reparaturarbeiten kann die Reise wieder aufgenommen werden."

Admiral Liu und Officer Krämer nahmen die Beurteilung von GOLEM mit großer Erleichterung auf. Offiziell wurde der Besatzung nun mitgeteilt, dass es sich um eine tech-nische Störung gehandelt hatte, verursacht durch ein feh-lerhaftes Bauteil. Nach Abschluss der Reparaturarbeiten sei mit dem Weiterflug in einigen Stunden zu rechnen.

Nach drei Stunden und einem erfolgreich absolvierten Testlauf, gönnte Admiral Liu sich und der Besatzung den grandiosen Augenblick, die erste Mondlandung der Menschheit um 21.17 Uhr UTC live mitzuerleben. Ein Er-lebnis, vom dem sie bei der Rückkehr ins Jahr 2153 stolz berichten konnten.

Um 22.00 Uhr UTC, 20.07.1969, nahm die SOLARIS er-neut ihre Zeitreise auf.

Die Besatzung sah gespannt auf die Borduhr, auf der die Zeit zurücklief.

Mai 1900 ... das Jahr 1882 erschien, Dezember, November ... und da kam der April 1882. Wie vorgesehen stoppten die Raumzeitfeldgeneratoren.

Sofort wurde die Ortung aktiviert und die Umgebung nach Energieemissionen der EXTREMUS 1 gescannt. Die Standortbestimmung ergab, dass man sich nach wie vor in der Nähe des Mondes befand, von wo aus die SOLARIS am 20. Juli 1969 ihren Flug fortgesetzt hatte. Nach dieser Meldung kam Jubel bei der Besatzung auf. Die Reise ins Jahr 1882 war geglückt!

Die Raumüberwachung meldete jetzt drei künstliche Objekte. Eins befand sich hinter dem Mond, ca. 5.000 Meilen von der SOLARIS entfernt, und ein anderes Objekt umkreiste den Mars. Ein drittes befand sich im Orbit der Erde.

Die Funkabteilung fragte an, ob das Objekt im Orbit der Erde zwecks Identifizierung angefunkt werden sollte.

Nach kurzer Überlegung und Austausch mit GOLEM, verneinte Admiral Liu. Stattdessen ordnete er das Ausschleusen von drei Beibooten an, unter dem Kommando von Officer Krämer.

Die SOLARIS 1 sollte zum Mars fliegen und das Objekt dort identifizieren. SOLARIS 2 würde sich um das Objekt in der Nähe des Mondes kümmern. Und SOLARIS 3 flog das Objekt im Orbit der Erde an. Sollte es sich um die EXTREMUS 1 handeln, dann konnte der Kontakt hergestellt werden. Nach zehn Minuten befanden sich die drei Raumschiffe im Weltall und flogen die vorgegebenen Ziele an.

In diesem Augenblick ertönte plötzlich eine Stimme in der Zentrale der SOLARIS.

"Hier ist die EXTREMUS 1, unter der Leitung von Robbie 5. Bitte identifizieren Sie sich sofort. Ansonsten betrachte ich Ihren unangekündigten Anflug auf die Erde als kriegerischen Akt."

Nach einem kurzen Blick auf Admiral Liu, der zustimmend nickte, beantwortete der diensthabende Officer den eingetroffenen Funkspruch: "Hier ist die SOLARIS, Flaggschiff der USOP, unter dem Kommando von Admiral Liu. Wir freuen uns, von euch zu hören. Ist Commander Röttger oder Commander Durrand an Bord?"

Sekunden später kam die Antwort: "Ich bestätige die Identifizierung und heiße die SOLARIS willkommen. Die ganze Crew befindet sich zurzeit auf der Erde."

"Robbie 5, wir sind hier, um euch abzuholen. Ich bitte um eine Bestätigung von Jahr und Monat."

"Es ist der 7. April 1882, Erdzeit. Soll ich die Crew über die Ankunft der SOLARIS informieren?"

Nach kurzer Beratung mit GOLEM wies der Admiral an, dass das Shuttle mit der Besatzung unverzüglich zurückkehren sollte. Es musste ein möglicher Schaden in der Zeitlinie verhindert werden, daher war es absolut vorrangig, schnellstens in die Gegenwart zurückzukehren.

Nachdem Robbie 5 die Anweisung bestätigt hatte, brandete erneut ein begeistertes Stimmengewirr auf. Sie hatten das Wunder vollbracht und die EXTREMUS 1 gefunden! Es hatte alles geklappt und damit war auch die Rückkehr in Reichweite!

Admiral Liu ließ die Besatzung gewähren, entlud sich doch damit auch die Angst und die Anspannung, die sie die ganze Zeit mehr oder weniger stark begleitet hatte.

Wie real die Gefahr gewesen war, hatte der Zwischenfall im Jahre 1969 allen vor Augen geführt. Aber diese unglaubliche Erfindung von Pawlow hatte diese Rettung tatsächlich möglich gemacht.

Nachdem die Crew ihre erste Nacht in der texanischen Wildnis verbracht hatte und dabei war, ihre Sachen zu-sammenzupacken, erreichte sie der Funkspruch.

"Leute, kommt und hört euch das an", rief Commander Röttger aufgeregt, "Robbie 1, bitte wiederholen!"

"Hier Robbie 1, wir befinden uns im Landeanflug auf eu-ren Standort. Im Orbit wartet die SOLARIS 3 darauf, uns abzuholen. Wir kehren in das Jahr 2153 zurück. Das ist eine Nachricht von Admiral Liu."

"Gott sei Dank", murmelte Durrand, während er sofort be-gann, die Sachen mit den Robbies zusammenzupacken. So schnell war es allen noch nie von der Hand gegangen, so erleichtert und beschwingt, wie sie sich fühlten. Und schon setzte das Shuttle auf.

Die Androiden transportierten in Windeseile alle Ausrüs-tung in das Raumschiff, während die Mannschaft noch einmal tief die klare Luft einatmete und etwas bedauernd von dieser faszinierenden, unberührten und menschen-leeren Wildnis Abschied nahm.

An Bord stellte Commander Röttger sofort den Kontakt mit der SOLARIS her: "Hier ist der militärische Comman-der der EXTREMUS 1, Michael Röttger. Sie glauben gar nicht, wie froh wir sind, Sie zu hören, Admiral Liu! Wie ha-ben Sie dieses Wunder vollbracht, Sir?"

"Das ist eine lange Geschichte", lachte Admiral Liu. "Kom-men Sie erst Mal an Bord der EXTREMUS 1. Dort wird Sie das Beiboot SOLARIS 3 erwarten und aufnehmen. Wir werden Ihr Raumschiff in den Orbit des Mondes flie-gen. Dort wird die EXTREMUS 1 bleiben, bis die Umrüs-tung auf die neuen Raumzeitfeldgeneratoren abgeschlos-sen ist. Auch Ihr WARP-Antrieb muss repariert werden. Alle weiteren Einzelheiten besprechen wir an Bord der SOLARIS. Wir sehen uns nachher."

Röttger bestätigte, und bereits nach einigen Minuten hob das Shuttle ab. Der Austausch zwischen der SOLARIS 3 und der EXTREMUS 1 war nach 30 Minuten abgeschlossen. Und nach einer weiteren Stunde nahmen die beiden Raumschiffe die Fahrt Richtung Mond auf.

In der Zwischenzeit waren die anderen beiden Beiboote wieder zur SOLARIS zurückgekehrt und hatten gemeldet, dass es sich bei den anderen Objekten um ausgesetzte Sonden der EXTREMUS 1 handelte. Die SOLARIS 1 hatte den Flug zum Mars in der Zwischenzeit für einen Test des neuen WARP-Antriebs genutzt. Der hatte einwandfrei funktioniert und den Hin- und Rückflug zum Mars auf sagenhafte 3 Stunden verkürzt! Die bisherigen, konventionellen Raumschiffe der Erde brauchten alleine für den Hinflug 7 Tage! Es war ein neues Zeitalter angebrochen. Diese Technologie würde der Menschheit endlich die Weite der Galaxis erschließen, und damit hoffentlich den so dringend benötigten, neuen Lebensraum.

Inzwischen war die Crew der EXTREMUS 1 an Bord der SOLARIS eingetroffen. Die Männer und Li Wang wurden von allen freudig begrüßt. Auch die beiden Brüder Sergey und Andrey Pawlow umarmten sich und waren froh, sich heil wiederzusehen.

Admiral Liu hatte am Abend eine Feier anlässlich der Rettung genehmigt, an der alle teilnahmen. Anschließend zogen sich Admiral Liu, Röttger und Durrand in den Konferenzraum der Zentrale zurück, wo GOLEM sie bereits in einem der Stühle als Hologramm erwartete.

Röttger und Durrand berichteten Admiral Liu ausführlich von den Geschehnissen, die zur Strandung der EXTREMUS 1 geführt hatten. Im Gegenzug berichtete Admiral Liu über die Ereignisse nach dem Verschwinden der EXTREMUS 1 im Jahre 2153 und den Sabotageakt. GOLEM fügte die wissenschaftlichen Auswertungen hinzu und damit hatten alle den gleichen Wissenstand. Morgen würde man mit der Umrüstung der EXTREMUS 1 beginnen. In zwei Tagen also, am 9. April 2153, konnte die Rückreise beginnen.

Und was die zwei ausgesetzten Sonden anging: Man hatte lange überlegt, ob man sie vernichten sollte. Doch nach GOLEMs Ausführungen, dass eine der Sonden im Jahre 2025 gefunden werden würde und die Grundlage der jetzt geglückten Rettungsmission gewesen war, entschieden sie alle, diese dort zu belassen.

Zwei Tage später war es dann soweit: Die SOLARIS und die EXTREMUS 1 begannen mit dem Rückflug. Dieses Mal war die Raumkrümmung auf unter 20 % gestellt. Wieder sahen alle gebannt auf die Borduhr ... und tatsächlich und zur Erleichterung aller bewegte sie sich allmählich vorwärts!

Nach mehr als 10 Stunden hatte man wieder den September 2153 erreicht. Kaum ins zeitgemäße Sonnensystem zurückgekehrt, empfingen sie bereits den Identifizierungsruf der Mond-Leitzentrale. Nach der Bestätigung, dass es sich um die richtige Zeit und den richtigen Ort handelte, brandete ein unbändiger Jubel auf, und alle fielen sich gegenseitig in die Arme.

Zwei Stunden später landeten die EXTREMUS 1 und die SOLARIS wohlbehalten auf dem Militärflughafen der Mondbasis und versanken im unterirdischen Hangar. Die offizielle Begrüßung der Heimkehrer mit Präsident Dubois war erst für den darauffolgenden Tag gegen Mittag angesagt. So hatte heute jeder Zeit, anzukommen und die Familie in die Arme zu schließen.

Der Öffentlichkeit war mittlerweile die Rettungsmission erfolgreich verkauft worden. Offiziell war die EXTREMUS 1 auf der anderen Seite des Wurmlochs wegen eines irreparablen Defekts im neuen WARP-Antrieb gestrandet – von einer Zeitreise war keine Rede. Am nächsten Tag wurde der feierliche Empfang live übertragen und die erfolgreiche, gesunde Rückkehr der beiden Raumschiffe gefeiert.

Präsident Dubois fühlte sich ganz in seinem Element und konnte nicht genug die Verdienste seiner Regierung hervorheben, die diese Rettung ermöglicht hatten, ganz nach dem Motto "Kein Mitglied unserer Raumflotte, kein Mann und keine Frau, wird von uns jemals im Stich gelassen!" Und die Botschaft schien aufzugehen: Die Anzahl der Bewerbungen für eine Mitgliedschaft in der Raumflotte schnellte schon während der Übertragung enorm in die Höhe.

Anschließend wurde in kleinerem Kreis Admiral Liu in den passiven Ruhestand versetzt. In Zukunft würde er für die Planung von Erkundungsflügen in neue Welten zuständig sein. Aber eben auch nur vom Schreibtisch aus, wie er es mit Traurigkeit auf der einen Seite und mit Erleichterung auf der anderen Seite hinnahm. Er würde sich damit arrangieren müssen.

Commander Röttger wurde im gleichen Atemzug zum Admiral und Oberkommandierenden der Raumschiffflotte der USOP und damit zum Commander der SOLARIS ernannt, dem nun offiziell in Dienst gestellten Flaggschiff der USOP.

Röttger bedankte sich bei Präsident Dubois und Admiral McLean, die jetzt seine einzigen Vorgesetzten sein würden. Dann wandte er sich Admiral Liu zu und sagte zu dessen Freude leise zu ihm: "Wenn es Sie mal wieder reizt … Sie sind zu einem Gastflug jederzeit herzlich willkommen an Bord!"

Danach stand Röttger vor seiner ehemaligen Crew der EXTREMUS 1: "Ich würde mich sehr freuen, wenn Sie unter meinem Kommando an Bord kommen würden. Mr. Durrand als Chefwissenschaftler der SOLARIS, Mr. Pawlow als Leiter der KI Abteilung, Mr. Schwarz als Leiter der Abteilung Cyborgs und Androiden und …", er schaute

Wang dabei einen Augenblick länger in die Augen, "Miss Wang als Leiterin der Erkundungsabteilung und Terraforming."

Alle begrüßten erfreut das Angebot und sagten gerne zu. Am meisten wunderte es ihn bei Durrand, dem seine Familie eigentlich heilig war. Bis er erfuhr, dass Durrands Frau und seine beiden Kinder ebenfalls an Bord der SOLARIS sein würden. Für längeren Reisen war mittlerweile entschieden worden, dass die Familien dabei sein durften. Dann gab er sich einen Ruck und bat Li Wang, mit ihm ein Stück zur Seite zu kommen.

Wang sah ihn mit einem fein angedeuteten Lächeln an: "Was kann ich für Sie tun, Sir?"

Obwohl sie auf der EXTREMUS 1 und der Mission beim DU angekommen waren, wollte sie dem neuen Rang Röttgers Respekt zollen.

"In der Tat können Sie etwas für mich tun. Aber bitte, unter uns weiterhin das DU. In Ordnung? Nun ... ich bin etwas ungeschickt in dieser Angelegenheit. Wie soll ich es sagen ... ich", Röttger druckste verlegen herum.

Wang unterbrach ihn heiter: "Was ist denn los, Michael? Wenn du mich fragen willst, ob ich mit dir ausgehe, lautet die Antwort: Ja!"

"Ähm ... in der Tat. Woher wusstest du, dass ... hm ... egal. Hauptsache, du sagst ja!", strahlte Röttger, sich gleichzeitig wie ein Schuljunge fühlend. "Und bevor du es dir anders überlegst: Samstag, 19.00 Uhr, in der Offiziersmesse der Raumakademie, auf der Erde?"

Sie sahen sich beide an ... und in diesem winzigen, atemlosen Augenblick schien die Zeit stillzustehen. Plötzlich lag ein Hauch von Magie, einer intensiven Vertrautheit und etwas nicht Greifbarem in der Luft.

"Wir sehen uns am Samstag", lächelte Li Wang jetzt geheimnisvoll und ging vollendet weiblich von dannen. Während Röttger ihr noch nachsah sagte Schwarz mit seinem üblichen, unnachahmlichen Humor hinter ihm: "Na, Michael, Sir ... was hat denn unsere unnahbare Wang so in Fahrt gebracht ...?"

"Das geht dich, mein lieber Finn, einen feuchten Kehricht an", erwiderte Röttger ihm zufrieden schmunzelnd, "persönliche Geheimsache der Stufe 1."

"Na dann", meinte Durrand lachend, der gerade mit seiner Frau dazugekommen war, "bei der Hochzeit wäre ich gerne Trauzeuge."

Röttger schaute ihn verdutzt an und sagte gespielt verärgert: "Wenn ihr so weiter macht, schicke ich euch ins Jahr 1882 zurück. Dann könnt ihr sehen, wie ihr im Wilden Westen zurechtkommt. Aber macht euch nichts vor – ich eile nicht zu eurer Rettung!"

Alle lachten und dann ging Commander Michael Röttger zu Präsident Dubois.

Zwei Wochen später - Nationaler Sicherheitsrat

Nachdem alle Mitglieder des Rates und der Regierung Präsident Dubois zu seinem grandiosen Erfolg gratuliert hatten, ergriff GOLEM das Wort. Die KI legte allen sehr eindringlich und nachvollziehbar die Argumente gegen weitere Zeitreisen dar.

Nach stundenlanger Diskussion und der anschließenden Abstimmung gab es nur eine knappe Mehrheit von zwei Stimmen für ein Verbot. Nichtsdestoweniger war es mit diesem Beschluss entschieden: Sämtliche Zeitreisen ermöglichende Technologien sollten blockiert und alle damit verbundenen, wissenschaftlichen Erkenntnisse für 300 Jahre unter Verschluss gehalten werden. Dann mochten die künftigen Generationen neu entscheiden.

Wütend und enttäuscht nahm Sergey Pawlow diese Entscheidung zur Kenntnis. Er war sich noch nicht sicher, ob er das akzeptieren wollte. Oder ob er nicht doch einfach auf eigene Faust weitermachen würde?

Äußerlich hatte er sich perfekt in Griff und niemand, auch GOLEM nicht, bemerkten etwas von seinem inneren Aufruhr.

Epilog

Raumschiff SOLARIS, 2153

Nach der ersten Erleichterung über die schnelle Rettung, kam die Crew in der ersten Nacht an Bord der SOLARIS nur allmählich zur Ruhe. Während Durrand sich darauf freute, bald seine Familie in die Arme zu schließen, sah es bei dem Rest der Crew etwas anders aus.

Finn Schwarz hatte in den zwei Tagen ihres Aufenthaltes die Wildnis begeistert genossen und mit etwas Sehnsucht im Herzen dachte er daran, dass er dieses Erlebnis nur zu gerne ausgedehnt hätte! Aber wenn er zu Hause war, das wusste er, würde er schnell wieder in seiner Arbeit aufgehen.

Andrey Pawlow hatte ebenfalls eine entdeckungsfreudige Natur und bedauerte, dass das große Abenteuer schon vorüber war, ehe es überhaupt richtig begonnen hatte. Es war eine Zeit, in der das Land auf der Erde noch ursprünglich, wild und grenzenlos zu sein schien. Er wäre gerne noch etwas länger dortgeblieben.

Michael Röttger war genauso erleichtert wie Durrand, in die Heimat zurückzukehren. Und in dieser Nacht träumte er davon, das neue Raumschiff, die SOLARIS, zu kommandieren, um neue, noch nie entdeckte Welten, zu betreten. Er sah sich in der Zentrale stehen und sagen: "Auf zu den Sternen!" Dann wurde ihm mit einem Mal bewusst, dass er nicht allein dastand, sondern Hand in Hand mit Li Wang, die ihm strahlend zulächelte.

Wang war heilfroh, als sie gerettet wurden. In jener Zeit gestrandet zu sein wäre für sie als Frau und Chinesin ein Desaster geworden. Aber in der Nacht träumte sie herzklopfend von wilden Pferden und einem blauschwarzen Raben, der krächzend auf einem verdorrten Baum saß und sie eindringlich ansah. Dann kniete sie an einem knisternden Lagerfeuer, zusammen mit einem kauzigen Cowboy, der sie mit seinen graublauen Augen warm anlächelte. Während sie ihn gebannt ansah waren es mit einem Mal Michaels Augen ... und sie spürte, wie ihr Herz ihm entgegenflog. Er streckte ihr warm und einladend die Hände entgegen ...

Li Wang wurde plötzlich wach und setzte sich langsam auf. Sie fühlte immer noch die ungewöhnliche Intensität ihres Traums, der mit all seiner Lebendigkeit in ihr nachwirkte.

Nach einer Weile ging ihr durch den Sinn, dass sie mit der EXTREMUS 1 im Frühjahr 2153 verschwunden waren. Die SOLARIS hatte ihre Rettungsmission aber erst im September gestartet. Dazwischen lagen mehr als fünf Monate!

Also - auch wenn sie nach knapp zwei Tagen in der texanischen Wildnis abgeholt worden waren ... sie alle hatten wohl doch länger dort unten gelebt als zuerst angenommen. Aber so sehr sie sich bemühte – eine Erinnerung daran gab es nicht ... bis auf diesen eigenartig intensiven Traum.

Texas, 1896

Auf der "Sweetwater Ranch" gingen drüben im "Bunkhouse", der Unterkunft für Cowboys, die Lichter an und auch im großen Haupthaus der Ranch wurde die Beleuchtung eingeschaltet.

Ein Mann mit grauem Haar und einem gepflegten Schnäuzer trat aus dem Haus und lehnte sich an einen Stützbalken. Gemächlich stopfte er sich eine Pfeife und blies genüsslich Kringel in die klare Luft. Zwei Jungs im Alter von sechs und acht Jahren kamen kichernd und lachend um das Haus gerannt.

"Na ihr Lausbuben, wo habt ihr denn wieder gesteckt?", rief der Mann und strich den beiden Kindern übers Haar.

"Wir waren drüben und haben durch dieses Teleskop geguckt, Dad!", rief der Älteste.

"Naa ... und was habt ihr entdeckt?"

Der Junge machte ein enttäuschtes Gesicht. "Oooch, nichts Besonderes, Dad. Nur immer diese langweiligen Sterne!"

Der grauhaarige Mann lachte: "Na Jungs, das ist doch nicht langweilig. Ihr müsst nur genau hinschauen. Seht mal", wobei er 'gen Himmel zeigte, wo das immer schwärzer werdende Firmament die Sterne wie funkelnde Diamanten erscheinen ließ. "Seht ihr den großen leuchtenden Stern dort oben? Das ist der Polarstern. Wenn Ihr den im Auge behaltet, wisst ihr immer wo Norden ist. Das ist der hellste Stern im Sternbild kleiner Bär."

Gebannt blickten die beiden Jungs in den Himmel, bis sie der Vater in den Arm nahm und leise sagte: "Könnt Ihr euch vorstellen, dass in ferner Zukunft dort oben Menschen herumfliegen?"

Die beiden Jungs stimmten ein lautes Lachen an. "Aber Dad ... willst du uns jetzt auf den Arm nehmen? Da fällt man ja 'runter! Wir haben doch keine Flügel!"

"Wer weiß, Ben, was die Zukunft noch so alles möglich macht", lächelte sein Vater unergründlich. Jetzt kriegten sich die Jungs gar nicht mehr ein vor Lachen. Sie alberten herum, bis ihre Unterhaltung unterbrochen wurde. Ein Reiter näherte sich und blieb kurz vor der Veranda stehen.

"Mr. McLean ... Boss. Wir haben jetzt alle Pferde auf der Westweide zusammengetrieben. Morgen können wir bei den Vierjährigen mit dem Einreiten beginnen!"

"OK, Randy", nickte McLean. "Dann ist ja alles klar. Reichen dir denn drei Männer bei der Arbeit? Ich brauche zwei von euch, um die Eingerittenen nach Waco zu treiben! Ihr wisst ja, dort ist morgen Auktion!"

Der Vormann der Ranch nickte nur kurz, tippte an den Hut und ritt im Galopp hinüber zum Bunkhouse. Von drinnen rief jetzt eine weibliche Stimme: "Haben meine Männer keinen Hunger? Das Essen ist fertig!"

McLean nickte seinen beiden Söhnen zu und raunte: "Wascht euch vorher die Hände. Und beeilt euch damit. Ihr wisst doch, dass eure Mutter nicht gerne wartet." Worauf die beiden feixend verschwanden.

John-Allister McLean warf noch einen langen Blick hoch zu den Sternen. Von klein auf war am Weltall interessiert gewesen. Er träumte sogar hin und wieder davon, um eine blaugrüne Kugel zu fliegen, von er im Traum wusste, dass es die Erde war! Mit einem Kopfschütteln wandte er sich schmunzelnd ab und folgte zufrieden seinen Jungs ins Haus.

Nachtrag

Im Jahre 1896 war die Ära des "Wilden Westens" vorbei. Nur noch vereinzelt trieben sich Outlaws in den einsamen, westlich des Mississippi gelegenen Gebieten herum. Viele Städte und Ortschaften waren "zivilisiert" worden und allerorts hatten Recht und Gesetz Einzug gehalten. Die letzten Revolverhelden, wie Clay Allison oder die Dalton Gang, waren Geschichte. Der Telegraf wurde immer mehr durch das neuartige Telefon ersetzt und Eisenbahnlinien durchzogen das Land wie ein Spinnennetz. Fernab in den Weiten der Plains, breitete sich Dunkelheit über das Land aus.

Geronimo und seine Krieger wehrten sich bis zuletzt gegen die Weißen. 1884 erklärte er ein letztes Mal den Krieg und brach mit seinen Leuten aus dem Reservat aus, da er beinahe Opfer eines Mordanschlages geworden war. Nach mehreren Gefängnisausbrüchen wurde er wieder verhaftet und lebte im Fort Sill in Oklahoma, als gebrochener Mann im Indianerterritorium.

Die Industrialisierung eroberte mit großen Schritten den Westen, wo tausende Einwanderer aus aller Herren Länder das Land urbar machten und so das Land immer mehr veränderten.

Weitere Bücher der Autoren

Michael Rodewald

www.michael-rodewald-autor.de
Die Bücher sind erhältlich als Buch, E-Book oder z.T auch als Hörbuch. Leseproben und vieles mehr auf der Homepage des Autors.

REALITY-REIHE

Band 1 **"Die Bitcoinverschwörung"**
Band 2 **"GOLEMs Rückkehr"**
Band 3 **"Das Zeitalter der KI beginnt"**
Trilogie: "GOLEM im Zeitalter der KI" – Band 1-3
Band 4: **"Cyborgs und Androiden"**
Band 5: **"Smart Dust"** – *der Band erscheint 2024 / Anfang 2025*

FUTURE-REIHE

Band 1 "Gefangen im Zeitparadox"
Band 2 "Das Artefakt der Ewigkeit"
Band 3 "Zeiträuber"
Band 4 "Das verborgene Imperium"
Band 5 "Die Welt der Schöpfer"
Band 6 "Aufbruch in ferne Welten"
Band 7 "Die Galaxie der Ersten"
Band 8 "Der Interstellare Bund"
Band 9 "Die Prophezeiung der Ersten " – *der Band erscheint 2025*

Ralph Pape

"Hinter dem fernen Horizont"
In diesem Roman wird die Geschichte einer Niedersächsischen Familie geschildert, die in 1882 nach Amerika auswandert.

"Wolf Hole Junction"
Dean Grandner, ein Hobby Archäologe aus Phoenix, kommt einem grausigen Geheimnis auf die Spur.

"Abrechnung im Yukon"
Eine Familientragödie führt Clay Morgan aus Montana, nach Dawson City in das Yukon Territorium.

"Kanada: Land der Abenteuer"
Reiseerzählung. Erlebnisse und Abenteuer in einem der schönsten Länder der Erde.